살아남은 여름1854

런던을 집어삼킨 죽음의 그림자
살아남을 시간은 단 나흘

살아남은 여름 1854
런던을 집어삼킨 죽음의 그림자 살아남을 시간은 단 나흘

1판 1쇄 발행 2016년 6월 30일
1판 3쇄 발행 2019년 5월 20일

글쓴이 데보라 홉킨슨
옮긴이 길상효
펴낸이 남영하

편집 김영아 한경애 **디자인** 박규리 **마케팅** 오다은

종이 세종페이퍼 **인쇄** 미광원색사

펴낸곳 ㈜씨드북 **등록** 제2012-000402호
주소 서울 마포구 월드컵로16길 52-23
전화 02) 739-1666 **팩스** 0303) 0947-4884
홈페이지 www.seedbook.kr **전자우편** seedbook009@naver.com
인스타그램 instagram.com/seedbook_publisher
페이스북 facebook.com/seedbook.kr **카카오스토리** story.kakao.com/seedbook

ISBN 979-11-85751-87-0 73840

책값은 뒤표지에 있습니다. 잘못 만들어진 책은 구입하신 서점에서 바꾸어 드립니다.

제품명: 살아남은 여름 1854 | **제조자명:** ㈜씨드북
주소: 서울시 마포구 월드컵로16길 52-23 | **전화번호:** 02-739-1666
제조국명: 대한민국 | **제조년월:** 2019년 5월 | **사용연령:** 10세 이상

KC마크는 이 제품이 공통안전기준에 적합하였음을 의미합니다.
⚠주의: 종이에 베이지 않게 주의하세요.

「이 도서의 국립중앙도서관 출판예정도서목록(CIP)은 서지정보유통지원시스템 홈페이지(http://seoji.nl.go.kr)와
국가자료공동목록시스템(http://www.nl.go.kr/kolisnet)에서 이용하실 수 있습니다.
(CIP제어번호: CIP2016014312)」

살아남은 여름1854

런던을 집어삼킨 죽음의 그림자
살아남을 시간은 단 나흘

데보라 홉킨슨 지음 | 길상효 옮김

존 스노 박사처럼 진실과 열정과 봉사로 삶을 불태운 내 친구 미셸 힐을 기리며

Seedbook 씨드북

등장인물의 비밀

이 책에는 실존 인물과 가상의 인물이 공존한다. 뱀장어, 헨리, 플로리, 도끼눈 빌 타일러, 그릭스 가족, 쿠퍼 감독, 똥통쟁이 네드, 엄지 잘린 제이크가 대표적인 가상의 인물들이다. 반면 존 스노 박사, 헨리 화이트헤드 목사, 윌리엄 파르 박사, 존 스노 박사의 가정부 웨더번 부인은 실존했던 인물들이다.

실제로 라이온 맥주 공장을 운영했던 존과 에드워드 허긴스 형제처럼 당시 실존 인물들에게서 이름과 직업만 가져와 새로운 캐릭터를 만들기도 했고, 그들에게 귀요미라는 가상의 조카를 만들어 주기도 했다.

또한 브로드 길 40번지에 거주했던 G씨 가족들을 그릭스 가족으로 재구성했으며, 루이스 경관의 큰딸이자 훗날 인구조사 결과 자수 놓는 직업을 가진 것으로 기록된 애니 루이스에게는 리본 공주라는 별명도 붙여 주었다. 아들들이 매일 햄스테드까지 따로 물을 배달 시켰다는 자료를 토대로는 브로드 길 펌프 물을 즐겨 마신 엘리 부인의 이야기도 넣을 수 있었다.

존 스노 박사(1813~1858년)

1827년부터 뉴캐슬어폰타인 지역의 외과 약제상 밑에서 견습생으로 일하던 그는 1831년에 처음으로 콜레라를 접했다. 1836년에 런던으로 이주한 뒤로는 에테르, 클로로포름 같은 기체를 이용한 마취 분야에 있어 타의 추종을 불허했으며, 1853년 빅토리아 여왕에게 클로로포름을 투여해 레오폴드 왕자의 출산을 도운 것으로 특히 유명하다.

같은 시기에 콜레라에 대해서도 홀로 연구를 진행하던 그는 1854년 발생한 런던 브로드 길 사태와 관련, 물과 콜레라 전염과의 상관관계를 규명하는 데 주력했다. 모두가 외면하던 그의 이론은 1866년에 이르러서야 온전히 받아들여졌으며, 여기에는 헨리 화이트헤드 목사의 활약이 일조했다. 하지만 안타깝게도 뇌졸중으로 투병하던 그가 1858년에 45세의 나이로 이미 세상을 떠난 뒤였다. 존 스노 박사는 지금까지도 마취와 전염병학의 선구자로 높이 평가받고 있다.

헨리 화이트헤드 목사(1825~1896년)

콜레라 박멸의 역사에 있어 혜성 같은 인물로 평가받는 그는 의학이나 공중 보건과 관련해 철저한 문외한이었다. 그는 옥스퍼드 대학에서 학위를 수여한 뒤 런던 베릭 길의 성 누가 교회에서 부목사로 재직하던 중 1854년 콜레라 사태를 맞았다.

존 스노 박사를 불신했으나 이듬해 박사의 상세한 논문을 읽고 그의 이론에 동조하게 되었으며, 1865년과 1866년에 걸쳐 또다시 발생한 콜레라 사태를 겪으며 이미 세상을 떠난 스노 박사의 업적을 기리는 논설문을 수차례 발간했다.

1874년 브램턴에서 보직을 맡아 런던을 떠나게 된 그는 환송회 고별사에서 오랜 친구 존 스노 박사를 가리켜 '현존했던 인류 최고의 후원자'라고 일컬은 바 있다.

윌리엄 파르 박사(1807~1883년)

그가 주력한 의학 통계 분야는 내과 의사들로 하여금 환자의 정확한 사망 원인을 기록하도록 하는 계기가 되었다. 그는 1838년 호적 등기소에 발을 들여 1880년에 은퇴할 때까지 시민들과 관련된 의학 통계 수집을 담당했다. 한편 존 스노 박사가 세상을 떠나고 8년 뒤인 1866년에서야 독기가 아닌 물을 통해 콜레라가 전염된다는 이론을 뒤늦게 받아들이기도 했다.

당국에 통계 자료를 제공함으로써 공중 보건 발전에 기여한 그는 해외에서도 모범적인 사례로 도입한 인구 동향 통계의 초석을 다진 인물로 평가받고 있다.

목차

1부 넝마주이

2부 푸른 죽음

3부
조사

4부
브로드 길 펌프

5부
최후의 사망자와 최초의 환자

THE GREAT TROUBLE

1부
넝마주이

또 다른 빈민층으로는 강따라기라고 부를 만한 부류가 있는데, 흔히 '강변 넝마주이'라고 알려진 이들이다. 강을 따라 늘어선 부두마다 남녀노소를 가리지 않고 거룻배 사이를 기어 다니는 광경을 쉽게 볼 수 있다. 차마 옷이라고도 부를 수 없는 누더기를 걸친 차림이 대부분이다.
– 헨리 메이휴, 「런던의 노동자와 빈민」(1851년)

강따라기

1854년

8월 28일 월요일

그 재앙은 안개 자욱한 8월의 어느 무더운 아침, 지독한 악취와 함께 시작되었다. 그때는 그 사실을 알지 못했다. 나도, 다른 그 누구도.

내가 그날을 기억하는 건 다른 이유에서다. 죽은 걸로 돼 있는 내 존재를 그 사람이 기어이 알아내고 만 때문이었다.

어둠이 가시지 않은 이른 아침이라 강가에는 아직 쓰레기를 줍는 넝마주이들의 모습이 보이지 않았다. 하루 중 가장 마음에 드는 때였다. 이유는 모르겠지만 그 시간엔 악취도 그다지 심하지 않았다. 그리고 무엇보다도, 고요했다. 대부분의 런던 시민들이 아직 잠들어 있어서였다. 이제 곧 이 오랜 도시의 하루가 분주하고 떠들썩하게 시작될 터였다.

물론 엄지손가락이 잘려 나간 제이크 아저씨도 진작부터 나와 있었다. 우리 넝마주이들 사이에서는 대체 잠은 언제 자나 싶은 사람이었다. 그날 아침 아저씨는 유독 단단히 짜증이 나 있었다. 이름만 강이다뿐이지 고약하기 이를 데 없는 시궁창을 그렇게 오랫동안 휘젓고 있었으니 그럴 만도 했다. 내가 뿌연 물속에서 반짝이는 무언가를 낚아채는 모습을 본 순간 제이크 아저씨가 미친 황소처럼 괴성을 지르며 달려들었다.

열세 살이 다 되도록 제대로 된 농장이라고는 구경도 못 해 본 나로서는 스미스필드 가축 시장에서나 보곤 했던 날뛰는 가축들 말고는 달리 비할 게 없었다. 가축 시장은 무섭고도 흥미진진한 곳이었다. 런던 한복판에서 송아지, 돼지, 염소, 말, 양들이 떼 지어 저벅거리며 난리굿을 피우던 그 시장은 안타깝게도 2년 전 다른 곳으로 옮겨 갔다.

"야, 뱀장어. 그거 내놔!"

제이크 아저씨가 다짜고짜 손에 들고 있던 기다란 작대기를 내 발목을 향해 내지르며 외쳤다.

"나 잡아 봐요!"

나는 아저씨를 약 올리며 잽싸게 내뺐다. 발을 옮길 때마다 발가락 사이에서 진흙이 쩍쩍 소리를 냈다.

"욕심 좀 작작 부려요. 이거 그냥 밧줄 쪼가리라고요."

"밧줄 같은 소리 하고 있네. 반짝거리는 걸 내 두 눈으로 똑똑히 봤는데? 구리 쪼가리인 거 다 알아."

엄지 없는 제이크 아저씨가 재주 많은 검지로 나를 가리키며 말했다.

"얌마, 반칙 쓰지 말라고."

"내가 왜요? 여기 반칙 안 쓰는 사람이 어딨다고?"

말은 그렇게 했지만 꼭 사실이라고는 할 수 없었다. 내가 아저씨에게 크게 한 번 신세 진 일도 있었다.

"싸가지 없는 놈."

아저씨가 나를 향해 침을 카악 뱉으며 씨근덕댔다. 아저씨가 전에는 대장간에서 일했다던가. 네드한테서 얼핏 그렇게 들었던 것 같다.

"술이 웬수라더라. 고주망태가 돼 가지고는 그 큰 망치로 자기 손가락을 내리찍었다잖아."

(네드는 여기 강따라기들 중 냄새가 제일 고약해서 우리 모두가 똥통쟁이 네드라고 불렀다.)

근육이 불끈대는 떡 벌어진 어깨로 쇠망치를 휘둘렀을 아저씨가 이제는 고작 선체에서 떨어져 나온 구리 조각이나 찾으려고 뿌연 썰물에서 팔을 휘젓고 있었다.

"딱 뱀장어 같은 놈."

아저씨가 매몰차게 내뱉고는 걸레 같은 윗도리 자락으로 얼굴을 닦았다. 우리 둘 다 더럽기는 마찬가지인데 왜 나더러 뱀장어 같다는 건지.

"뺀질뺀질한 데다가 인정머리라고는 눈 씻고 찾아봐도 없는 놈. 내 말이 아니라, 여기 넝마주이들이 다 너보고 하는 소리라고."

"칭찬 같은데요."

내가 히죽 웃으며 말했다.

"그거 이리 내놔. 내 구역에서 나온 거잖아. 네 구역은 저쪽 가장자리고. 규칙은 좀 지키자고, 이 녀석아."

아저씨가 이제는 애원하다시피 말했다.

"규칙은 개나 주라고 한 사람이 누구시더라?"

아저씨도 내가 괜히 깐족거린다는 걸 알고 있었다. 결국 나는 손에 쥔 걸 넘기게 돼 있었다. 제이크 아저씨 같은 윗사람은 사실 아무 데서나 작업할 수 있었다. 나 같은 아이들은 썰물 때 흙탕물이 일렁이는 가장자리에서 석탄 덩어리나 끊어진 밧줄 도막, 천 쪼가리, 나무토막이나 건지는 거고. 어쩌다 운이 좋으면 양동이 가득 석탄을 건지고 1페니를 버는 날도 있었지만.

브로드 길에 자리한 라이온 맥주 공장에서 먹고 자는 나는 내 보금자리인 지하 창고에서조차 질식할 정도로 펄펄 끓는 계절에는 이렇게 이른 아침에나 잠깐씩 넝마 줍기를 하고 있었다. 크게 돈벌이가 되지는 않았지만 나는 한 푼이 아쉬운 터였다.

"얌마, 마음 좀 곱게 쓰라고."

그러고는 아저씨가 나를 빤히 노려보더니 다시 한 번 잘라 말했다.

"너나 나나 다 같은 강따라기들 아니냐. 그저 평생 이렇게 강이나 파먹고 살 팔자로 태어났다고. 같은 하늘 아래 우리가 믿을 거라곤 우리밖에 더 있냐? 그러니 서로 등 돌리지 말고, 돕고 살아야지. 안 그래?"

아저씨는 기름이 둥둥 뜬 강물을 작대기로 찰싹 내리치고는 아련한 표정으로 허공을 바라보며 혼잣말하듯 계속했다.

"하아, 내가 그걸 조금만 일찍 알았어도 여우 같은 마누라랑 토끼 같은 자식들하고 헤어지진 않았지."

"으이구, 또 시작이네. 알았어요, 알았어. 자, 받아요!"

내 말과 동시에 그 육중한 몸을 날린 아저씨는 구리 조각은 잡지도 못

한 채 세차게 흐르는 구정물에 그대로 처박혔다. 나는 배꼽을 잡고 웃으며 발길을 돌렸다. 하지만 아저씨의 말은 거기에서 끝이 아니었다.

"야, 뱀장어. 조심하라고!"

아저씨가 물속에서 일어나더니 목청이 터져라 고함을 질렀다.

"그 인간이 너에 대해서 캐묻고 다닌단 말이야. 그렇다고 생사람 잡을 생각 마라. 나는 요만큼도 관여 안 했으니까. 그 인간한테 어떤 애가 그러더란다. 너 안 죽고 살아 있다고."

"네?"

나는 그 자리에 얼어붙고 말았다. 두 발이 진창 속으로 서서히 가라앉기 시작했다.

"그래서 뭐라고 하셨어요?"

"내 말 잘 들어, 인마. 똑똑한 척 나대지 말고 몸 좀 사리라고."

아저씨가 나에게 단단히 이르고 있었다.

"나야 당연히 너에 대해서는 입도 뻥긋 안 하지. 그렇대도 빌 타일러가 도끼눈을 뜨고 너만 찾고 있다고. 런던 바닥에서 그 인간보다 더 못된 인간 있으면 나와 보라고 해. 생선 장수 시절엔 그렇게 착실했네 어쨌네 해도 그게 다 무슨 소용이냐? 이제는 인간쓰레기가 따로 없는데."

"그 사람이 뭐랬어요, 네?"

내가 숨이 넘어갈 듯 다그쳐 묻자 아저씨가 주름진 얼굴 위로 흘러내리는 흙탕물을 손가락으로 닦아 내며 말했다.

"뭐라더라? 딱 자기 것만 되찾으면 된다나? 자기한테는 자기 걸 되찾을 정당한 권리가 있다더라."

아저씨가 털끝 하나 건드리지 않았는데도 나는 소스라치게 놀랐다.

"아저씨, 제발 저 좀 못 본 걸로 해 주세요, 네? 아저씨는 아무것도 모르는 거예요. 제가 템즈 강에 빠져 죽은 걸로 아는 거예요, 네?"

나는 울부짖다시피 외쳤다. 호흡이 가빠지자 강에서 풍기는 악취로 구역질이 날 것 같았다.

"아셨죠? 제가 이 흙탕물에 빠져서 바다로 휩쓸려 간 거라고요."

"네가 대체 뭘 가져갔기에 그 인간이 그렇게 길길이 날뛴다냐?"

마침내 물속에서 구리 조각을 찾아낸 아저씨가 내 등 뒤에서 외쳤다.

나는 멈춰 서지 않았다. 휘몰아치는 바람 앞의 마지막 여린 잎새처럼 내 가슴이 미친 듯이 파닥거리고 있었다. **대체 나를 어떻게 찾아냈지?**

나는 분명히 내가 강에 빠져 죽었다는 말이 도끼눈의 귀에 흘러 들어가도록 해 놓았었다. 그리고 지난 여섯 달 동안 그 사람의 구역에는 얼씬도 하지 않은 채 죽은 듯 살았다. 내 비밀을 꽁꽁 감추고서. 대체 그 사람은 어디까지 알고 있고, 대체 누가 일러바친 걸까. 어쩌면 제이크 아저씨일 수도 있다. 이곳에서 신뢰를 찾는다는 건 강물 속에서 금반지를 찾는 거나 다름없었다. 맞다. 제이크 아저씨를 믿어서는 안 된다.

그렇다 해도 엄지 잘린 제이크 아저씨 말 중에서 믿을 건 하나 있었다. 도끼눈은 자기 소유라고 믿는 것들은 어떻게든 자기 마음대로 부리는 사람이라는 것이었다. 소매치기들, 좀도둑들, 빈집털이들.

그리고 나.

고양이

나는 땀과 땟국으로 쫄딱 젖은 채 정신없이 내달렸다. 머릿속을 휘젓는 생각들에 휩쓸려 수렁에 빠져드는 것만 같았다. 그 순간 내 머리를 날려 버리기라도 할 듯 무언가가 공중에서 나를 향해 곧장 날아들었다.

"야, 조심해!"

그와 동시에 나는 나동그라지듯 물러섰다. 처음엔 머리 위의 돌다리가 드디어 무너지는 줄 알았다. 안 그래도 얼른 수리하지 않으면 오늘내일하는 블랙프라이어스 다리가 더 이상은 못 버틸 거라고들 했었다. 하지만 돌이 무너지는 소리가 그렇게 귀청을 찢듯 날카로울 리 없었다.

피융!

풍덩!

"옜다, 너 가져라!"

그 소리에 얼른 위를 올려다봤다. 넝마주이 중에 머리카락이 주황색인 아이는 하나뿐이었다.

"네드, 너 뭘 또 못살게 굴어?"

내 눈앞에서 정체를 알 수 없는 동물 하나가 물에 가라앉지 않으려고 미친 듯이 허우적대더니 순식간에 물속으로 사라졌다. 파도가 거세지고 있었다. 나는 출렁이는 강물로 곧장 뛰어들었다.

"야, 그냥 둬 봐! 헤엄치나 못 치나 보게!"

네드가 잔인한 미소를 흘리며 소리쳤다.

나는 어떻게든 녀석을 건져 올리려고 했지만 녀석이 순식간에 내 팔을 할퀴었다. 그것도 아주 세게.

"아얏! 왜 할퀴고 그래?"

나는 녀석이 빠져 죽든 말든 내버려 두기로 했다. 녀석한테 갈가리 할퀴어 시뻘겋게 독이 오르기는 싫었다. 지난겨울, 겨우 여덟 살 난 넝마주이 아이 하나가 날카로운 유리 조각을 잘못 밟았다가 다리를 잘라 낼 뻔한 일이 있었다.

그때 마침 밧줄 도막이나 석탄 같은 잡다한 것들을 넣어 다니는 헝겊 가방이 생각났다. 그걸로 녀석을 잡을 수 있을 것 같았다.

"자, 이리 와 봐."

나는 녀석을 살살 달래며 어깨에서 가방을 살그머니 끌어내린 뒤 두 손으로 가방 주둥이를 벌려 쥐었다. 처음에는 녀석이 미친 듯이 허우적대며 꽥꽥 소리를 질러 대는 통에 가까이 다가갈 수가 없었다. 나는 녀석이 다시 기름이 둥둥 뜬 수면 아래로 사라질 때를 기다렸다가 그 순간을 놓치지 않고 잽싸게 두 손을 물속에 넣어 가방으로 녀석을 낚아챘다.

"잡았다!"

나는 가방을 꼭 끌어안고 강둑을 향해 휘적휘적 걸어 나오다가 가방 속을 빼꼼 들여다봤다. 쫄딱 젖은 시커먼 털 뭉치 사이로 여왕 폐하의 보석만큼이나 푸른 두 개의 눈동자가 나를 빤히 올려다보고 있었다.

"애걔, 겨우 요런 말라비틀어진 녀석이었어?"

피식 웃음이 나왔다.

"얌전히 굴어. 내가 뽀송뽀송 잘 말려 줄 테니까. 마침 내가 거길 지나고 있었으니 망정이지, 안 그랬으면 너 죽었어, 요것아."

똥통쟁이 네드가 그때까지도 다리 위에서 아래를 내려다보고 있었다.

"네드, 이 못된 자식아. 왜 그랬어?"

"으, 내가 뭘. 장난 좀 친 걸 갖고."

장난 좀 쳤다? 네드가 요즘 또 어떤 못된 장난을 치고 다녔던 걸까? 내 이야기를 도끼눈한테 일러바친 게 저 자식일지도 모른다. 뜨거운 고기 파이 한 접시나 사이다 한 잔에도 나를 팔아넘길 자식.

내 품에서 바들바들 떨던 새끼 고양이가 갑자기 마음이 놓였는지 내 겨드랑이로 파고들었다.

"야옹아, 내 말 잘 들어. 사내놈들은 아니, 인간은 아무도 믿으면 안 되는 거야."

나는 가방으로 고양이를 감싸 내 품에 꼭 끌어안으며 말했다.

"나나 되니까 네가 무사한 줄 알라고. 우리 공장으로 데려갈 테니까 거기서 쥐잡이로 성공해 봐. 어젯밤에도 내 발 위로 한 놈이 스윽 지나간 거 있지?"

그러자 대답이라도 하듯 녀석이 가르릉 소리를 냈다.

공장으로 향하는 길에 코벤트가든 시장을 지나다 보니 꽃장수들이 하나둘 좌판을 벌이고 있었다. 바삐 손을 놀려 제비꽃으로 꽃다발을 만들면서 수다를 떨던 여자아이들이 까르르 웃음을 터뜨렸다. 거리는 시골에서 올라온 채소, 닭, 치즈, 과일이 잔뜩 쌓인 수레와 마차로 북적였다.

생선, 감자, 양파 튀기는 냄새가 풍겨 오자 배 속이 요동을 쳤다. 양파 튀기는 냄새만 맡아도 배가 고파 쓰러질 것 같던 지난겨울이 떠올랐다. 하지만 나는 곧 긴장을 풀고 미소를 머금었다. 다 지난 일이었다. 지금 나에게는 일자리가, 그것도 번듯한 일자리가 있었다. 브로드 길로 돌아가면 라이온 맥주 공장의 지하 창고 한구석에 마련된 내 작은 보금자리에 빵과 치즈, 그리고 시원한 물 한 그릇이 기다리고 있을 터였다.

나는 모자를 푹 눌러쓰고 발걸음을 재촉했다. 자갈을 디딜 때마다 낡은 구두 밑창이 찌걱찌걱 소리를 냈다. 맥주 공장에 취직한 뒤로 최근 몇 달 동안 경계가 느슨해 있던 게 사실이었다. 제이크 아저씨의 말은 이제부터라도 정신 바짝 차리고 주위를 살피라는 일종의 경고인 셈이었다. 도끼눈에게는 곳곳에 심어 둔 끄나풀이 있었다. 도끼눈을 위해 못된 짓을 일삼는 그 많은 소매치기들과 좀도둑 무리들.

도끼눈은 브로드 길 근처나 소호의 골든스퀘어 공원 근처에서 나를 찾을 생각은 못 할 거야. 나는 북쪽으로 발걸음을 옮기며 스스로를 안심시켰다. 그쪽 동네는 도끼눈의 발길이 거의 닿지 않는 곳이었다. 그 사람은 아마도 내가 템즈 강 남쪽에 있는 서더크 지역의 빈민가 어딘가에 숨어 있는 걸로 알고 있을 게 틀림없었다.

그리고 내가 숨겨 놓은 것도 못 찾을 거고. 이것만큼은 확실히 해 놓아야 했다. 다른 무엇보다도 중요한 일이었다.

지나가던 말이 히이잉 울거나 개가 짖을 때마다 가방 안에서 고양이가 움찔움찔 놀라며 발길질을 해 댔다. 게다가 내 팔뚝까지 세게 물었다.

"가만 안 있을래? 자꾸 그러면 저기 오는 수레바퀴 밑에 떨군다."

물론 말뿐이었다.

라이온 맥주 공장을 향해 브로드 길을 건너려던 나는 지하층 창문 안에서 창백한 얼굴로 나를 올려다보는 애니네 엄마와 눈이 마주쳤다.

"안녕하세요, 아줌마. 막내가 울어서 일찍 일어나셨나 봐요."

"말도 마라, 얘. 한숨도 못 잤어. 우리 패니, 그 어린것이 밤새 토하고 설사하고 난리도 아니었지 뭐니."

아주머니가 방금 지하실 똥통에 똥오줌을 비워 낸 빈 양동이를 향해 고개를 끄덕이며 말했다.

아래를 내려다보니 그 깊은 똥통이 거의 다 차 있었다. 똥 푸는 사람이 올 때가 다 된 모양이었다. 엄지 잘린 제이크 아저씨도 한때 똥 푸는 일을 한 적이 있다고 했다.

"야, 그 짓 두 번 다시는 못 해 먹겠더라. 어떤 애가 똥통에 빠져서는 결국 못 나왔다 소리를 들었지 뭐야. 무슨 그런 개죽음이 다 있다니. 이 더러운 강에서 꽃향기가 나는 건 아니다만, 적어도 하늘은 보이잖냐."

아저씨가 고개를 절레절레 흔들며 말했었다.

애니네 엄마가 양동이를 내려놓고 한숨을 쉬며 말했다.

"얘가 계속 이러면 의사 선생님을 불러야 하지 않을까 싶네."

"스노 박사님이요?"

내가 묻자 아줌마가 눈썹을 찌푸리며 말했다.

"처음 듣는 이름이네? 우리는 누가 아프면 로저스 박사님을 부르는데."

"색빌 길에 사는 의사 선생님이신데, 무지 똑똑한 분이세요. 박사님이 데리고 계신 동물들을 제가 여름 내내 돌봐 드리는 중이에요. 박사님은 진짜 과학자이시거든요. 실험도 얼마나 많이 하신다고요."

그 말을 하는 내내 나도 모르게 어깨에 힘이 들어갔다.

"그러니?"

"동물이나 사람을 잠깐 잠들게 해서 통증을 못 느끼게 할 줄도 아세요. 무슨 특수한 가스를 들이마시게 한대요. 박사님이 곰을 잠재운 다음 이빨을 뽑은 적도 있고, 작년에 여왕님이 레오폴드 왕자님 낳으실 때도 통증을 덜어 드렸대요."

"그 큰 곰이랑 빅토리아 여왕님까지 보실 정도면 정말 대단한 분이시네. 저기, 나는 패니 깨기 전에 얼른 올라가 봐야겠다."

아주머니가 앞치마 자락으로 이마를 닦고 양동이를 집어 들며 말했다.

"아, 그럼 아저씨께 안부 전해 주세요. 리본 공주한테도 아프지 말라고 해 주시고요."

나는 아주머니에게 정중히 말했다.

"어머, 그게 우리 애니 별명이니? 말이 나왔으니 말인데, 애니가 리본이랑 실 모으는 걸 오죽 좋아하니. 거기다 이젠 나보다도 바느질이 한 수 위라니까. 그나저나 너희들은 꼭 그렇게 별명을 부르데. 이 동네 애들 진짜 이름은 못 들어 본 거 같다니까."

아주머니의 얼굴에 잠깐 웃음이 스쳤다. 양동이를 들고 2층에서부터 지하까지 내려오느라 힘들었던지 아주머니가 한 손으로 등허리를 짚으며 말했다.

"안 그래도 궁금했는데, 너는 진짜 이름이 뭐니?"

나는 히죽 웃으며 말했다.

"절대 안 가르쳐 드릴 거예요."

정말로 그럴 생각이었다. 특히나 도끼눈이 나를 찾아다니는 중이었다. 그 어느 때보다도 뱀장어답게 굴어야 할 때였다.

아주머니에게 인사를 하고 막 돌아설 때였다.

"얘, 앞 좀 똑바로 보고 다녀!"

플로리가 소리치며 옆으로 펄쩍 비켜서는 바람에 나까지도 놀라 자빠질 뻔했다. 그 순간 재빨리 손을 뻗어 브로드 길 펌프를 붙들었기에 망정이지, 하마터면 자갈 바닥에 큰대자로 뻗을 뻔했다. 그 와중에도 고양이는 안 놓치려고 꽉 움켜쥔 채로.

"미안."

나는 그날 아침 두 번째로 만난 푸른 눈동자를 향해 히죽 웃으며 말했다. 그렇다고 플로리한테 물에 빠져 죽을 뻔한 고양이와 닮은 데가 있다는 소리를 할 생각은 없었다. 그랬다가는 정말로 길바닥에 큰대자로 뻗는 수가 있다.

"일찍 일어났네, 플로리? 엄마한테 물 갖다 드리려고?"

"응."

그러더니 플로리가 코를 찡그리며 말했다.

"너 템즈 강에 갔다 오는 거지? 으, 냄새. 근데 가방 안에서 뭐가 그렇게 꼬물거려?"

바로 그때 주근깨 얼굴의 남자아이 하나가 조랑말 고삐를 붙들고 작은 수레를 끌며 플로리 뒤로 다가왔다. 그러고는 인기척을 내고 물었다.

"미안한데, 플로리. 나 펌프 좀 먼저 써도 될까? 오전 중으로 햄스테드까지 갔다 와야 돼서."

"그래, 거스. 여기 뱀장어가 먼저 쓰겠다고만 안 하면."

플로리가 양동이를 집어 들고 옆으로 비켜서면서 말했다.

"난 됐어. 우리 맥주 공장에 따로 배달 오는 물 있거든. 그리고 우리 우물도 따로 있고. 근데 솔직히, 나는 워윅 길 펌프 물맛이 더 좋은 거 같더라. 왜 그런지는 몰라도."

나는 버둥거리는 고양이를 지그시 눌러 안으며 말했다.

거스라는 아이는 물통을 들고 펌프로 다가서면서도 플로리에게서 눈을 뗄 줄 몰랐다.

"저 자식도 너 좋다고 따라다니는 애냐?"

나는 플로리의 옆구리를 쿡 찌르면서 귓속말을 했다. 그러자 플로리가 쿡쿡 웃고는 대답했다.

"걔한테 그런 말 하는 거 아니야. 엘리 공장에서 배달 다니는 앤데, 진짜 착실해. 거기다 얼마나 자상하다고. 나한테 종종 꽃도 갖다 주고."

꽃? 플로리도 꽃 좋아하는 애였구나. 내가 플로리에게 준 것 중 그나마 변변한 거라고는 연필 한 자루가 전부였는데.

"안에 뭐 있는지 좀 보자, 응?"

그러면서 플로리가 내게 다가서서 가방을 들여다보려고 했다. 내가 가방을 살짝 열어 젖은 고양이 머리를 보여 주자 플로리가 웃음을 터뜨리며 말했다.

"너 요즘 고양이 구조하고 다녀? 아니면, 네가 입이 닳도록 말하던 그 유명한 스노 박사님한테 갖다 드리려고?"

"박사님은 요즘 주로 기니피그나 생쥐, 개구리, 토끼 같은 거 기르셔. 얘는 내가 공장에 데려가서 쥐잡이로 키울 거고."

나는 잠깐 머뭇거리다가 다시 입을 열었다.

"아니면……, 네가 좋다고만 하면 너한테 줄 수도……."

그러자 플로리가 픽 웃으며 말했다.

"데려가면 우리 집 개가 그 예쁜 얼굴 다 긁어 놓을 텐데? 그리고 솔직히, 아무리 고양이라도 우리 집 형편에 입 하나 더 먹이기 힘들어. 다섯 식구 먹여 살리느라 엄마가 완전 죽을 지경이거든. 나도 좀 있으면 내 밥벌이는 할 거지만. 일자리도 다 정해졌어. 2주 후에 바로 시작할 거야."

플로리가 제법 어른스럽게 말했다.

"정말? 어디서?"

"헤, 나 못 보게 될까 봐 걱정되는구나?"

플로리가 장난기 가득한 얼굴로 나를 놀리고는 계속했다.

"걱정 마. 아주 좋으신 아가씨랑 나이 많은 아버지가 사는 집으로 들어갈 거야. 북부 런던인데, 여기서 그렇게 안 멀어. 한나절 휴가 내면 친구들 만나러 걸어서 올 수 있는 거리야."

"가서 무슨 일 하는데?"

"여자애들 처음 시작하는 일이 뻔하지 뭐. 부엌데기. 근데 두고 봐. 금방 실력 인정받고 보란 듯이 정식 가정부 돼서 집안일 전체를 내 손으로 주무를 거야. 나도 열두 살이고, 겨울 되면 열세 살이잖아. 이제 내 밥값은 해야지."

플로리가 당찬 목소리로 말했다.

"그러면……, 그러면 이제 학교도 안 나온다는 얘기야?"

"여태까지 다닌 것만 해도 어디야. 우리 언니는 열 살 때까지밖에 못 다녔는데."

그러면서 플로리가 주머니에서 귀퉁이가 나달나달 말린 작은 스케치북을 꺼내더니 키득키득 웃으며 말했다.

"내가 부자들이 먹는 엄청 좋은 요리 그려 줄게."

나는 히죽 웃다가 플로리한테 그럴 시간이나 있을까 싶었다. 퉁퉁 부어오른 손에 물 마를 날 없는 부엌데기 여자아이들이 떠올랐다.

"나중에 이 고양이나 그려 줘. 뽀송뽀송 잘 말랐을 때."

"그래."

플로리가 스케치북을 도로 주머니에 넣으며 말했다.

길 건너 맥주 공장의 문이 활짝 열리며 또 하루가 시작되고 있었다.

"얼른 가야겠다. 일 시작하기 전에 이 녀석 뭐라도 좀 먹이게. 늦으면 골치 아프거든."

나는 턱으로 맥주 공장을 가리키며 말했다.

"너 이따가 박사님네 동물들 밥 주러 갈 때 나도 구경 가면 안 돼? 내가 말만 들었지, 한 번도 못 봤잖아. 앞으로는 정말 기회도 없을 거고."

플로리가 뿌루퉁한 얼굴로 투덜댔다.

"그럼 이따가 여기서 만나. 근데 나, 공장 일 끝나고 그릭스 아저씨네 양복점 청소까지 다 끝내야 갈 수 있는데."

"알아. 이 동네에서 부지런한 걸로 누가 널 따라가니? 근데, 그렇게 돈 벌어서 대체 어디다 써? 옷 사 입는 건 분명히 아닌데."

플로리는 내 가장 친한 친구다. 아니, 사실은 하나뿐인 친구다. 하지만 내가 왜 돈이 필요한지, 그 돈으로 옷 한 벌, 과자 하나 안 사는 이유가 뭔지는 말해 준 적이 없었다.

"플로리, 내가 그 돈으로 뭐 할 거냐면……."

그러고는 나도 모르게 불쑥 내뱉어 버렸다.

"너 싱싱주스 사 줄 거야."

그 순간 플로리의 얼굴에 피어오르던 미소는 1페니를 주고 보기에도 아깝지 않을 미소였다.

누명

8월 31일 목요일

"이게 숨 쉬는 거냐? 코로 국을 들이마시는 거지? 그것도 펄펄 끓는 냄새 고약한 국."

라이온 맥주 공장의 공장장인 쿠퍼 감독님이 일주일째 아침마다 구시렁대고 있었다.

"저한테 심부름 시키실 거 없어요, 감독님?"

빗자루로 바닥을 쓸던 내가 물었다.

"이 더위에 널 내보내라고? 아서라. 바깥 공기가 지금 얼마나 고약한데. 독가스가 둥둥 떠다닌다고. 나쁜 공기는 꼭 문제를 일으켜요."

감독님이 이마를 닦으며 잘라 말했다.

"어떤 문제요?"

"병이지, 병. 예전부터 질병을 일으키는 나쁜 공기를 독가스라고 불렀는데, 지금 공기가 딱 그렇거든. 유독물질로 가득 차 있어. 냄새는 어떠냐면……, 말 안 해도 알 거고."

물론이다. 모두가 잘 알고 있었다.

"감독님, 그 독가스란 게 정확히 어떤 병을 일으키는데요?"

"전부 다. 홍역, 성홍열, 천연두 등등 전부 다. 그중에서도 제일 끔찍한 건 바로 콜레라고. 생각해 보면 너무 당연하지 않니? 고약한 냄새가 고약한 병을 일으킨다는 게?"

감독님의 설명에 고개를 끄덕이면서도 나는 제이크 아저씨, 똥통쟁이 네드, 그리고 나를 포함한 그 많은 넝마주이들이 어째서 여태 멀쩡히 일하고 있는 건지 의아했다. 템즈 강에서 올라오는 그 지독한 썩은 내를 매일 들이마셨으니 진작 쓰러지고도 남았을 텐데 말이다. 강도 보통 강인가? 런던 시에서 쏟아져 나오는 그 많은 쓰레기는 물론이고, 동물과 사람들의 배설물이 고스란히 버려지는 템즈 강이었다.

더위는 사실 나한테 그렇게 견디기 힘든 게 아니었다. 영하의 공기가 온몸을 휘감고 악착같이 놓아주지 않던 겨울에 대한 나쁜 기억이 너무 많아서다. 그렇다고 지금이 덥지 않다는 건 아니었다. 새벽녘부터 해 질 때까지 종일 펄펄 끓었다. 화덕 속 같은 메마른 더위가 아니었다. 태양이라는 거대한 괴물이 뜨겁고 역겨운 입김을 토해 내는 것처럼 끈끈하고 축축한 무더위였다.

도시 전체가 생선 비린내, 썩은 과일 냄새, 말똥 냄새, 그 밖의 온갖 끔찍한 냄새로 들끓었다. 그 끈적끈적하고 고약한 공기 속에서 눈 뜨기도 힘들었다. 동이 트면 하늘이 똥색으로 누렇게 뜨기 시작했다. 그러면 아침이었다. 그러다가 누런 하늘이 차차 불그죽죽한 회색으로 바뀌었다. 그러면 그게 밤이었다.

돌로 지어 다른 곳보다 시원하게 마련인 라이온 맥주 공장의 지하 창고에서조차 새끼 고양이가 분홍색 혀를 빼문 채 헐떡거리곤 했다. 어쨌거나 녀석은 제법 잘 적응하고 있었다. 아직 어린데도 벌써 생쥐를 물고 와서 내 발 앞에 내려놓고는 의기양양하게 가르릉 소리를 냈다.

"다음번엔 생쥐 말고 시궁쥐 좀 잡아 와, 응? 그 못된 놈들이 밤마다 징글징글한 꼬리로 내 살을 훑으면서 타고 넘는데 아주 미치겠단 말이야. 너도 이제 다 컸으니까 할 수 있지?"

나는 새끼 고양이의 눈을 들여다보며 조곤조곤 일렀다.

감독님은 정말 든든한 친구였다. 될 수 있으면 우리 심부름하는 아이들에게 이 끔찍한 더위에 나돌아 다니는 일은 안 시키려고 했다. 아마도 그래서 그 사건이 일어난 건지도 모르겠다. 우리가 그렇게 좁은 곳에서 부대끼며 지내는 통에 생긴 일인 것 같았다. 장담은 못 하겠지만. 그래도 한 가지 확실한 건, 고단했던 한 주가 그럭저럭 저물고 있다고 생각한 건 엄청난 착각이었다는 것이다.

바닥 청소를 끝낸 다음 양동이에 담긴 물을 마당에 비우려는 순간 귀요미가 내 어깨를 툭 쳤다. 사실은 **밀쳤**다고 하는 게 맞았다. 내가 다리를 헛짚고 휘청이는 바람에 양동이에 담겨 있던 물이 내 다리로 출렁 쏟아졌다.

"아, 뭐야!"

녀석을 때려눕히고 싶은 걸 간신히 참았다.

"야, 뱀장어. 누가 너 찾는다."

나는 가슴이 철렁했다. '귀요미' 허버트 허긴스는 라이온 맥주 공장의 소유주인 존 허긴스 사장님과 에드워드 허긴스 사장님 형제의 조카였다. 호박만 한 머리통에 머리카락은 누리끼리해 가지고 늘 양파 냄새와 트림 냄새를 풍기고 다녔다. 그런 아이가 어째서 그런 별명을 갖게 된 건지가 늘 수수께끼였다. 귀요미는 내가 아는 아이들 중 가장 안 귀여운 아이였다.

"누가 나를 찾는데?"

"우리 삼촌."

"에드워드 사장님이?"

나는 반가운 마음에 되물었다. 에드워드 사장님은 내가 정말 좋아하는 분이었다. 사장님은 늘 자기 직원들을 아끼며 공정히 대해 주었다. 하지만 그 형인 존 사장님이라면 마주치지 않는 게 답이었다.

"아니, 존, 삼, 촌. 너한테는 존, 사, 장, 님."

귀요미의 얼굴에 조롱이 가득했다.

"무슨 일로?"

나는 귀요미의 말이 끝나기가 무섭게 물었다. 뭔가 수상쩍은 게, 느낌이 싸했다.

"나 열심히 일만 했는데. 너보다 훨씬 더."

내 말에 그저 어깨를 한 번 으쓱한 귀요미는 웃음을 참느라 두툼한 입술을 씰룩거리고 있었다. 대체 무슨 꿍꿍이일까? 나는 귀요미를 따라 사무실로 난 복도를 걸어가면서 애써 마음을 다독였다. **저 자식이 무슨 패**

를 쥐고 있는지는 몰라도 안 당할 거야. 나, 제이크 아저씨한테도 안 꿀리는 사람이라고.

어쩌면 제이크 아저씨한테 들은 도끼눈 이야기 때문에 신경이 곤두서 있어서인지도 몰랐다. 아니면 감독님이 말한 독가스 때문에 내가 어딘가 잘못됐거나. 하지만 어두운 미궁 속을 향하고 있다는 느낌만은 떨칠 수가 없었다. 밀물로 잔뜩 불어난 강 한가운데로 등불도 없이 휘적휘적 들어가는 것만 같았다.

서류가 잔뜩 쌓인 커다란 떡갈나무 책상 앞에 심각한 얼굴을 한 존 사장님이 허리를 꼿꼿이 펴고 앉아 있었다. 책상 한가운데에 놓인 다 찌그러진 양철통을 보는 순간 나는 피가 거꾸로 솟는 것 같았다.

"이거 내 거잖아, 이 나쁜 자식아! 왜 허락도 없이 남의 물건에 손대고 그래?"

내가 돌아서서 옷자락을 움켜쥐자 귀요미가 죽는다며 돼지 멱따는 소리를 질렀다.

"삼촌, 얘 봐요!"

"그 손 당장 떼."

존 사장님의 명령이 떨어지기도 전에 나는 이미 물러나 있었다.

성질 좀 죽여. 나는 스스로를 타일렀다.

엄마가 나에게 주의를 줄 때마다 하는 말이 있었다.

"할아버지 좀 닮으랬잖아. 얼마나 온화한 분이셨다고. 할아버지가 항상 뭐라고 하셨댔지? 뜨거운 불에는 찬물을 끼얹는 게 최선이다."

하지만 나는 할아버지를 닮지 않았다.

존 사장님의 눈초리도 자기 조카의 눈초리처럼 작고 매서웠다. 하지만 가장 두드러진 건 눈썹이었다. 나뭇가지에서 자라난 잔가지처럼 양쪽 눈썹이 이마 밖으로 길게 뻗어 있었다.

"우리 애한테 그럼 못쓰지."

존 사장님이 가래 끓는 소리로 그르렁거렸다. 새끼 고양이가 기분 좋을 때 내는 듣기 좋은 가르릉 소리와는 달랐다. 사자 소리를 들어 본 적은 없지만 존 사장님이 낸 소리는 아무리 좋게 들으려고 해도 사자가 위협하는 소리로밖에는 안 들렸다.

"칭찬을 해 줘도 모자랄 판에."

그러고는 존 사장님이 책상 위의 양철통을 가리키며 물었다.

"자, 이 동전들이 어디서 난 건지 말해 보실까?"

"제, 제 건데요……."

나는 얼이 빠진 목소리로 허둥지둥 대답했다.

"절도는 즉각적인 해고 사유라는 걸 잘 알 텐데."

얼음장 같은 목소리였다.

이게 바로 귀요미가 원하는 거야. 나는 정신이 번쩍 들었다. **녀석이 날 내쫓으려는 거야.**

억장이 무너졌다. 솟구쳐 오르는 눈물을 이를 악물고 삼켰다. 이럴 수는 없었다. 지난 5월부터 이곳 라이온 맥주 공장은 먹을 것과 깨끗한 물과 안락한 잠자리가 있는, 내 삶의 보금자리였다. 게다가 쿠퍼 감독님은 우리 심부름하는 아이들을 얼마나 공정하게 대해 주었는지 모른다.

다시 거리로 내쫓길 수는 없었다. 더군다나 도끼눈 빌이 나를 찾느라 혈안이 돼 있는 지금은 절대 안 될 일이었다. 비가 오나 눈이 오나 하루도 빠짐없이 더러운 강을 뒤져야 하는 넝마주이의 삶으로 돌아가게 될까 봐 겁이 났다. 귀하신 신사 숙녀들이 지나갈 수 있도록 거리에 굴러다니는 개똥, 말똥을 치운 다음 옆으로 비켜서서는 한 푼이라도 얻을까 싶어 고개를 주억거리며 기다리는 거리 청소부라고 크게 나을 것도 없었다. 구걸보다 아주 조금 나을 뿐이었다.

맥주 공장에서 지낸 지난 몇 달 동안 나에게는 큰 변화가 있었다. 나도 언젠가 제대로 된 일을 할 수 있다는 믿음을 갖기 시작한 것이었다. 쿠퍼 감독님 같은 공장장이 되거나, 작은 가게를 열거나, 사업을 배우거나, 아빠 같은 사무직원이 될 수도 있을 것 같았다.

어쨌든 이것들은 아직 먼 훗날의 일이었다. 지금 당장은 내가 감춰 둔 비밀을 지키는 게 무엇보다 급했다. 그리고 그걸 안전하게 지키려면 일주일에 4실링이 필요했다. 정확히는 매주 금요일마다 4실링 1페니를 꼬박꼬박 전달해야 했다. 정확히 4실링 1페니가 양철통 안에 들어 있었고, 그건 내일 아침에 쓸 돈이었다. 지금 내 주머니에 들어 있는 동전 몇 개를 제외하면 그게 나의 전 재산이기도 했다.

"사장님, 그건 제가 정당하게 번 돈이에요. 공장 일이 없을 때나 늦은 밤에 잡다한 일을 해서요."

나는 마음을 가다듬고 차근차근 말했다.

"무슨 잡다한 일?"

존 사장님이 물었다.

"색빌 길에 사시는 스노 박사님 댁에 가서 동물들 먹이도 주고 우리도 청소해요. 그리고 저녁에 여기 일 끝나면 길 건너 40번지에서 양복점 하시는 그릭스 아저씨도 도와 드리고요. 주로 바닥에 떨어진 실이나 천 조각 같은 걸 쓸어 내고 다음 날 손님 맞을 준비를 하는 일이에요. 그릭스 아저씨께 직접 물어보셔도 돼요."

"자, 그렇게 흥분할 거까진 없고."

존 사장님이 여전히 싸늘하게 가라앉은 목소리로 말했다. 그러고는 상아 손잡이가 달린 작은 주머니칼을 집어 들고 손톱 밑을 후비기 시작했다.

즐기고 있는 거야. 날 쩔쩔매게 하면서.

"자네 말에 의문점이 있는데 말이지."

그러면서 존 사장님은 나에게 시선을 주는 것조차 귀찮다는 듯 손톱 밑을 후비는 데 열중하면서 천천히 입을 열었다.

"일을 다 끝내고도 정말로 다른 사람 일을 도울 만큼 시간과 에너지가 남아도느냐는 거지. 정말로 그랬으면 공장장이 자네한테 일거리를 더 줬을 게 분명한데 말이야."

나는 두 주먹을 쥐었다 폈다 하며 말했다.

"가기 전에 꼭 감독님께 확인을 받아요. 제가 얼마나 열심히 일하는지 감독님이 말씀해 주실 거예요."

에드워드 사장님이라면 내 말을 믿어 주실 게 분명하다는 말이 목구멍까지 올라왔다. 하지만 그건 존 사장님 앞에서 별 도움이 안 될 것 같았다. 바로 그 순간 어제 일이 퍼뜩 떠올랐다. 막 모퉁이를 돌아서려는데 에드워드 사장님의 목소리가 들려왔었다.

"허버트, 다시는 이런 짓 하지 마라."

그때는 그 말을 대수롭지 않게 생각했었다. 그러고 보니 혹시 귀요미가 거래처에서 받아 온 돈에 손을 댔다가 에드워드 사장님한테 걸린 건 아니었을까?

귀요미와 내 임무는 거래처에서 정확한 금액을 받아 오는 것이었지만, 마음만 먹으면 속이는 것도 얼마든지 가능했다. 거래처에서 이번에 받은 맥주가 만족스럽지 않다면서 1실링을 깎았노라고 둘러댈 수도 있고, 거래처에서 액수를 슬쩍 부족하게 준 걸 우리가 미처 발견하지 못했었노라고 할 수도 있었다. 어쩌면 귀요미가 수금해 온 액수가 너무 자주 비었던 게 에드워드 사장님 눈에 띄었을지도 모른다.

"자, 또 하나 묻겠는데,"

그러면서 존 사장님이 이번에는 칼을 다른 손으로 바꿔 쥐고 반대쪽 엄지손톱 밑을 후비기 시작했다. 나는 그 작고 예리한 칼날 끝에서 눈을 뗄 수 없었다.

사장님한테 나는 저런 존재일 거야. 손톱 밑에서 파내 버리면 그만인 더러운 때 한 조각.

"이 돈을 직접 일해서 벌었다고 했겠다? 근데 대체 무슨 이유로? 여기서 일하는 게 만족스럽지가 않다는 건가? 잠자리에, 식사에, 좋은 물까지 나오는데 왜 돈이 더 필요하지?"

존 사장님이 나를 몰아세우듯 물었다.

물론 나는 사실대로 말할 수 없었다. 얼른 머리를 굴렸다.

"좀 갖춰 입고 다니려고요."

나는 고개를 떨군 채 낡은 구두를 내려다보며 얌전히 말했다. 왼쪽 엄지발가락이 구두 밖으로 삐져나오려 하고 있었다. 내 발톱 밑의 때를 파내려면 사장님의 저 칼로 한 번 후벼서는 어림도 없을 것 같았다.

"그러니까 어……, 심부름 다닐 때 구두라도 제대로 된 걸 신으면 창피하지 않을 거 같아서요."

그러자 존 사장님이 내 말을 허공에 날려 버리기라도 하듯 손을 내저으며 말했다.

"자네, 그동안 우리 장부에 구멍이 있었던 거 아나?"

귀요미를 돌아본 나는 그 두툼한 입술을 재빨리 훑고 지나가는 미소를 놓치지 않았다. 내 직감이 맞았다. 귀요미가 그동안 제 삼촌의 회사 돈에 야금야금 손을 대고 있었던 거다. 그러다가 내 양철통을 발견하고는 이때다 하고 그 죄를 나한테 덮어씌우기로 한 거고.

나는 꼼짝없이 올가미에 걸려들었다는 생각에 또다시 고개를 떨어뜨렸다. **에드워드 사장님만 계셨더라면.** 하지만 에드워드 사장님은 일주일 내내 사업차 출장 중이었다. 귀요미 녀석이 타이밍 하나는 기가 막히게 잡은 셈이었다. 생긴 것만큼 멍청한 녀석이 아니었다. 에드워드 사장님이 나를 잘 봐주고 있는 걸 분명히 지켜보고 있었던 거다. 어쩌면 처음부터 내가 눈엣가시였는지도 모르고. 쿠퍼 감독님한테 나를 고용해도 된다고 허락한 사람이 바로 에드워드 사장님이었다.

물론 그건 제이크 아저씨 덕이기도 했다. 내가 아저씨한테 제일 고마워하는 부분이었다. 그 일은 도무지 겨울이 끝날 것 같지 않을 만큼 지독히도 춥던 이른 봄날에 일어났다. 비가 억수같이 퍼붓던 그날 밤, 스트랜드 길에 있는 어느 맥줏집에서 나한테 양고기 파이를 사 주며 아저씨가 말했다.

"물에 빠진 생쥐 꼴일세."

불 앞에 앉아 온몸으로 김을 펑펑 내는 나와 아저씨를 피해 다른 손님들은 멀찍이 떨어져 앉아 있었는데(우리한테서 풍기던 냄새를 생각하면 놀랄 것도 없었지만), 안으로 들어오던 쿠퍼 감독님이 제이크 아저씨를 알아보고 외쳤다.

"이야, 이게 누구야? 제이크잖아!"

감독님이 반갑게 인사를 하며 우리를 향해 걸어와 제이크 아저씨에게 악수를 건넸다.

"나 기억해? 라이온 공장 공장장. 자네가 우리 배달 마차 끄는 말들한테 늘 편자 만들어 박아 줬잖나. 내, 한잔 살게. 안 그래도 자네가 대장간 일 그만뒀단 소리 듣고 얼마나 아쉬웠다고. 내가 지금도 어디 가서 자네 자랑 많이 하는 거 알아? 런던에서 제일가는 대장장이였다고. 아,

얘는 자네 아들이고?"

"무슨 소리야. 나야말로 자네한테 한잔 사야지."

제이크 아저씨가 시선을 떨어뜨리며 우물거렸다. 얼굴에 꼬질꼬질 낀 때도 아저씨의 얼굴이 부끄러움으로 발갛게 달아오르는 걸 감추지는 못했다.

불쌍한 제이크 아저씨. 지금 자기 형편이 안 좋다 보니 옛 친구 대하는 것도 쉽지가 않나 보네.

아무튼 제이크 아저씨가 라이온 공장에서 뭐라도 한자리 얻어 내고 싶었는지 나를 내세우며 말했다.

"애는 뱀장어라고, 거 뭐냐, 내 아들은 아니지만 아무튼 아주 괜찮은 녀석이야. 글자도 쓸 줄 알고. 이런 녀석이 강에서 쓰레기나 주우면서 인생 허비하는 꼴이 어찌나 안타까운지. 거기 공장에 데려가면 어디 쓸 데 없을까?"

쿠퍼 감독님이 나를 위아래로 훑어보더니 고개를 끄덕이며 말했다.

"눈이 반짝반짝한 게, 똘똘하게 생겼네그려. 열심히 할 수 있겠냐?"

"네!"

"그럼 일단 깨끗이 씻기부터 해 봐. 템즈 강 냄새 풍기고 와서야 되겠니? 너 오면 내가 우리 에드워드 사장님께 인사 시켜 줄게. 안 그래도 올봄에 사업을 확장할 계획이라, 이참에 전갈 심부름도 하고 청소도 할 인력 하나는 더 쓸 수 있을 거다."

"감사합니다, 아저씨."

"물론 면접을 통과해야겠지만, 에드워드 사장님이 워낙에 자기 형님이랑 달리 좋은 분이시니. 자, 그럼 2주 뒤에 브로드 길로 와서 보자. 깨끗이 씻고 와야 된다."

나는 이렇게 해서 라이온 맥주 공장에 취직하게 되었다. 전적으로 제이크 아저씨 덕분이었다.

나는 라이온 맥주 공장에 들어와 열심히 일하면서 착실하고 똑 부러지게 내 밥값을 해냈다. 거리 노점상에서 고기 파이를 사다가 윗사람들에게 갖다 주는 심부름 같은 것도 마다하지 않았다. 런던 시내라면 손바닥 들여다보듯 훤한 덕에 급한 소식을 전하는 일은 언제나 내 차지였다. 나는 카운터와 칸막이 서류함이 있는 작은 대기실에 앉아 기다리고 있다가 땡 하고 종이 울리면 득달같이 움직였다. 최대한 빨리 찾아가서 소식을 전하고는 그다음 소식을 받으러 곧장 뛰어 돌아왔다.

일을 시작하고 얼마 지나지 않아 쿠퍼 감독님이 내 일 처리 속도를 알아차렸다.

"어찌 그리 일찍 돌아왔누?"

다우티 길을 향해 출발한 지 얼마 되지 않아 돌아온 나를 보고 감독님이 물었다.

"다른 애들은 아직도 그렇게 길을 헤매더구먼. 너는 머릿속에 시내 지도라도 넣어 갖고 다니냐?"

나는 감독님의 말을 곰곰이 생각해 본 뒤 대답했다.

"감독님 말씀이 맞는 거 같아요. 제가 워낙에 나다니길 좋아해서 런던 시내가 빠삭하거든요. 어디 갈 때는 항상 출발 전에 머릿속에서 지도부터 그려 봐요. 그러면 보통은 안 헤매고 곧장 갔다 곧장 올 수 있어요."

어려서부터 그랬다. 제각각인 것들을 하나로 꿰어 맞추는 일이 내게는 늘 쉽고 자연스러웠다.

"아빠 닮았네."

언젠가 엄마가 한 말이다. 아빠와 한참을 걸었던 기억, 탁자를 뒤덮은 커다란 런던 시내 지도를 뚫어져라 들여다보는 아빠의 무릎에 앉아 있던 기억이 꿈처럼 어렴풋이 떠오르곤 했다.

내 대답이 마음에 들었는지 감독님이 나를 보고 웃으며 말했다.

"좋구나. 에드워드 사장님께도 이 얘기 해 드려야겠다."

귀요미가 이 모든 걸 내게서 앗아 가려는 것이었다. 어떻게든 존 사장님의 마음을 돌려놓아야 했다.

"사장님, 제가 어떻게 이 돈을 벌었는지 확인하고 싶으신 거면 제가 가서 재봉사 아저씨 모셔 올게요. 설명해 주실 거예요."

존 사장님은 바로 대답하지 않고 뜸을 들였다. 당연히 안 된다고 하려는 것 같았다. 이윽고 사장님이 입을 열었다.

"그래, 그릭스 씨께 시간 있을 때 여기 잠깐 들르시라고 해라. 네 말이 맞나 보자."

마지못해 하는 말 같긴 했지만 분명히 허락은 허락이었다.

"사, 삼촌! 저 자식이 한 짓 맞단 말이에요!"

나는 약이 올라 팔딱팔딱 뛰는 귀요미를 밀치고 그 자리를 나섰다. 다시 한 번 기회를 얻었다.

나는 그 길로 죽어라 자갈길을 달려 양복점 앞에 다다랐다. 브로드 길에서 집 한 채를 온전히 쓰고 사는 가족은 없었다. 그릭스 아저씨네는 양복점 위층의 방 두 개를 썼고, 애니네 아빠인 루이스 경관님네는 같은 층에 있는 단칸방에서 복작대며 살았다.

다른 가난한 이웃들의 형편은 이보다도 훨씬 심했다. 나도 한때는 좁아터진 마당으로 난 문간에서 맨발 벗은 아이들과 밤새 울어 대는 아기들 틈에 낀 채로 밤을 보내곤 했다. 사람이 살 데가 못 되는 곳이었다. 적어도 이곳 브로드 길은 가게도 많고 골든스퀘어 광장의 잔디밭과도 가까웠다.

그릭스 아저씨에게 무슨 말을 할지는 미리 생각해 두었다. 하지만 양복점 문을 여는 순간 나는 내 눈을 의심하지 않을 수 없었다.

재봉사 그릭스 아저씨

양복점 안이 평소와 너무도 달랐다. 모든 걸 떠나, 잠잠하기 이를 데 없었다. 그러고 보니 사람도 아무도 없었다. 어쩐지 으스스한 느낌이 들면서 팔뚝에 난 잔털들이 일제히 곤두서는 것 같았다.

그릭스 아저씨가 통 보이질 않았다. 그럴 분이 아니었는데. 늘 일이 많아 눈코 뜰 새 없이 바쁘고 식사할 시간도 없을 지경이었다. 언젠가 아저씨가 껄껄 웃으며 말한 적이 있었다.

"손님들이 다림질이나 해 달라고 돈을 주시는 게 아니잖니. 그런 거야 손님들이 직접 하시면 되는 거고."

아저씨는 자기 일에 열정적이었다. 같은 손님이 하루에 몇 번씩 찾아오더라도 늘 반갑고 유쾌하게 인사했다. 나를 대할 때도 마찬가지였다.

"오, 우리 뱀장어 왔구나!"

아저씨는 매일 저녁 들르는 나에게 한결같이 인사를 건넸다.

"근데 이거 어쩌나. 내가 또 이렇게 잔뜩 어질러 놨네."

어둠에 어느 정도 적응이 되고 보니 텅 빈 줄로만 알았던 양복점에 누군가 앉아 있는 모습이 어렴풋이 보였다. 다섯 살 난 버니와 두 살 많은 누나 벳시였다. 버니와 벳시는 원래 새끼 고양이들처럼 잠시도 가만있지 못하는 아이들이었다. 하지만 어쩐 일인지 둘은 마치 꼬마 신사와 숙녀인 양 고객용 의자에 꼿꼿한 자세로 앉아 있었다.

그 모습을 보는 순간 어떤 기억이 상처를 건드리듯 아프게 떠올랐다. 내가 정말 정말 착한 아이가 되어 눈도 한 번 깜박하지 않고 얌전히 있으면 나쁜 일이 안 일어날 수도 있지 않을까 하고 바라던 기억이.

버니의 얼굴은 땟국과 눈물로 잔뜩 얼룩져 있었고, 벳시는 엉덩이 아래에 두 손을 넣고서 깔고 앉아 있었다. 벳시가 앉은 의자 옆에는 벳시가 아끼는 작은 점박이 강아지 딜리가 웅크리고 있었다. 펄쩍펄쩍 뛰어오르고 팽이처럼 뱅글뱅글 돌던 딜리조차도 평소와 달리 얌전히 앉은 채 나를 보고 살랑살랑 꼬리만 흔들 뿐이었다.

종종 그 강아지를 '깨방정 딜리'라고 부르던 그릭스 아저씨는 툭하면 "우리 딜리 어딨니?" 하며 찾곤 했다. 딜리는 어느 날 피카딜리 광장에서 그릭스 아저씨가 데려온 강아지였다. 아마도 어떤 농부가 시골에서부터 수레에 태우고 런던에 왔다가 말과 수레와 사람들로 북적이는 큰 교차로에서 잃어버린 강아지인 것 같았다.

"혼자 낑낑거리고 있는데 어찌나 딱하던지. 이런 녀석을 어떻게 집으로 안 데려올 수가 있겠니?"

그러면서 그릭스 아저씨는 딜리가 런던에서 제일 똑똑한 강아지인 게 틀림없다며 입에 침이 마르도록 칭찬을 했다.

"내가 안 데려왔으면 보나마나 자기가 살던 농장으로 어떻게든 돌아갔을 거야. 근데 이젠 우리랑 너무 많이 정이 들어서 아무 데도 못 가는 거라고. 그렇지, 우리 피카딜리 양?"

아저씨의 말에 하마터면 나는 그렇게 길을 잘 찾는 강아지라면 애초에 주인이랑 헤어질 리도 없지 않았겠느냐고 말꼬리를 잡을 뻔했었다.

런던에 사는 모든 사람들이 개를 애완동물 삼아 예뻐하지는 않았지만 그릭스 아저씨네 식구들은 딜리를 왕족이나 되는 것처럼 대했다. 딜리는 특히 소시지 빵을 좋아했는데, 심지어 나까지도 딜리에게 소시지 빵을 한 번 사 준 적이 있었다. 내가 빵을 야금야금 떼어 주자 딜리가 감질이 나서는 내 발 앞에 바짝 붙어 앉아 고개를 쳐들고 우는 소리를 냈다.

나는 딜리에게 다가가 말랑말랑한 귀 뒤쪽을 긁어 주며 나직한 소리로 벳시에게 물었다.

"근데 아빠는 어디 계셔?"

"아빠가 몸이 좀 안 좋아. 엄마가 나더러 손님들 오시면 다음에 다시 오시라고 하래."

벳시가 모깃소리로 대답했다.

그럴 수는 없었다! 당장 아저씨를 만나야만 했다. 아저씨가 한시 빨리 내 알리바이를 입증해 주지 않으면 나는 오늘 밤 템즈 강가 어딘가에 뒤집어 놓은 배 안으로 기어 들어가 잠을 청해야 할지도 모른다.

나는 어쩔 줄을 모르는 채 아이들을 바라보고 있었다. 버니의 두 눈에 눈물이 차오르더니 뺨을 타고 흘러내렸다. 눈물을 멈추려는 건지 버니가 두 주먹으로 얼굴을 꾹 눌렀다.

"아빠가 혹시 뭐 잘못 드셨니?"

내가 묻자 벳시가 침을 꿀꺽 삼키며 고개를 끄덕였다.

"배도 많이 아프고 목이 말라 죽겠대."

난 또 뭐라고. 별일도 아니었다. 배탈이야 여름에는 늘 있게 마련이었다. 잠깐 올라가 아저씨께 부탁하면 될 것 같았다. 내가 어쨌는지를 존 사장님께 간단히 글로 적어 설명해 주시는 건 어렵지 않을 테니.

"저기, 잠깐 올라가서 인사만 드릴게. 너희 엄마가 나한테 노점상에서 뭐 사다 달라고 부탁하실지도 모르고."

그러면서 나는 주머니에 손을 넣어 내 전 재산에 가까운 반 페니짜리 동전 두 개를 꺼냈다.

"오다가 보니까 버릭 길 모퉁이에 싱싱주스 장수 와 있더라. 가서 레몬 맛 하나씩 사 마셔."

그 말에 버니와 벳시가 벌떡 일어나 동전을 받아 들고는 맨발로 마룻바닥을 쿵쾅거리며 밖으로 달려 나갔다. 나는 곧바로 좁은 계단을 걸어 올라갔다. 숨 쉬기가 역겨울 만큼 집 안 공기가 온통 퀴퀴하고 후텁지근했다. 하지만 그와 동시에 나도 모르게 등골이 오싹해지는 것 같았다.

아까 공장에서 있었던 일 때문에 신경이 곤두서서 그럴 거야. 나는 스스로를 다독였다. 바보같이 굴지 말자.

이렇게 불쑥 찾아오는 게 무례한 짓일 수도 있지만, 이대로 공장에서 내쫓겨 다시 거리로 나앉는다면 도끼눈의 시야를 벗어날 기회도 잃을 수밖에 없게 된다. 그러면 내 주변 사람들에게 아무 짝에도 쓸모없는 사람이 되는 거고. 나를 꼭 필요로 하고 있는 또 다른 누군가에게도.

2층에 올라가 보니 그릭스 아저씨네 방문이 조금 열려 있었다. 나는 발로 살짝만 밀고 들어갈 생각이었는데 문이 그만 삐거덕 소리를 내며 활짝 열리고 말았다. 그 소리에 그릭스 아주머니가 깜짝 놀라 나를 쳐다봤다. 온화한 얼굴의 단정한 분이었다.

"실례합……."

인사를 하던 나는 그만 말문이 막히고 말았다. 눈앞의 광경에 숨이 콱 막힌 나는 머릿속마저 백지장처럼 하얘졌다. 작은 방 한구석에 잔뜩 쌓아 올린 침대보 위에 그릭스 아저씨가 누운 채 잠들어 있었다. 아니, 잔다고 할 수가 없었다. 사실대로 말하자면 극도의 고통에 짓눌려 있었다.

나는 충격에 휩싸인 채 벌어진 입을 다물지 못했다. 잠시 후 겨우 정신을 차리고 입을 다무는데, 그릭스 아저씨가 배를 움켜쥐고는 온몸을 엎치락뒤치락 뒤틀며 괴로워하기 시작했다. 아저씨의 금빛 머리가 땀에 흠뻑 젖어 검은 머리처럼 보였다. 목구멍 깊은 곳에서부터 올라온 고통에 찬 신음이 아저씨의 입 밖으로 희미하게 새어 나왔다. 아저씨 옆에는 똥오줌을 받는 요강과 양동이 몇 개가 놓여 있었지만, 아저씨가 때마다 그걸 쓸 만큼 기운이 남아 있는 것 같지는 않았다.

침대보 한쪽이 젖어 있기에 처음에는 그릭스 아주머니가 아저씨의 열을 내리려고 일부러 적셔 놓은 줄 알았었다. 하지만 다시 보니 그건 물이 아니라 쌀알처럼 작고 흰 알갱이들이 둥둥 떠다니는 쌀뜨물 같은 것이었다. 그 순간 뭔가가 내 마음을 콕콕 찔러 댔다. **흰색 알갱이**……. **흰색 알갱이**. 전에 어디선가 들은 적이 있었다. 그게 뭐였지?

"어머, 얘. 너 여기 들어오면 안 돼. 벳시가 아무 말 안 하던? 아저씨가 너무 힘들어 하셔서…… 애들도 다 내려 보냈어. 너도 얼른 내려가."

그릭스 아주머니가 낮은 목소리로 급히 나를 다그쳤다.

"아줌마, 혹시…… 시키실 일 없어요?"

아주머니는 내가 마치 다른 나라 말이라도 한 것처럼 황당한 얼굴로 나를 바라보다가 소리 죽여 소곤거렸다.

"내 말 못 알아듣니? 네가 할 수 있는 게 없다고……."

잦아들던 아주머니의 말소리가 뚝 그쳤다. 아저씨가 비명에 가까운 신음을 뱉어낸 것이었다. 아주머니는 아저씨에게 황급히 달려갔고, 그 뒤로는 내가 와 있다는 걸 완전히 잊어버린 것 같았다.

나는 토할 것 같아 침을 꿀꺽 삼켰다. 잠시라도 거기 더 있었다가는 아마 정말로 토해 버렸을지도 모른다. 뒤도 돌아보지 않고 그 방을 나선 나는 숨도 쉬지 않고 계단을 쿵쿵 내려갔다. 그리고 한달음에 거리로 나가 온몸을 덜덜 떨며 도저히 공기라고도 볼 수 없는 끈적끈적한 기체를 훅 들이마셨다. 바로 길 건너에 라이온 맥주 공장이 우뚝 서 있었다.

망했어. 공장에서 내쫓길 거야. 다시는 저기로 못 돌아가겠어. 가 봤자 존 사장님한테 내쫓기는 수모를 견뎌야 할 거라고. 제발 사장님이 나를 절도죄로 감옥에 처넣지 않기만을 바라면서.

하지만 저렇게 고통스러워하고 있는 그릭스 아저씨를 두고 내 걱정을 할 때가 아니었다. 바로 그때 흰색 알갱이에 대해 들었던 말이 생각났다. 콜레라에 걸린 사람들이 그런 배설물을 쏟아 낸다고 했다.

그릭스 아저씨는 콜레라, 바로 푸른 죽음에 감염된 것이었다.

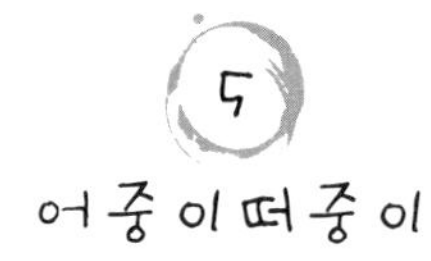

5 어중이떠중이

공포에 휩싸여 그 자리에 얼어붙은 채로 10분은 서 있었던 것 같다. 이다음은 또 뭘까? 내 등 뒤 2층 방에 누워 있는 그릭스 아저씨. 내 눈앞의 라이온 맥주 공장. 그리고 거리 모퉁이마다 소리 없는 공포로 드리운 도끼눈 빌 타일러의 그림자.

"나쁜 공기는 꼭 문제를 일으켜요."

얼마 전 쿠퍼 감독님이 경고했던 그 말이 딱 들어맞는 것 같았다. 하지만 단 며칠 사이에 어떻게 이 많은 문제들이 일어날 수 있을까?

내가 그릭스 아저씨를 위해 할 수 있는 일은 거의 없는 것 같았다. 그리고 런던의 어느 하수관에 꽁꽁 숨어 있지 않는다면 언제 어디서 도끼눈이 나를 찾아낼지 모르는 일이었다. 나는 라이온 맥주 공장에서 계속 일해야만 했다. (내 4실링도 되찾고!) 이런 나를 도와줄 수 있는 사람은 스노 박사님밖에 없을 것 같았다.

그런데, 도와주실 수 있기는 할까? 매일 저녁 양복점 청소를 끝낸 다음 박사님 댁으로 가서 동물들을 돌보면서도 정작 박사님을 만난 일은 거의 없었다. 박사님은 환자를 보러 왕진을 나가 계시거나 중요한 모임이나 식사 약속이 있어서 보통은 집에 안 계셨다. 돈 받는 날만 빼면 깐깐하기 이를 데 없는 가정부 아주머니와는 어떻게든 마주치지 않는 게 상책이고. 하지만 시도조차 안 해 볼 수는 없는 일이었다.

나한테 남은 유일한 기회일지도 몰라.

박사님 댁을 향해 막 출발하려는데 어디선가 플로리가 달려들더니 다짜고짜 창틀에 갇힌 파리가 앵앵거리듯 쏘아 댔다.

"야, 뱀장어. 네가 이런 거야?"

"내가 뭘?"

그렇게 되물으면서 보니 빽빽 우는 소리와 함께 플로리 뒤로 꾀죄죄한 아이들 셋이 따라오고 있었다. 버니와 벳시는 코를 훌쩍이며 껙껙대고 있었는데, 버니는 무릎이 까져 피까지 줄줄 흘리고 있었다. 그 뒤를 따라오는 아이는 손목에 색색깔 실이며 리본을 묶은 리본 공주 애니였다.

멍! 멍!

그 와중에 딜리까지 아이들 주위를 정신없이 맴돌고 있었다. 딜리는 그러다가 한 번씩 자기 꼬리가 보이면 그걸 잡겠다고 더 세차게 달리고, 안 잡히면 안 잡힌다고 마구 짖어 댔다.

"딜리, 조용히 해!"

플로리가 딜리를 꾸짖고는 양쪽 허리에 손을 갖다 댄 채 나를 향해 돌아섰다.

"얘들이 골든스퀘어 광장을 온통 헤매면서 울고 다니는 걸 애니랑 내가 찾아냈다고. 거기다 어땠는지 알아? 버니가 넘어져서 수레에 깔릴 뻔했단 말이야."

"수레 끄는 말이 얼마나 컸다고. 내 동생 깔려 죽을 뻔했어."

벳시가 훌쩍이며 말했다.

"얘들 말로는 네가 내보냈다던데? 야, 얘들 아직 애기들이잖아! 그릭스 아저씨가 얘들 한시도 안 떼놓는 거 몰라?"

플로리가 숨도 안 쉬고 다다다 쏘아 댔다.

"말이 괴물처럼 엄청 컸쪄!"

버니가 눈물에 땟국까지 흘러 꼬질꼬질해진 얼굴로 크게 딸꾹질을 하며 말했다. 그러고는 결정적인 한 방을 날렸다.

"싱싱주스 장수 못 찾았어. 싱싱주스 마시고 싶단 말이야. 사 준다고 했잖아."

그러자 벳시도 덩달아 내 옷자락을 잡아당기며 칭얼댔다.

"오빠, 나도. 그리고 나도 박사님네 동물들 보러 갈 거야. 플로리 언니가 그러는데, 오빠가 우리도 데려가 준다고 했다면서."

내가 노려보자 플로리가 어깨를 으쓱하며 말했다.

"우리가 얘들 데려가면 그 사이에 엄마들도 편하시고 좋지 뭐."

"야, 나는! 일하러 가는데 얘들 주렁주렁 달고, 참 좋기도 하겠다. 그리고 나……, 박사님이랑 상의할 것도 있단 말이야."

그러자 플로리가 콧방귀를 뀌며 말했다.

"쳇, 유명한 박사님네 동물 좀 돌본다고 뻐기기는. 누가 들으면 여왕님이라도 모시는 줄 알겠네. 얘들이 무슨 문제를 일으킨다고 그래?"

나는 고개를 저으며 툴툴거렸다.

"너희들 자체가 문제라고!"

플로리가 양쪽 허리에 손을 올린 채 내 대답을 기다리고 있었다. 그냥 물러설 아이가 아니었다. 한편으로 플로리는 내 가장 친한 친구이기도 했다. 하지만 나는 아직까지 플로리에게 콜레라에 대해서도, 존 사장님이 나를 도둑으로 몰고 있다는 이야기도 꺼내지 않았다.

모두가 나를 바라보고 있었다. 딜리마저도 목을 빼고서. 내가 졌다.

"알았다, 알았어. 대신에 흩어지지 말고 나만 바짝 따라다녀야 돼."

"그럼 나 얼른 가서 그릭스 아줌마한테 말씀드리고 올게."

플로리가 양복점을 향해 발걸음을 떼며 말했다.

"아니, 내가 갈게."

나는 얼른 플로리를 붙들어 세웠다.

"내가 무슨 보모도 아니고, 쪽팔리게 혼자서 애들 데리고 있기 싫다고."

나는 다시 건물 안으로 들어가 계단을 몇 칸 올라섰다. 그런 다음 위층에 있는 그릭스 아주머니와 루이스 아주머니에게 아이들은 플로리와 내가 잘 데리고 있으니 걱정 마시라고 소리치고 내려왔다. 대답은 들을 생각도 없었다. 꼭 가야 할 일이 아니라면 다시는 그 방에 들어가고 싶지 않았다.

"버니, 너 어떤 맛 주스 좋아해? 누난 산딸기 맛."

박사님 댁을 향해 걸어가면서 플로리가 버니에게 물었다.

"나는 레몬 맛. 우리 아빠는 딸기 맛."

버니가 대답했다.

"벳시는 뭐 좋아해?"

내가 물었지만 벳시는 대답이 없었다. 가만 보니 어디가 아픈지 얼굴이 핏기 없이 파리했다. 거기다 발까지 헛디디기에 내가 얼른 손을 잡아 주었다.

리젠트 길은 말과 마차, 큰 소리로 물건을 파는 행상들, 수많은 행인들로 그야말로 북새통을 이루고 있었다. 나는 뒤를 돌아보며 외쳤다.

"얼른 오라고, 리본 공주!"

그러자 애니가 빽 소리를 질렀다.

"가고 있잖아! 모자 가게 좀 구경했어."

아홉 살이 다 돼 가지만 여섯 살짜리처럼 앙상하게 마른 아이였다. 이 동네 사람들이 다 그랬다. 아빠가 경찰관이기는 하지만 그 집이라고 먹고살기가 만만한 건 아니었다.

경찰관인 루이스 아저씨라면 존 사장님한테 내 문제를 따져 줄 수 있을지도 모른다는 생각이 들었다. 하지만 위험한 생각이었다. 아저씨가 나에 대해 전부 알아 버리면 나를 소년원에 보내 버릴지도 모르는 일이었다. 그 점에 있어서만큼은 나도 제이크 아저씨와 같은 생각이었다. 하늘이 보이는 곳에서 지내고 싶었다.

"조심해!"

수레에 치일 뻔한 벳시를 홱 끌어당기며 외치자 수레를 끌던 말이 놀라서 펄쩍 뛰어올랐다.

"야, 뱀장어. 천천히 좀 가. 뭐가 그렇게 급한데? 구경도 하면서 좀 재밌게 가도 되잖아!"

버니를 끌고 따라오던 플로리가 숨을 헐떡이며 소리쳤다.

나는 아이들을 노려보고는 샛길로 데리고 들어갔다. 거긴 좀 조용했다. 한숨 돌리고 나자 온몸을 조이던 긴장이 어느 정도 풀리는 것 같았다. 도끼눈이 사람들로 붐비는 곳이라면 어디라도 소매치기들을 풀어놓았겠지만 이런 곳은 그나마 안전해 보였다.

플로리가 아이들을 앞세워 걸으며 캐물었다.

"대체 왜 이러는데? 공장에서 무슨 일 있었어?"

"왜 그렇게 생각해?"

내가 되물었다.

"음, 일단 이런 대낮에 일 안 하고 나와 있잖아."

예리했다.

"그리고 너 지금 고슴도치처럼 사람 콕콕 찌른다고."

"존 사장님한테 도둑으로 찍혔어."

이쯤 되고 보니 플로리에게 못 털어놓을 것도 없었다.

"귀요미지? 너 그렇게 골탕 먹인 게?"

플로리가 묻는 말에 나는 고개를 끄덕이며 대답했다.

"그 자식이 내 물건 뒤져서 돈을 찾아내고는 그걸 내가 훔쳤다고 자기 삼촌한테 일러바쳤어. 나 아무래도 공장에서 쫓겨날 거 같아."

그러던 나는 내 비밀을 전부 털어놓게 될까 봐 얼른 말머리를 돌렸다.

"근데 넌 그게 귀요미 짓이란 걸 어떻게 알았어?"

그러자 플로리가 코웃음을 치며 대답했다.

"걔 멍청하다고 백날 무시해 봤자야. 그래 봬도 걔가 사장님 조카라고."

"너 지금 누구 편들어? 내 편 아니었어?"

그러자 플로리가 내 어깨에 살며시 손을 올리며 말했다.

"나야 당연히 네 편이지. 내 말은, 우리 같은 천한 것들은 몸 사리고 살아야 한다, 이 말이야. 그릭스 아저씨한테 도와 달라고 해 봤어? 아저씨가 너희 사장님들 잘 아실 텐데."

나는 잠시 망설이다가 입을 열었다.

"그릭스 아저씨가…… 몸이 좀 안 좋으셔서 만나기가 어려워."

나는 하마터면 아저씨가 콜레라에 걸렸을지도 모른다고 내뱉을 뻔했다. 하지만 버니와 벳시가 있는 자리에서 그럴 수는 없었다. 더구나 사실이 아닐지도 모르니 섣불리 꺼낼 말도 아니었고.

플로리는 한동안 말이 없더니 갑자기 무슨 생각이 떠오른 듯 입을 열었다.

"귀요미가 네 돈 가져갔댔지? 근데 그게 무슨 돈인데? 어디다 쓰려고 모은 돈인데?"

나는 어깨를 으쓱하고는 대답했다.

"꼭 어디는 아니고."

"이거 봐. 내가 뭐 물어보면 자꾸 피하기만 하고."

플로리가 맑고 순진한 눈으로 내 눈동자를 빤히 들여다보며 말했다.
“너 그럴 때 보면 어떤 줄 알아? 나 속여서 썩은 생선 팔아먹으려는 사람 같아.”
그러고는 플로리가 달려가 그새 또 넘어진 버니를 일으켜 세웠다. 나는 플로리가 한 말을 곱씹으며 아이들을 뒤따라 걸었다.

반듯하고 깔끔한 석조 건물들이 나란히 들어선 색빌 길에 이르자 애니, 버니, 벳시가 눈을 휘둥그레 떴다.
“와, 성 누가 병원에 온 것처럼 조용하네.”
벳시가 나직이 중얼거렸다.
“근사하지? 여기가 부자들이 사는 동네야.”
플로리가 아이들 앞에서 아는 척을 하고는 나를 향해 말했다.
“좀 있으면 나도 이런 좋은 집에서 일할 거야.”
나는 커다란 대문이 있고 각층마다 창문이 네 개씩 나 있는 3층짜리 집을 가리키며 말했다.
“저기 18번지가 박사님 댁이야.”
그러면서도 나는 아직까지도 박사님 같은 분이 나 같은 넝마주이한테 자기 동물을 맡겼다는 게 믿기지 않았다.
“이 큰 집이 다 박사님 집이야?”
벳시가 목을 길게 빼고 위층을 올려다보며 물었다.
“당연하지. 박사님은 아주 높으신 분이거든. 그러니까 박사님네 마당에서 얌전히 굴어야 돼. 안 그러면 이따 집에 갈 때 싱싱주스 안 사 줄 거야."

나는 아이들을 슬쩍 으르고는 고갯짓을 하며 계속했다.

"따라와. 뒷골목으로 돌아가야 돼. 거기 가면 박사님 댁 가정부 아줌마가 내놓은 신문이랑 동물들 먹이가 있거든."

"박사님은 어떻게 만났는데?"

플로리가 나를 따라오며 물었다.

"코벤트가든 시장에서. 박사님이 기니피그 사러 거기 오셨더라고. 너, 거기가 얼마나 시끄럽고 번잡한지 알지? 박사님이 기니피그를 사서 상자에 막 넣으려는데 뒤에서 채소 수레 끌고 오던 말이 갑자기 펄쩍 뛰는 바람에 수레가 엎어지고 난리가 난 거야. 그 틈에 기니피그가 기겁을 하고 박사님 손에서 빠져나가 버리고. 근데 다행히 내가 그 옆에 있다가 녀석을 바로 잡은 거지."

다들 눈을 반짝이며 내 이야기를 듣고 있었다. 나는 마치 기니피그를 막 잡기라도 한 듯 두 손을 마주 오므리고 그때 상황을 재연했다.

"여깄어요, 선생님. 제가 동물을 좀 잘 알아요. 마침 제 별명도 뱀장어라서, 녀석들이 무슨 생각을 하고 빠져나가는지 다 알거든요."

"에이, 그럼 박사님한테 기니피그를 돌려준 거야?"

버니가 실망에 찬 목소리로 물었다.

"어느새 내가 상자에 넣어 드렸더라고."

나는 고개를 끄덕이며 말했다.

"그래서 박사님이 오빠한테 일을 맡긴 거야?"

이번에는 벳시가 물었다.

"일이 그렇게 한 번에 쉽게 풀리면 좋게? 시험 삼아 일을 시키고는 한동안 지켜보시더라고. 잘하나 못하나."

나는 찬찬히 예전 기억을 떠올리며 계속했다.

"박사님만이 아니라 가정부 아줌마도 그랬어. 아줌마가 완전히 여장부인 거 있지. 내가 일하는 걸 3주 동안이나 깐깐하게 지켜보더니 허락하시더라니까."

그때 아주머니가 나한테 특별히 경고한 게 있었다.

"박사님 성품 온화하신 거 이용해 먹다가 내 눈에 걸리면 곧바로 경찰 부를 거니까 그렇게 알아. 난 한다면 한다."

이야기를 마친 나는 신경을 곤두세우고 주위를 둘러봤다. **괜히 플로리랑 이 아이들까지 다 데려왔나?** 가정부 아주머니가 우리를 떼도둑으로 여기면 안 될 일이었다. 뒷문을 벌컥 열고 나와 빗자루를 쳐들고 소리치는 아주머니의 모습이 눈에 선했다.

"썩 꺼져!"

스노 박사님의 동물들

나는 커다란 검은색 철문을 통해 박사님네 뒷마당으로 들어간 다음 내 뒤를 따라오는 어중이떠중이를 향해 눈을 부릅뜨고 말했다.

"귓속말로만 말해. 뛰지도 말고."

그러고는 꼬리를 살랑살랑 흔들며 낮은 소리로 낑낑대는 딜리의 눈을 똑바로 보고 말했다.

"너도 마찬가지야."

동물 우리는 작은 뒷마당을 거의 다 차지하고 있는 목조 헛간 안에 들어 있었다. 부엌으로 향하는 벽돌 길 가장자리에는 요리에 쓰는 향신 채소들이 조르르 자라고 있었다. 언젠가 가정부 아주머니한테서 박사님이 채식주의자라는 이야기를 들은 적이 있는데, 그래서인지 박사님이 더 특별해 보였다. 태어나서 채식주의자를 만난 건 처음이었다.

"얘들은 밖으로 못 나오는 거야?"

애니가 머리카락 끝을 잘근잘근 씹으며 중얼거리듯 물었다.

"걱정 마, 애니. 헛간이랑 우리랑 전부 박사님이 직접 만드셨는데, 공기가 아주 잘 통하게 돼 있어. 여름에도. 양쪽 벽이 이렇게 내려오면서 틈이 생긴 거 보이지? 그래서 여기 있는 공기층이 겨울에는 추위를 막아 주는 거야."

나는 애니를 안심시키며 차근차근 설명해 주었다.

버니와 벳시가 우리 하나를 들여다보고는 두 눈을 휘둥그레 떴다. 곧 이어 벳시가 소곤거리듯 외쳤다.

“와, 진짜 토끼다! 얘 사람 물어?”

나는 벳시를 향해 고개를 저으며 대답했다.

“안 물어. 얼마나 순하다고. 새끼 고양이 같아.”

그 말에 벳시가 철망 사이로 손가락 하나를 넣고는 작은 갈색 토끼를 향해 까딱거렸다. 그러고는 곧 키득거리며 말했다.

“얘가 내 손가락 오물오물 씹어. 버니, 와서 얘 쓰다듬어 봐.”

나는 그 모습을 지켜보다가 플로리에게 말했다.

“네 말대로 얘들 데려오길 잘했어. 나랑 계속 친구 할 거지?”

그러자 플로리가 고개를 끄덕이고는 덧붙여 말했다.

“친구라는 게 뭔데. 다 믿고 맡기는 게 친구야. 비밀 같은 거 없이.”

이쪽저쪽 우리들 사이를 정신없이 오가던 버니가 물었다.

“얘들이 전부 박사님 애완동물이야? 생쥐랑 기니피그도 다?”

“정확히 말하면 애완동물은 아니야. 박사님 실험에 쓸 동물들이야.”

나는 생쥐 우리 안에 깨끗한 신문지를 새로 깔아 넣으며 대답했다.

“무슨 실험?”

눈을 동그랗게 뜨고 묻는 플로리의 얼굴에는 내 입에서 다리와 꼬리를 자른다느니 어쩌느니 하는 끔찍한 말만은 나오지 않기를 바라는 표정이 가득했다.

"그냥 잠들게 하는 실험이 전부야. 아, 그렇다고 영영 잠들게 하는 건 아니고, 잠깐 동안만."

내 설명을 듣고는 벳시가 인상을 쓰며 물었다.

"근데 왜 그런 실험을 해?"

"아, 박사님이 클로로포름이라는 가스를 실험하시는 중이거든. 그걸 들이마시면 통증을 못 느낄 정도로 아주 깊이 잠든대. 그래서 그걸 이용하면 치과에서 썩은 이를 뽑거나 외과에서 칼을 대도 환자는 아무런 느낌이 안 드는 거야."

"칼 싫어!"

버니가 진저리를 치며 외쳤다.

"스노 박사님이 런던 전역의 치과, 외과 의사 선생님들을 도와주고 계셔. 여왕님께 클로로포름을 쓰신 적도 있고."

나는 목에 잔뜩 힘을 주고 말했다.

"여왕님도 이가 아프셨어?"

왕이나 여왕은 그런 일과는 무관하게 사는 줄 알았던지 리본 공주 애니가 깜짝 놀라 물었다.

"아니, 다른 일로. 작년에 레오폴드 왕자님이 태어나셨잖아. 여왕님이 왕자님 낳는 동안 덜 아프시라고 스노 박사님이 도와 드린 거야."

내 말을 듣고 있던 플로리가 천천히 입을 열었다.

"가만, 내가 정리해 볼게. 박사님이 우선 동물들한테 클로로포름 가스를 실험해서, 사람한테는 얼마만큼을 써야 할지 알아내시는 거구나. 당연히 그래야 하는 거고, 안 그래? 만약에 실수로 여왕님한테 클로로포름을 너무 많이 썼다가는 박사님 모가지가 날아갈 수도 있으니까!"

나는 고개를 끄덕이며 맞장구를 쳤다.

"맞았어. 근데 박사님이 원래도 동물들을 아주 조심히 다루셔."

박사님이 일부러 나를 찾아오셨던 날이 생각났다. 박사님은 내가 치워 놓은 우리들을 보고 고개를 끄덕이며 말했었다.

"어떤 동물이든지 조심스럽게 다뤄야 된다, 뱀장어야. 인간을 위해서 동물 실험을 할 때도 반드시 인도적으로 해야 되고."

"와, 그러니까 지금 우리가 여왕님을 직접 만난 분의 마당에 서 있는 거구나!"

플로리가 그제야 감격스러웠는지 목소리를 높여 말했다.

"박사님이 과학에 대해서 얼마나 열정적이시냐면, 가정부 아줌마 말로는 박사님이 클로로포름을 동물들한테만 실험하시는 게 아니래. 자기한테도 직접 써 보신대. 시계를 보고 나서 가스를 들이마신 다음 잠드는 거야. 꼴까닥!"

그러면서 나는 눈을 감고 머리를 한쪽으로 홱 떨구는 시늉을 했다.

"그리고 몇 분 있다가 깨면 잠들었던 시간이랑 들이마신 클로로포름 양을 공책에 적으신대. 위대한 과학자한테 그 정도야 기본이겠지만."

리본 공주 애니, 버니, 벳시가 서로 동물들 그릇에 물을 따라 주고 먹이도 주겠다며 나서는 통에 한참이 지나서야 겨우 일이 끝났다. 그동안 플로리는 저만치 떨어져 있었는데, 알고 보니 열심히 그림을 그리고 있었다.

"한 사람한테 하나씩이야. 애니랑 벳시는 토끼, 버니는 기니피그."

플로리가 스케치북을 한 장씩 뜯어 아이들에게 나눠 주며 말했다.

"이거 봐, 형. 장군이라는 이름 어때? 기니피그 장군. 형도 앞으로 그렇게 불러 주면 안 돼?"

버니가 나를 향해 기니피그 그림을 들어 보이며 말했다.

"그래, 꼭 그렇게 불러 줄게."

나는 버니에게 약속한 다음 아이들을 향해 말했다.

"이제 집에 갈 시간이야. 플로리, 얘들 좀 데려다줄 수 있어?"

"나 혼자서? 근데 얘들한테 싱싱주스 사 준다며. 넌 왜 안 가는데?"

"박사님이랑 할 얘기 있다고 아까 그랬잖아. 그러니까 네가 좀 데리고 가 주라, 응?"

내가 애원하듯 말하자 플로리가 마지못해 한숨을 내쉬며 말했다.

"알았어. 근데 박사님 안 계시면 어떡할 건데? 오늘 저녁에 라이온 공장으로 돌아갈 수는 있는 거야?"

나는 고개를 저으며 대답했다.

"박사님이 안 도와주시면 못 가. 너도 알다시피 도둑질이라는 게 그냥 넘어갈 일이 아니잖아."

"그럼 오늘 밤에 어떡할 건데? 설마, 여기서 자려고?"

나도 모르게 얼굴이 화끈 달아올랐다. 어쩌면 저 아이는 매번 저렇게 나보다 한발 앞서는 걸까. 안 그래도 나도 여기서 잘까 생각하던 차였다. 나는 플로리와 눈이 마주치기 싫어 그늘 아래에서 졸고 있는 딜리에게로 가서 괜히 귀만 긁어 주었다.

"네가 박사님을 마냥 좋게 보고 그런 생각까지 했나 본데, 아서라. 높으신 양반들은 원래 자기 집 뒷마당에 너 같은 넝마주이 들어오는 거 안 좋아해. 박사님이나 가정부 아줌마가 너 이 헛간에서 자는 거 보면 당장 내쫓고 다시는 못 오게 한다는 데 내가 반 페니 건다."

플로리 말대로라면 별 볼 일 없는 넝마 줍기 말고 유일하게 남은 밥줄마저 끊긴다는 뜻이었다.

"걱정 마. 갈 데 있으니까."

"안전한 데야?"

플로리가 묻자 나는 고개를 끄덕였다. 어쨌든 지금까지는 안전한 곳이었으니까. 하지만 지금은 어떤지 나도 알 수가 없었다. 템즈 강 옆의 늘 가던 곳에서 자다가 도끼눈 빌한테 잡히는 건 아닐지.

나는 주머니에서 6펜스짜리 동전을 꺼내 플로리에게 건넸다. 마지막 남은 동전이었다.

"너도 싱싱주스 사 마셔."

그러자 플로리가 한숨을 내쉬며 말했다.

"제일 중요한 대목을 놓치게 돼서 안됐다, 얘. 애들 끈끈한 손도 한 번 못 잡아 보고."

나는 픽 웃고는 타박타박 걸어가는 아이들을 향해 손을 흔들었다. 딜리는 나중에 다시 올 때를 대비해 이 장소를 기억해 두려는 듯 풀숲 구석구석에 주둥이를 들이밀고 킁킁거렸다.

대문에 다다르자 플로리가 돌아서서 나를 향해 말했다.

"잘될 거야."

정말 그랬으면. 나는 뒷문 앞에 서서 스스로에게 용기를 불어넣으며 문을 바라봤다. 그리고 마침내 문을 똑똑 두드렸다. 문이 열리기까지 한 세월은 걸린 것 같았다. 나는 얼른 모자를 벗으면서 인사했다.

"안녕하세요, 아줌마."

가정부 아주머니도 스노 박사님 나이와 비슷한 40대인 것 같았다. 아주머니를 보면 딱딱하게 굳은 얼굴에 웃음기라고는 찾아볼 수 없는 불도그라는 개가 떠올랐다. 딜리가 그릭스 아저씨를 따르는 것처럼 아주머니도 스노 박사님께 충직하기 이를 데 없었다. 꼭 앨버트 왕자님 모시듯 했다.

"박사님은 천재시다. 그런 분 밑에서 일하는 걸 영광으로 알라고."

내가 매주 돈을 받으러 올 때마다 하는 소리였다.

"네, 저도 그렇게 생각해요."

내 대답도 한결같았다.

아주머니는 매번 내가 발걸음을 내딛는 곳마다 따라다니며 박사님이 얼마나 바쁘신지, 얼마나 건강을 챙기셔야 하는지, 그리고 박사님의 이름이 역사에 길이 남을 게 분명하다는 이야기를 쉬지 않고 쏟아 냈다.

그러다가는 우뚝 멈춰 서서 여기가 어딘가 하는 얼굴로 잠깐 고개를 털고 나서야 나한테 2실링을 건네곤 했다.

문을 열고 나온 아주머니가 나를 내려다보며 물었다.

"얘, 무슨 일 있니?"

아주머니는 절대 나를 뱀장어라고 부르지 않았다.

"사람을 물고기 이름으로 부를 순 없다."

나를 처음 본 날 아주머니가 콧방귀를 뀌며 한 말이다.

"아무 일도 없어요. 일 다 끝내서 온 거예요."

그러고는 나는 발끝으로 시선을 떨궜다. 얼른 말해야 했다.

"저기 혹시…… 박사님 안에 계세요?"

아주머니는 대놓고 나한테 면박을 주지는 않았다. 그러기에는 예의를 너무 많이 차리는 사람이었다.

"아직 저녁도 안 됐는데 지금 이 시각에 박사님을 뵙겠다고?"

그래 놓고는 내 대답은 듣지도 않고 계속했다.

"너도 알다시피 박사님이 보통 분이시니? 그건 다시 말해서 박사님이 바쁘시다는 얘기고. 그것도 **대단히**. 한밤중까지도 집에 못 오시는 날이 허다하다고."

"네, 아줌마. 저는 그냥……."

나는 아주머니의 말을 자르고 끼어들려고 했다.

"오늘은 어디 이 뽑는 거 도와주러 가신 걸로 안다만."

아주머니도 내 말은 더 듣지 않고 계속했다.

"아무튼 요즘 다들 박사님 찾느라 난리다. 런던에서 내로라하는 치과, 외과 의사들이 박사님 안 계시면 일을 못 할 지경이라지 않니. 그러니 박사님의 명성이 날로 높아질 수밖에. 암, 진정한 천재이시지."

갑자기 아주머니의 말이 다 옳다는 생각이 들었다. 박사님은 정말 바쁘고 중요한 분이었다. 내가 대체 무슨 생각을 하고 있었던 걸까? 박사님은 나 같은 아이를 도울 시간이 없는 분이었다. 심지어 빅토리아 여왕님을 돌보시는 의사였다. 어째서 나 같은 넝마주이를 신경 쓰실 거라고 생각했을까.

나는 다시 입을 열고 우물거렸다.

"어……, 그냥, 우리 청소 다 했다고 말씀드리러 왔어요. 그리고 저기……, 오늘이 목요일이고요."

아주머니는 보통 목요일 저녁이나 금요일 아침에 품삯을 줬다.

"아, 맞다. 돈 달란 소리구나."

아주머니가 주머니에서 2실링을 꺼내 나에게 건네며 또 시작했다.

"그리고, 박사님이 인심은 또 얼마나 후하시냐. 세상에, 그깟 우리 청소하는 데 일주일에 2실링씩이나 주시고. 아무튼 그날 시장에서 박사님 눈에 든 걸 진짜 행운으로 알라고."

"그럼요."

나는 차갑고 딱딱한 동전을 손에 꼭 쥔 채 말했다.

2실링. 나쁘진 않지만 부족했다. 내 비밀을 안전하게 지키기에는.

7 다시 강으로

"비켜, 이 녀석아."

마차를 몰던 마부가 소리쳤다. 나는 주머니에 있던 2실링을 더 깊이 찔러 넣으며 길가의 똥 무더기를 뛰어넘어 비켜섰다. 마차를 끌던 말이 히이잉 소리와 함께 앞발로 따그닥따그닥 자갈길을 구르며 나를 향해 머리를 마구 흔들어 댔다.

"장군님 행차하시는데 어딜 감히 끼어들어!"

마부가 또 한 번 나를 윽박질렀다. 나는 고개를 숙인 채 아무 말도 하지 않았다. 손바닥만 한 기니피그를 장군이라고 불러 달라던 버니가 생각났다.

벌써부터 브로드 길이 한참 멀게 느껴졌다. 내 삶이 다시 넝마주이 시절과 템즈 강을 향해 돌아가고 있었다. 갈색 모자를 깊이 내려 쓰자 모자 테두리가 양쪽 눈썹을 꾹 눌렀다. 나는 닳아 빠진 구두 밑창으로 울퉁불퉁한 자갈을 고스란히 느끼며 발걸음을 재촉했다. 다리까지의 거리는 대충 2마일이었지만 뒷길과 골목으로 돌아가면 더 멀었다. 하지만 그게 더 안전한 길이었다. 소매치기들은 피카딜리 광장이나 코벤트가든 시장처럼 붐비는 곳에 나다니고 있을 게 분명했다.

돈을 뺏기는 일만 걱정인 게 아니었다. 런던에 있는 거의 모든 소매치기들이 도끼눈 빌을 알고 있었다. 그중에는 나를 알아볼 만한 사람들도 있었고, 나와 인상착의가 비슷한 아이들을 눈여겨보는 사람들도 있을 터였다. 다들 돈 몇 푼에 기꺼이 나를 잡아다 도끼눈한테 팔아넘길 사람들이었다.

그뿐만이 아니었다. 도끼눈 빌은 범죄자의 길로 들어서기 전부터 알던 생선 장수들과도 여전히 가깝게 지내고 있었다. 일이 끝나면 종종 맥줏집 창가 자리에 모여 앉아 잔을 기울이다가 주변에서 바스락 소리만 나도 다 같이 도끼눈을 뜰 사람들이었다.

그중 하나가 우리 새아버지라는 사람한테 일러바칠지도 모르고.

"어이, 빌! 오늘 낮에 누굴 봤는지 알아? 자네 아들놈이 아주 뻔뻔스럽게 시장통을 헤집고 다니더구먼. 녀석이 집을 나갔다고 했지? 아버지 은혜도 모르는 후레자식 같으니라고. 뱀장어라고 부른다면서? 하도 뺀질뺀질해서."

이 말에 도끼눈 빌은 분을 참지 못하고 펄펄 뛸 게 틀림없었다. 그 사람은 내가 자기 손아귀를 빠져나갔다는 사실을 견디지 못했다. 그런 도끼눈과 행여나 다시 마주칠 일을 만들 수는 없었다. **절대로.**

맥줏집에서 풍겨 나오는 양파와 감자 튀기는 냄새를 맡자 배 속이 요동쳤다. 라이온 공장에서 아침을 먹은 뒤로 음식이라고는 구경도 못한 터라 뱃가죽이 등에 달라붙을 지경이었다. 라이온 공장. 그러고 보니 새끼 고양이가 생각났다. 내가 녀석에게 밥을 줄 일은 더 이상 없을 것 같았다. 앞으로 어떻게 지내려나. 누가 물이랑 먹다 남은 밥이라도 챙겨 주고 있을까?

그러자 쿠퍼 감독님도 떠올랐다. 월요일 아침에 사무실로 들어서던 감독님이 쫄딱 젖은 몰골로 자기 의자를 차지하고 있는 새끼 고양이를 보고는 퉁퉁거리듯 물었었다.

"이 분은 대체 뉘시냐?"

"제 고양이예요, 감독님. 어떤 애가 얘를 템즈 강에 집어던졌는데 마침 제가 그 자리에 있었거든요."

"그래서 또 발 벗고 나섰겠구먼. 안 봐도 뻔하지."

감독님이 빈정대듯 말하고는 또다시 물었다.

"어쨌거나 이 녀석이 왜 내 의자에서 이러고 있는 거냐고."

"아, 좀 봐주세요, 감독님. 안됐잖아요. 그리고 우리 공장에 쥐잡이도 필요하고요."

그러자 쿠퍼 감독님이 끙, 소리를 냈다. 하지만 나중에 소식을 전할 일이 있어 다시 감독님 사무실에 들어가 보니 고양이가 그때까지도 그 의자에 앉아 있었다. 그것도 감독님 무릎 위에 떡하니.

녀석은 잘 지낼 거다.

템즈 강이 가까워질수록 냄새도 지독해졌다. 아침 댓바람부터 감독님이 독가스가 문제를 일으키네 어쩌네 하며 경고한 일이 떠올랐다. 내 문제도 문제였지만 그릭스 아저씨 문제는 더 심각했다. 지금쯤 어쩌고 계실까? 어쩌면 콜레라라는 건 내 착각이었을지도 모른다. 내일 다시 가서 확인해 봐야겠다.

하지만 그보다 먼저 들러야 할 데가 있었다. 4실링을 안 가져갔다가는 어떻게 될지를 생각하니 아찔했다. 어제까지는 양철통에 안전하게 들어 있던 4실링. 어제까지는.

하지만 계속 그 생각에만 매달릴 때가 아니었다. 박사님 댁 가정부 아주머니께 받은 2실링에 얼마나 더 보탤 수 있을지는 몰라도 하는 데까지 해 보는 수밖에 없었다. 싫든 좋든 다시 넝마 줍기에 나서야 했다.

강이 시야에 들어오는 순간, 시큼하고 역겨운 냄새가 얼굴 위로 확 끼쳤다. 속이 메스꺼웠지만 그나마 빈속이어서 다행이었다. 이 상태로 하루를 더 버텨야 한다는 게 문제지만. 그래도 다행히 썰물이었다.

아빠가 나를 데리고 템즈 강변으로 산책 오던 일이 자주 떠오른다. 그때도 이렇게 냄새가 지독했었는지는 잘 모르겠다. 크고 단단한 아빠의 손이 내 손을 쥐고 있던 느낌만은 아직까지도 생생했다.

아빠는 몇 번을 오더라도 싫증 낼 줄 모르고 강을 바라봤다. 그때마다 강 위 여기저기로 손을 뻗으며 내게 말했었다.

"와, 저기 봐. 거룻배에, 낚싯배에. 또 저쪽에 짐배들 왔다 갔다 하는 거 보이지? 템즈 강이 이렇게 핏줄 돌듯이 그득하게 살아 움직이면서 런던 전체를 먹여 살리는 거야."

아빠는 강가에서 쓰레기를 줍는 어린아이들을 늘 안타까워했고, 종종 그중 제일 어린 아이를 불러 동전을 쥐여 주곤 했다. 아빠는 그렇게 안타까워하던 일이 내 이야기가 될 줄은 꿈에도 몰랐을 거다. 이 강은 라이온 공장에 들어가기 전까지 오랫동안 나를 먹여 살린 곳이었다. 그리고 나는 또다시 먹고살기 위해 이곳으로 돌아와 있었다.

석탄이나 나뭇조각, 배의 조리사가 던져 준 비곗덩어리 같은 걸 팔아서는 하루에 몇 페니도 벌기 힘들었다. 하지만 그 짓이라도 해야 했다. 스노 박사님 댁에서 번 돈으로는 입에 풀칠하기도 빠듯했다. 그것도 겨울이 닥치기 전까지만.

갑자기 아빠가 그리워 울컥했다. 아빠가 돌아가신 지 3년이 지났다. 런던이 템즈 강을 따라 양쪽으로 나뉘듯 내 삶도 둘로 나뉘었다. 아빠가 돌아가시기 전까지의 삶, 그리고 그 뒤로 모든 것이 뒤바뀐 삶. 마치 아침에 눈을 뜨면 간밤의 꿈이 희미해지는 것처럼 행복했던 내 어린 시절의 기억도 시간이 갈수록 점점 옅어지는 것 같았다.

햇살에 반짝이는 템즈 강의 물결을 잠시 바라보고 있을 때였다. 갑자기 뭔가가 내 등짝을 후려치는 것과 동시에 나는 공중을 날아 진흙탕에 처박혔다. 간신히 두 손과 무릎으로 바닥을 짚고 떨어진 나는 튕기듯 일어서면서 곧바로 공격 자세를 취했다.

"나한테 덤비시겠다고, 이 겁쟁이가?"

네드가 머리 하나는 더 큰 키로 나를 내려다보며 말했다. 방심하고 있던 나 자신이 원망스러웠다. 네드는 이러고도 남을 만큼 못된 녀석이었다. 내 뒤에 따라붙었던 게 도끼눈이었으면 어쩔 뻔했을까?

나는 코를 쥐어 싸며 뒤로 물러섰다. 네드 녀석이 똥통에서 목욕이라도 하고 온 것 같았다. 강 속에 처박혀 살다시피 하느라 밖으로 나오는 일이 거의 없으니 그런 셈이긴 했다. 네드가 뱀눈을 뜨고 나를 쳐다보며 말했다.

"야, 뱀장어. 이해가 안 되는데."

나는 네드를 쏘아보는 채로 바지에 묻은 흙무더기를 털며 말했다.

"콩알만 한 뇌로 뭔들 이해가 되겠냐?"

네드는 내 모욕에도 아랑곳하지 않고 되물었다.

"네가 여긴 어쩐 일이냐고. 내가 따져 보니까 이번 주만 벌써 두 번째야. 우리가 오랜 친구인 걸 생각하면 아침에야 어쩌다 한 번씩 마주칠 수 있다 쳐."

그러면서 네드가 나를 쏘아보더니 강을 휘젓는 막대기 끝으로 내 턱밑을 툭툭 건드리며 말했다.

"근데 너 중간에 또 왔단 말이지."

"네가 이 강 주인이라도 돼?"

나는 막대기를 밀쳐 내며 물었다.

"주인? 그거야 모르는 일이지."

그러고는 네드가 몇몇 어린 남자아이들이 강가를 휘젓고 있는 곳을 턱짓으로 가리키며 말했다.

"쟤들 보이냐? 내 밑에서 일하는 애들이야. 말하자면 내가 관리하는 애들이라고. 쟤들이 하루 종일 일하고도 빈손으로 오는 거, 나 싫거든.

누가 끼어드는 거 싫다고."

나는 짐짓 달뜬 목소리로 말했다.

"에이, 네드. 내가 저런 어설픈 애들보다야 낫잖냐. 우리 같이 동업하면 어때? 내가 장담하는데, 네가 내 밑에서 일하게 될 날이 얼마 안 남은 거 같은데?"

그러자 네드가 귀를 찢을 듯 악을 쓰며 내 배를 향해 막대기를 휘둘렀다. 그 끝에 배를 스치다시피 하며 가까스로 피한 나는 뒤도 돌아보지 않고 내뺐다. 그리고 곧장 블랙프라이어스 다리로 향했다. 똥통쟁이 네드야 내가 끼어들면 가만있지 않겠지만, 엄지 잘린 제이크 아저씨는 난리 쳐 봤자였다. 고래고래 소리만 질렀지, 행동은 늘 굼떴다.

자정 무렵까지 모은 석탄이 1페니어치쯤 되는 것 같았다. 새우 몇 마리나 버터 바른 빵 정도는 사 먹을 수 있는 돈이었다. 하지만 그 돈으로 내 배를 채울 수는 없었다. 달리 쓸 데가 있었다. 나는 다리 아래에서 하룻밤 쉴 만한 곳을 찾아냈다. 하지만 주머니 속에 돈을 넣은 채 깊이 잠들 수는 없었다. 눈떠 보면 돈이 온데간데없을 게 뻔했다.

거센 바람에 출렁이는 강물처럼 내 마음이 온통 일렁이는 통에 어차피 자고 싶어도 잘 수가 없었다. 의기양양한 미소를 흘리던 귀요미, 잔뜩 겁에 질린 채 꼼짝도 않고 앉아 있던 버니와 벳시, 그리고 고통에 몸부림치던 그릭스 아저씨가 눈앞에 어른거렸다.

나는 딱딱한 바위 위에서 뒤척이며 밤을 지새웠다. 이런 잠자리에 얼른 적응하는 게 살 길이었다. 넝마 줍기로 보낸 시절이 얼마인데, 지금이라고 그 시절로 못 돌아갈 리 없었다. 굴러먹는 거라면 자신 있다. 그래서 처음에 제이크 아저씨 눈에 들기도 했고.

"어이, 꼬마. 좀 와 봐."

나를 부른 사람이 바로 제이크 아저씨였다. 자욱한 안개가 주위를 온통 으스스한 그림자로 뒤덮은 저녁이었다. 사고 나기 딱 좋은 날씨였다. 예고도 없이 한순간에 거룻배나 다른 배가 코앞에 나타났다가는 찐득한 진창에서 발 한 번 빼 보지도 못한 채 그 길로 사망이었다.

"내가 죽 지켜봤는데, 너 참 일 잘한단 말이지. 캄캄한 데서 척척 건져 올리는 거 보고 무슨 초능력이라도 있는 줄 알았다니까. 이 일 한 지 오래됐냐?"

엄지 잘린 제이크 아저씨가 다짜고짜 물었다.

"별로요."

나는 어깨를 으쓱하며 대답했다.

"흠. 무슨 수로 그렇게 잘하는 건지는 모르겠다만, 좋은 말로 할 때 멀찌감치 떨어져."

그러고는 아저씨가 잘리고 남은 엄지 그루터기를 내 눈앞에 들이대며 일렀다.

"손가락 하나가 잘려서 유감이다만 다른 쪽 손으로도 내 앞길에 끼어드는 녀석 모가지쯤은 얼마든지 비틀 수 있으니까."

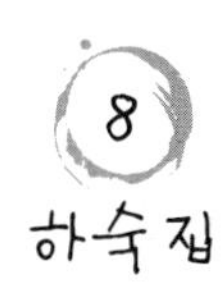

하숙집

9월 1일 금요일

다음 날 아침, 나는 눈을 뜨자마자 주머니 속부터 확인했다. 무사했다.

밤새 찾은 밧줄과 구리 못 몇 개를 가지고 넝마 가게에 가서 간신히 1페니에 팔았다. 가게를 나선 나뿐 아니라 눈앞에 보이는 모든 사람들이 제 갈 길을 향하며 저마다의 발걸음으로 또 다른 하루의 리듬을 만들어 내고 있었다. 맨발로 찰싹찰싹 자갈길을 딛는 소리, 딱딱한 가죽 장화가 뚜벅거리는 소리, 여자들의 뾰족구두가 빠르게 또각거리는 소리. 그 속에서 자갈이 닳아 없어지지 않는 게 신기할 따름이었다.

아침 7시 무렵, 나는 작은 집들이 다닥다닥 붙어 미로를 이루고 있는 필드레인이란 동네에 다다랐다. 벌써부터 아침 열기로 달아오른 도로에서 아지랑이가 피어오르고 있었다. 나는 어떤 작은 집 뒤편으로 돌아가 조용히 부엌문을 두드렸다.

"왔구나."

붉고 넓데데한 얼굴의 하숙집 아주머니가 문을 빼꼼 열고 그 틈으로 나를 내다보며 말했다.

"갖고 왔니?"

"네."

나는 어깨 너머로 뒤를 돌아보고는 목소리를 낮춰 말했다. 그리고 한쪽 주머니에 손을 찔러 넣으며 아주머니에게 잠깐만 들여보내 달라고 했다. 안에서 풍기는 갓 구운 비스킷 냄새와 커피 냄새에 속이 찌릿찌릿했다. 배가 고프다 못해 쓰렸다.

나는 아주머니가 붙들고 선 문틈으로 미끄러지듯 들어갔다. 이제 드디어 그 말을 꺼낼 차례였다. 나는 돈을 꺼내 보이며 말했다.

"갖고 오긴 했는데, 반밖에 안 돼요."

그러자 개구리가 파리를 낚아채듯 하숙집 아주머니가 내 손에서 돈을 날름 채 갔다. 그리고 그 돈은 순식간에 아주머니의 풍성한 치마폭 어딘가로 사라져 버렸다. 나는 반대쪽 주머니에서 아침에 번 1페니짜리 동전을 꺼내며 말했다.

"그리고 이건 빈민 학교 수업료고요."

아주머니는 그 돈도 받아 쥔 다음 커다란 몸뚱이 앞으로 팔짱을 끼고 나를 내려다보며 말했다.

"나머지는? 나머지 2실링은 어딨는데?"

평생 미소라는 건 **지어 본 적 없게 생긴** 얼굴이었다. 생긴 걸로는 분명히 서른도 안 돼 보였지만, 아주머니는 사근사근한 데라고는 없이 애초부터 닳아빠진 사람처럼 엄하고 무뚝뚝했다.

"내가 그나마 사람이 좋아서 지금껏 너한테 잘해 줬다만 나도 한계가 있다고, 한계가."

아주머니가 나한테 어찌나 가까이 얼굴을 들이대고 말하던지 코밑에 난 솜털까지 또렷이 보일 지경이었다.

"네, 아줌마. 저도 잘 알죠. 그래서 늘 감사하게 생각하고 있고요."

나는 잽싸게 대꾸한 다음 본론에 들어갔다.

"그래서 말씀인데요, 혹시라도 다음 주 금요일까지 시간을 주시면 오늘 못 드린 2실링이랑 다음 주에 드릴 4실링까지 무슨 일이 있어도 갖다 드릴게요. 필드레인 빈민 학교 수업료 1페니도 같이요."

나는 고개를 떨군 채 억지로 눈물을 짜내면서 최대한 불쌍하게 보이려고 했다. 내가 종종 써먹는 방법이었는데, 심지어 하숙집 아주머니만큼이나 야박한 사람에게도 통하곤 했다.

"알았어. 알았으니까 억지로 짜지 좀 마."

안 통했다. 아주머니는 딱 잘라 말하고는 매몰차게 돌아서서 불에 올려놓았던 주전자를 내렸다.

"걔는 어때요?"

머쓱해진 내가 조용히 물었다.

"잘 있지. 약속한 대로 학교에도 매일 가고."

아주머니가 주전자에서 차를 따라 내며 짧게 대답하더니 곧이어 앓는 소리를 시작했다.

"근데 너도 알다시피 애가 자꾸 자라니 큰일이지 뭐니. 사내 녀석들이 그런 못된 체질을 타고 나더라고. 그렇다고 그걸 막을 수도 없는 노릇이고. 근데 내가 신발이랑 옷이랑 새로 사 줄 수가 있어야 말이지. 알다시피 너한테 받는 돈으로는 턱도 없잖니? 그 걱정에 내가 요즘 밤에 잠이 안 와요.”

꼭 조율 안 된 바이올린 소리처럼 째지는 목소리였다.

“알아요. 그래서 겨울 오기 전까지 바짝 벌려고 열심히 일하고 있어요. 신발이랑 코트랑 새로 사 주려고요. 근데, 시간이 필요해요.”

일단 아주머니의 넋두리부터 잠재워야 했다. 그렇게 말한 뒤 나는 다음 말을 어떻게 이어야 할지 몰라 잠시 주저하다가 다시 입을 열었다.

“아줌마, 혹시……, 혹시 최근에 별다른 일은 없었어요?”

아주머니가 실눈을 뜨고 나를 보며 물었다.

“무슨 별다른 일?”

나는 입술을 한 번 핥고는 태연한 척 말했다.

“아, 그냥 혹시 예전에 저랑 같이 넝마 줍던 친구가 이 근처에 얼쩡거리지 않나 해서요.”

“얘, 너 누구한테 돈 뜯기고 다니니?”

“아뇨, 전혀요. 좀 전에 한 말은 신경 쓰지 마세요. 아무것도 아니에요. 근데 저기……, 걔 좀 보고 가도 될까요?”

나는 아주머니를 따라 부엌에 딸린 쪽방으로 향하면서 목을 빼고 내다봤다. 콧구멍만 한 방 안에 작은 아이가 웅크려 자고 있었다.

“얘, 헨리.”

아주머니가 아이를 향해 말했다.

“헨리, 일어나. 형 왔어.”

나는 작은 소리로 동생을 불렀다. 그리고 방으로 들어가 좁다란 짚풀 침상 가장자리에 걸터앉았다. 화들짝 놀라 일어난 헨리가 나라는 걸 알고서야 얼굴에 드리운 공포를 걷어 내며 말했다.

"형아! 나 데리러 온 거야?"

그러고는 까만 눈동자로 부엌을 흘끔거리며 작게 속삭였다.

"아줌마가…… 못됐어."

나는 얼굴을 찌푸리며 물었다.

"**그 사람**만큼 못됐어?"

"아니, 그 정도까지는 아니고. 그냥 좀…… 사나워."

헨리가 잠이 덜 깬 눈을 비비며 말했다.

"그래도 아줌마가 뒤끝은 없잖아."

그렇게 말하고 나자 갑자기 내 말에 자신이 없어졌다. 아주머니가 지금까지는 헨리를 먹이고 재워 주는 데 일주일에 4실링으로 만족하고 있었다. 하지만 만약 도끼눈이 여길 찾아낸다면 아주머니가 목돈을 받고 헨리를 넘겨줄지도 모를 일이었다.

도끼눈은 헨리처럼 예쁘장한 아이를 찾고 있었다. 헨리는 사람들을 등쳐 먹기 좋게 생긴 아이였다. 천사 같은 얼굴과 가녀린 목소리에 제대로 울기까지 하면 안 넘어갈 사람이 없을 게 틀림없었다. 무슨 일이 있어도 도끼눈이 내 동생을 찾아내게 해서는 안 된다.

옷을 갈아입은 헨리가 부엌으로 들어가서 야트막한 의자에 앉자 아주머니가 베이컨 기름에 적신 빵과 우유 한 잔을 식탁에 놓아 주었다. 그리고 무슨 바람이 불었는지 매정한 말투와 달리 나한테도 빵을 조금 내주었다.

"그냥 껍질 남은 거 좀 준 거야."

아주머니는 자기 마음속 어딘가에 따뜻한 구석이 있다는 걸 인정하지 않으려는 듯 무뚝뚝하게 말했다.

내가 가려고 일어서자 헨리가 나를 붙들며 말했다.

"형, 나 학교까지만 데려다주면 안 돼?"

"오늘은 안 돼."

나는 아주머니가 건네는 물 한 컵을 받아 들며 헨리에게 말했다. (우유까지 바라는 건 무리였나 보다.) 둘이 같이 다니면 눈에 띌 일만 커진다.

"아무튼 시간 다 됐어. 형 갈게, 헨리."

나는 물을 꿀꺽꿀꺽 들이켠 다음 헨리의 머리를 쓰다듬으며 말했다.

"잠깐만!"

헨리가 콧구멍만 한 자기 방으로 들어가 어딘가를 헤집더니 꼬깃꼬깃 접힌 쪽지 한 장을 가지고 나왔다. 헨리가 배시시 웃자 까만 두 눈동자가 햇빛을 받아 차돌처럼 반짝였다.

"펴 봐, 형."

내가 쪽지를 펼쳐 읽는 동안 동생이 옆에 앉아 낄낄거렸다.

1854년 9월 1일

우리 형아

생일 많이 축하해

사랑하는 동생 헨리가

나는 헨리를 꼭 끌어안아 주었다. 뼈가 드러나도록 앙상하던 지난겨울과 달리 동생이 살이 조금 오른 것 같아 내심 기뻤다. 하숙집 아주머니가 성질은 드센지 몰라도 애를 굶기지는 않았다.

"쓰는 연습 계속해. 엄마가 대견해하실 거야."

쪽지를 주머니에 넣고 하숙집을 나선 나는 주머니를 톡톡 두드리며 길을 걸었다. 그건 마치 긴 하루의 끝에 누런 종이로 싸 놓은 작은 고기 파이 한 덩이가 기다리는 것처럼 미래를 약속하는 희망 같았다.

까맣게 잊고 있던 내 생일이었다. 그리고 상상할 수 있는 최악의 생일이 될 참이었다.

THE GREAT TROUBLE

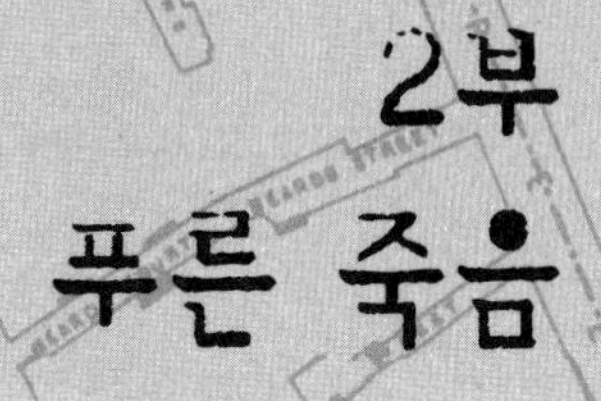

2부
푸른 죽음

영국에서 발생한 콜레라 중에서도 골든스퀘어 지역의 브로드 길에 퍼진 콜레라야말로 가장 치명적인 사례라 할 수 있다.
– 존 스노 박사, 「콜레라의 전염 유형에 관하여」(1855)

사람들은 이 위험과 혼란의 계절에도 수그러들 줄 모르는 숭고한 용기로써 서로의 곁을 지켰다.
– 헨리 화이트헤드 목사, 「베릭 길에 퍼진 콜레라」(1854)

첫 번째 시신

그날 늦은 오전 즈음, 나는 그릭스 아저씨를 들여다보려고 브로드 길로 향했다. 꼭두새벽부터 돌아다녀서인지 뒷목이 뻣뻣한 데다 간밤을 밖에서 지새운 탓에 온몸이 뻐근했다. **불평해 봤자 아무 소용 없어.** 나는 스스로를 다독였다.

하숙집을 나서려고 할 때 아주머니가 내 생일인 걸 알고 갓 구운 비스킷 두 개를 건네기에 받아먹기는 했지만 배가 고프기는 마찬가지였다. 나는 워윅 길 펌프에 들러 다리에 묻은 진흙을 씻어 낸 다음 얼굴도 축이고 물도 배불리 마셨다.

그릭스 아저씨를 보러 양복점으로 들어가려는데 모퉁이 뒤에서 딜리가 달려 나왔다. 내가 얼른 수그려 앉자 딜리가 내 가슴에 두 앞발을 올리고는 낮은 소리로 낑낑댔다.

"너 어디 있다 오는 거야?"

나는 딜리의 보드라운 귀 뒤쪽을 긁어 주며 물었다. 그러고는 혹시라도 그릭스 아저씨가 어슬렁어슬렁 내려와 브로드 길로 나오지는 않을까 하며 건물 2층을 올려다봤다. 딜리는 종종 그릭스 아저씨가 특별 고객에게 직접 배달을 갈 때 따라나서곤 했었다.

그릭스 아저씨는 보이지 않았다. 아저씨가 낫지 않는다면 이 개는 아니, 아저씨네 가족 모두는 어떻게 되는 걸까? 아저씨가 더 이상 양복점을 운영할 수 없다는 것만은 확실했다. 힘든 일들이 닥칠 테고. 아빠가 돌아가셨을 때 엄마가 나와 헨리에게 했던 말이 떠올랐다.

"아빠를 잃는다는 건 보통 일이 아니야. 아빠 없는 아이들한테 세상이 얼마나 잔인한 곳인지 모른다고."

하지만 그때는 그 말을 하는 엄마조차도 세상이 어디까지 잔인해질 수 있는지 알지 못했다. 찰스 디킨스라는 작가가 최근에 쓴 책의 제목이 딱 들어맞았다. 『고생바가지(Hard Times)』.

내 눈앞의 양복점은 문이 닫힌 채 온통 캄캄했다. 위층에서도 아무런 소리가 들려오지 않았다. 들어가 봐야 한다는 걸 알면서도 나는 그 자리에 선 채 딜리에게 시답잖은 소리만 늘어놓고 있었다.

"내가 라이온 공장에서 계속 일하고 있었으면 오늘같이 좋은 날 심부름 갈 때 너도 데리고 갈 텐데. 근데 하필이면 내가 지금 가 봐야 할 데가 너희 집이네. 너희 주인아저씨 어떠신지 봐야겠어서."

그러면서도 나는 여전히 꼼짝하지 않았다. 뿌옇고 미끈거리는 햇빛에 눈을 찡그린 채 그 자리에 붙박여 있었다. 이마의 땀을 닦아 내는데 나도 모르게 물밀듯 생각이 몰아쳤다. **들어가기 싫어. 못 들어가겠어.**

"뱀장어!"

플로리의 목소리였다. 나를 향해 잰걸음으로 다가오는 플로리와 벳시 뒤로 화이트헤드 목사님이 따라오고 있었다. 골든스퀘어 지역에 사는 사람이라면 누구나 성 누가 교회의 젊은 부목사님을 알고 있었다. 큰 키에 울새처럼 발랄하고 똘망똘망한 분이었다.

나를 처음 만난 날 목사님은 글을 읽을 줄 아느냐고 묻고는 말했다.

"사람은 배워야 된다. 그런 점에서 나는 참 운이 좋았지. 어렸을 때 렘즈게이트란 항구 도시에서 자랐는데, 아버지가 채텀하우스 학교의 교장 선생님으로 계신 덕에 그 학교 수업을 들을 수 있었거든. 우리 집 형편에 제 돈 내고는 못 다닐 좋은 학교였어. 그 덕에 옥스퍼드 대학에 갈 기회도 얻은 거고."

그때는 그렇게 많이 배운 사람이 굳이 나 같은 아이한테 말을 건다는 게 이해되지 않았었다. 하지만 화이트헤드 목사님은 그런 분이었다. 이웃 사람들과 두루 알고 지냈고, 나이가 많든 적든, 일요일마다 교회에 나오는 사람이든 아니든(나는 거의 안 나갔지만) 누구를 만나도 한결같이 다정한 미소로 인사했다.

목사님의 굳은 얼굴을 보는 순간 나는 심장이 덜컥 내려앉았다. 그릭스 아주머니가 벳시더러 목사님을 모시고 오라고 한 게 틀림없었다. 목사님이 나를 보고 나지막이 말했다.

"벳시네 집에 안타까운 일이 있다고 해서 가는 중이다."

나는 목사님의 표정을 살피며 물었다.

"어제 제가 그릭스 아저씨 잠깐 뵀었는데, 혹시 더 나빠지신 거예요?"

"같이 들어갈래?"

목사님은 대답 대신 내게 되묻고는 계속했다.

"나는 올라가서 벳시 어머님이랑 얘기 좀 할 테니까, 그동안 플로리랑 같이 아이들 데리고 아래층에 있으면 되겠다."

그러고는 목사님이 가까이 다가와 내 어깨에 손을 올리고는 낮고도 침착한 목소리로 말했다.

"최악의 사태가 우려된다."

푹푹 찌는 날씨에도 나는 온몸에 소름이 돋았다.

"나도 올라갈래. 아래층에 있는 거 싫단 말이야. 아빠 없어서 싫어."

벳시가 칭얼대는 소리에 플로리와 내가 목사님을 흘끔 쳐다보자 목사님이 우리를 향해 고개를 끄덕이며 말했다.

"그래, 그릭스 씨가 오히려 마음 편해지실 거 같다."

계단을 다 올라서자 목사님이 방문을 두드린 다음 먼저 안으로 들어섰다. 얼핏 보기에는 방 전체가 어제와 다르지 않은 것 같았다. 하지만 아저씨에게 다가가는 동안 나는 울음이 터져 나오거나 행여나 하숙집에서 얻어먹은 아침밥이 넘어올까 봐 마른 침을 꿀꺽 삼켜야 했다.

그릭스 아저씨는 도저히 살아 있다고 볼 수가 없었다. 두 눈은 노인처럼 쪼그라들어 움푹 꺼졌고, 야윈 몸뚱이는 비틀어 짠 낡은 걸레쪽이나 햇볕에 바싹 말라 껍데기만 남은 죽은 새의 시체 같았다.

가장 끔찍한 건 검푸른 입술이었다. 그 순간 깨달았다. **콜레라를 '푸른 죽음'이라고 부르는 이유를.** 수분이 다 빠져나간 아저씨의 피부와 입술은 더 이상 건강한 분홍빛을 띠지 못한 채 검푸르게 죽어 있었다.

아주머니가 목사님을 향해 고개를 끄덕이고는 남편의 손목을 살며시 쥐었다. 그러자 목사님이 그릭스 아저씨 옆에 무릎을 꿇었다. 버니는 잔뜩 움츠린 채 휘둥그레 뜬 눈으로 방구석에 서서 엄지손가락을 빨고 있었다. 너무 겁에 질린 나머지 우는 것조차 잊은 얼굴이었다.

"벳시, 이리 와서 아빠한테 작별 인사 해야지."

아주머니가 나지막이 말하자 벳시가 움찔 물러섰다. 얇은 드레스를 걸친 벳시의 앙상한 어깨가 파르르 떨렸다. 방 안은 숨이 막히도록 더웠지만 내 옆에 서 있던 플로리마저도 덜덜 떨기 시작했다.

"오빠 손 잡아, 벳시."

나는 벳시에게 나직이 속삭였다. **너 지금 어떤지 내가 다 알아.**

"그래, 아빠한테 인사해야지, 벳시. 이마에 뽀뽀해 드리고 귀에 가까이 대고 인사해. 아직 들으실 수는 있어."

목사님도 벳시를 다독였다.

벳시는 혹시라도 아빠를 더 아프게 할까 봐 걱정됐는지 아주 조심스럽게 아저씨의 어깨 위에 작은 손을 내려놓았다. 벳시는 용감했다. 손도 하나 떨지 않았다.

하지만 그릭스 아저씨가 딸이 속삭이는 말을 들었다면 그게 이 세상에서 마지막으로 듣는 소리였을 거다.

우리 모두는 한동안 아무 말도 없이 서 있었다. 정확히 설명할 수는 없지만 아빠가 돌아가셨을 때와 비슷한 느낌이었다. 어떤 한순간이 너무도 거대하게 다가와 우리 모두를 압도한 것 같다고 할까? 죽음이라는 존재가 우리들 사이를 살금살금 비집고 들어와 우리를 얼어붙게 만들어

놓고는 자기 할 일을 하고 떠나 버린 것 같았다. 죽음이 저질러 놓고 간 일은 처참하고도 비통했다.

엄마가 나와 헨리에게 했던 말이 생각났다.

"아빠 만져 봐도 돼. 이제 하나도 안 아프셔."

조금 있으니 무표정한 얼굴의 두 남자가 우리 집 현관문을 두드리고 들어왔다. 두 사람이 계단을 오르다가 휘청하더니 언젠가 시체를 떨어뜨렸느니 어쨌느니 하며 농담을 지껄였다. 계단 꼭대기에 다다른 두 사람은 내가 방문을 열고 기다리는 걸 보고서야 입을 다물었다.

"미안하다."

둘 중 한 사람이 옆으로 비켜선 내 곁을 지나며 조용히 말했다.

버니가 끝내 울음을 터뜨리면서 아주머니의 품으로 달려가 안겼다. 그러자 아주머니도 그제야 온몸이 탁 풀린 채 거친 쇳소리를 내며 흐느껴 울기 시작했다. 목사님이 침대보를 끌어당겨 그릭스 아저씨의 얼굴을 덮어 주고는 나와 플로리를 향해 말했다.

"어머님이랑 말씀 나누는 동안 얘들 데리고 바람 좀 쐬고 올래?"

플로리가 버니를 일으켜 세우는 동안 나는 다시 벳시의 손을 잡고 말했다.

"딜리한테 내려가 보자. 또 말썽 부리기 전에."

밖에 나가 밧줄 도막 하나를 주운 나는 딜리더러 가져오라며 멀리 던졌다. 하지만 버니와 벳시는 신나게 달려가는 딜리를 그저 멍하니 바라

볼 뿐이었다. 그때 마침 리본 공주 애니가 양동이에 물을 받으려고 브로드 길 펌프를 향해 걸어왔다. 그러고는 버니와 벳시를 보더니 내게로 다가와 내 셔츠를 잡아당기며 물었다.

"혹시 그릭스 아저씨 돌아가신 거야? 안 그래도 우리 엄마가 아저씨 많이 편찮으시다고 하던데."

"맞아. 어떡하냐. 너 이따가 벳시랑 같이 있어 줄 수 있어? 그래 주면 좋겠는데."

그러자 애니가 아랫입술을 깨물고 고개를 저으며 말했다.

"엄마 도와 드려야 돼서 안 돼."

그러고는 도로 집으로 들어가 버렸다.

잠시 후 목사님이 손수건으로 이마를 닦으며 나왔다. 그리고 벳시를 향해 나직이 말했다.

"벳시, 동생 데리고 엄마한테 가 볼래? 너희가 옆에 있어 드려야 기운 나실 거 같다."

아이들을 들여보낸 목사님은 브로드 길을 훑어보며 깊은 한숨을 내쉬었다. 거리는 상점을 드나들거나 양동이에 물을 받으려고 펌프를 향하는 사람들로 분주했다. 그때 누군가가 저쪽에서 목사님을 향해 또랑또랑한 목소리로 외쳤다.

"안녕하십니까, 목사님. 이놈의 더위 좀 물리칠 방법 없겠습니까?"

목사님도 그 사람에게 밝은 목소리로 인사했지만 그 사람이 가고 나자 이내 어두워진 얼굴로 우리를 보며 말했다.

"얘들아, 큰일이다. 이 생기 넘치는 거리가 머잖아서 시체 나르는 수레로 꽉 찰 생각을 하니 가슴이 찢어진다."

"정말로 푸른 죽음이 온 거예요?"

나는 이미 답을 알고 있으면서도 목사님에게 물었다.

"맞아. 증상을 보니 의심의 여지가 없어."

"그릭스 아저씨 혼자로 끝날 수도 있잖아요."

플로리가 한 가닥 희망을 놓고 싶지 않다는 듯 말했다.

"안타깝게도 그렇지가 않아. 어젯밤에도 누가 아프다는 소식을 들었거든."

목사님이 고개를 저으며 말했다.

"못 퍼지게 막을 순 없어요?"

플로리가 둘로 땋은 머리 타래 하나를 손가락에 칭칭 감으며 목사님에게 물었다. 긴장할 때 보이는 습관이었다.

"글쎄, 사람들이 소독한다고 여기저기 석회를 뿌리긴 하겠다만, 콜레라를 일으키는 독이 공기 중에 있는 한 이 오염된 지역을 떠나는 일 말고는 할 수 있는 게 거의 없지 않겠니?"

목사님은 좀 더 거리를 지켜보다가 다시 우리를 향해 말했다.

"나는 이만 다른 집에 가 봐야겠다. 너희들도 몸조심하고."

그러고는 전투에 나서는 군인처럼 어깨를 펴고 뚜벅뚜벅 걸어갔다.

"앞으로 어떻게 될까?"

플로리가 물었다.

"나도 모르겠어."

정말 나도 모르는 일이었다.

그런데 바로 그때, 우리 눈앞에서 전에 없던 장면이 펼쳐지기 시작했다. 어떤 여자가 어깨에 둘러멘 커다란 자루를 출렁이며 우리 앞을 쌩하니 지났고, 그 뒤로 어린 남자아이가 하나가 훌쩍훌쩍 울며 따라갔다. 근처의 또 다른 집에서는 어떤 남자가 자지러지게 우는 아기를 안고 뛰쳐나와 우리 쪽으로 달려들었다. 플로리와 나는 얼른 비켜섰다.

"목사님 말씀이 맞나 봐. 사람들이 떠나고 있어. 그것도 빠르게."

나는 지나가는 사람들을 바라보며 말했다.

"너는 어떡할 건데?"

플로리가 내게로 시선을 돌리며 물었다.

"나?"

거기까지는 생각해 본 적이 없었다.

"나야 더 이상 브로드 길에서 살지도 않는데 뭐. 그래도 정든 동네긴 하지. 친구들도 있고, 적어도 너는 여기 사니까. 난 안 갈 거야. 내가 도울 일이 있을지도 모르잖아. 그리고 사실, 어디 갈 데도 없고."

바로 그때 누군가가 오더니 베릭 길에 서 있는 기둥에 노란 깃발을 꽂고 갔다.

접근 금지 경고. 그 순간 깨달았다. 그건 바로 거대한 재앙이 우리 모두에게 닥치고 있다는 경고였다.

시신 행렬

얼마 뒤 관을 실은 수레 하나가 우리를 향해 다가왔다. 그릭스 아저씨를 실으러 온 것이었다.

벳시와 버니는 엄마에게 가 있었다. 딜리는 그릭스 아저씨가 나타나 다시 가위와 바늘을 집어 들기를 기다리기라도 하듯 어두컴컴한 양복점 안에서 웅크리고 있었다. 그러다가 말발굽 소리와 수레바퀴 소리가 들려오자 벌떡 일어나 문간으로 달려와서는 밖을 향해 짖어 댔다.

"조용히 해, 딜리."

나는 딜리를 타일렀다.

"얘, 이 말고삐 좀 붙들고 있어 줄래?"

수레를 끌고 온 두 사람 중 하나가 나를 향해 말했다. 똥통쟁이 네드처럼 주황색 머리카락인 걸 보고 나는 혹시나 둘이 무슨 관계가 있는 건 아닐까 싶었다. 시체 옮기는 일을 하는 사람 같지 않게 쾌활해 보였다.

그 사람들은 수레에서 나무로 만든 관을 들어 내린 다음 우리를 지나쳐 양복점 안으로 들어갔는데, 잠시 후 그걸 들고 계단을 올라가느라 끙끙대는 소리가 들려왔다. 몇 분이 지나자 그 사람들이 다시 관을 들고 내려왔다. 수레에 기다란 나무 상자가 실리는 걸 보니 온몸에 소름이 돋았다. 관이 아까보다 훨씬 무거워 보였다.

플로리가 눈물이 그렁그렁한 얼굴로 말했다.

"아저씨 불쌍해서 어떡해. 제일 먼저 돌아가신 건가 봐."

그러자 주황색 머리의 마부가 얼핏 그 말을 듣고는 말했다.

"이 사람이 첫 번째인 거 같긴 한데, 금세 수십 명으로 늘어날 거다. 안 그래도 지금 당장 피터 길에도 가 봐야 하거든."

그러고는 수레에 올라타 말고삐를 움켜쥐며 말했다.

"간밤에 동네 사람들이 몽땅 앓아누웠다지 뭐냐."

비지땀을 흘리던 또 한 사람이 마부석에 비집고 올라앉으며 말했다.

"이러다가는 수십이 아니라 수백 명까지도 가겠어. 대체 이게 무슨 날벼락이냐고. 그것도 하필이면 이 더위에. 자네나 나나 땀으로 목욕하게 생겼어."

바로 그때 어떤 여자아이가 손을 흔들며 우리를 향해 달려왔다.

"잠깐만요!"

"무슨 일이니?"

그 친절한 마부가 묻자 여자아이가 숨을 헐떡이며 통사정을 했다.

"저희 집에도 와 주세요, 네? 엄마가 돌아가셨어요. 큰언니도요. 제발요. 제발 와 주세요."

대체 얼마나 많은 사람들이 창가에 붙어 서서 이 수레를 지켜보고 있었던 걸까? 수레가 모퉁이를 돌아 시야에서 사라지는 동안에도 탈출 행렬은 끊이지 않았다. 두 눈을 부릅뜬 채 한 손으로는 보따리를, 다른 한 손으로는 아이들의 손을 잡고 정신없이 내달리는 부모들의 발길에 짓밟혀 자갈들이 요란한 소리를 냈다.

"근데 다들 어디로 가는 거지?"

베개와 이불을 담은 바구니를 옆구리에 끼고 지나가는 여자를 피해 플로리가 얼른 양복점 입구로 물러서며 물었다.

"아무튼 여기서 멀리 떨어진 데겠지. 런던 다른 동네에 친척이나 친구가 있는 거 아닐까? 아니면 아예 시골로 가는 거든가."

나는 어깨를 으쓱하며 대답했다.

"남아 있을 생각 하니까 무서워. 너는 안 무서워?"

플로리가 물었다.

"안 무서워. 내가 원래 겁이 없잖아."

나는 애써 담담한 척 말했다. 하지만 플로리는 어느새 백지장이 된 얼굴로 초조하게 발을 구르더니 입을 열었다.

"일단 집으로 가야겠어. 엄마가 걱정하실 거야."

그러고는 두 갈래로 땋은 머리를 찰랑이며 집을 향해 뛰어갔다.

"플로리!"

플로리가 멈춰 서서 돌아봤다.

"조심해, 플로리 베이커."

나는 큰 소리로 불러 놓고는 내 마음을 어떤 말로 표현해야 좋을지 몰라 머뭇거렸다.

"왜냐면……."

얼굴이 화끈 달아올랐다. 그러자 플로리가 그런 나를 보고 생쭉 웃으며 말했다.

"왜긴 왜야. 우린 친구니까 그렇지, 바보야."

플로리가 한참 멀어지고 나서야 나는 혼잣말로 중얼거렸다.

"조심해. 왜냐면 너는 소중하니까, 플로리 베이커."

내가 아는 가장 소중한 아이니까.

그 자리에 혼자 남자 배 속이 공포로 서서히 조여 왔다. 그 누구도 콜레라부터 안전하지 않았다. 플로리도, 벳시네 가족도, 애니네 가족도, 목사님도, 그리고 나도.

내가 걸리는 건 그다지 두렵지 않았다. 하지만 내가 앓아누우면 헨리는 어떻게 될까.

콜레라라는 게 걸리고 싶어서 걸리는 게 아니었다. 사람들 말처럼 그게 공기 중에 퍼진 독 때문이라면 막을 방법이 있을 리 없었다. 숨 안 쉬고 살 수는 없으니까. 게다가 나는 그릭스 아저씨가 들이마셨던 공기도 이미 들이마실 대로 들이마신 상태였다.

그렇다면 운에 맡기는 수밖에 없었다. 무슨 다른 수가 있지 않는 한. 하지만 그게 뭔지는 알 길이 없었다. 내 옆을 지나 물밀듯 밀려가는 사람들을 봐도 그중 누구 하나 답을 아는 것 같지 않았다.

조금 있으니 누군가가 길 저쪽에서 나를 향해 손을 흔들며 소리쳤다.

"얘, 여기 좀 봐! 우리 식구들 피난 가려고 수레를 빌렸는데, 1페니 줄 테니까 와서 짐 싣는 것 좀 도와줄래?"

나는 돈이라는 말에 냉큼 달려갔다. 다음 주 금요일이 금방 돌아올 테고, 하숙집 아주머니가 다음 주 하숙비 4실링에 이번 주에 못 받은 2실링까지 기다리고 있었다.

그 1페니는 시작에 불과했다. 금요일부터 브로드 길을 뒤덮은 악몽 덕에 뜻하지 않은 돈벌이가 생긴 것이었다. 불행한 일로 돈 버는 일이 썩 달갑지는 않았지만 주머니 속에서 동전이 짤랑거리는 소리를 듣고 있자니 밥을 먹지 않아도 배가 부른 건 사실이었다.

나는 오후 내내 브로드 길 곳곳과 그 주변의 듀포스플레이스, 캠브리지 길, 홉킨스 길 같은 좁은 길을 누비고 다녔다. 그리고 폴랜드 길, 베릭 길, 마샬 길, 크로스 길까지도 들렀다. 어디를 가나 똑같았다. 겁에 질린 이웃들이 푸른 죽음을 피해 달아나고 있었다.

수레에 짐 싣는 걸 돕고 1페니나 2페니를 받기도 했고, 어쩔 줄을 몰라 발을 동동 구르는 아주머니 대신 바구니를 들고 가파른 계단을 내려가 주기도 했다. 거리는 종종걸음 치며 사방팔방으로 흩어지는 사람들로 아수라장이었다. 관을 실은 수레도 점점 늘어나고 있었다.

어둑어둑해질 무렵이 되어서야 리젠트 길을 따라 스노 박사님 댁으로 향했다. 색빌 길은 완전히 딴 세상이었다. 저녁 산책을 즐기는 몇몇 신사 숙녀만 보일 뿐 조용하고 평화롭기 그지없었다. **이 사람들은 고작 1마일 밖에서 지금 어떤 일이 벌어지고 있는지도 몰라.**

동물들에게 먹이를 다 주고 나자 한꺼번에 피곤이 몰려오는 통에 나는 잠시 헛간 한구석에 몸을 눕혔다. 하지만 가정부 아주머니의 눈에 띌 생각은 없었다. 강으로 가는 게 최선이었다. 자기 전에 석탄이라도 조금 건질 수 있으면 좋고. 마침 썰물이니 작업하기에도 더 없이 좋았다. 곧 반달이 떠오를 터였다. 달이 매일 밤마다 차오르며 훤해지고 있었다.

중간에 빵 한 덩이와 치즈 한 조각을 사느라 잠깐 가게에 들렀을 때만 빼고는 박사님 댁에서부터 블랙프라이어스 다리까지 한 번도 쉬지 않고 곧장 걸었다. 저 멀리 아스라이 드리운 야릇한 노란 빛 속에서 커다란 몸집이 어른거리고 있었다. 한눈에 봐도 제이크 아저씨였다. 나는 아저씨를 피해 멀리 돌아갔다. 아저씨가 날 보고 도끼눈한테 팔아넘기고 싶은 유혹에 빠지게 할 생각은 없었다.

강가를 따라 나 혼자 조용히 일할 만한 곳을 찾아냈다. 늘 나와서 일하던 사람들은 낮에 번 돈으로 빵에 맥주나 한잔하려고 간 모양인지 다들 안 보였다. 아니면 너무나 심해진 악취를 못 견디고 가 버렸거나.

수심이 얕은 곳과 둑 가장자리를 눈으로 좇으며 걸쭉한 시궁창을 헤집고 걸을 때마다 물결 위로 달빛이 부서졌다. 날은 더웠지만 사람들에게는 음식을 해 먹는 데 쓸 석탄이 늘 필요했다. 쇠나 구리, 목재 같은 것도 나쁘지는 않았지만 내게는 뭐니 뭐니 해도 석탄이 최고였다. 나는 거룻배 선원들이 강가에 짐을 내리다가 흘린 석탄 조각을 찾아다녔다.

그러던 중 다 쓰러져 가는 낡은 목조 공장들과 인접한 강변에서 빈 거룻배 한 척을 발견했다. 나는 배를 묶어 놓은 밧줄을 타고 거룻배 위로 올라간 다음 갑판 위에 두 줄로 늘어선 드럼통 사이를 비집고 들어가 몸을 눕혔다. 마다할 이유가 없었다.

전날 밤보다 조금 더 안락한 곳이기도 한 데다, 무엇보다도 몰려오는 피로를 더 이상 견디기 힘들어서였다. 그런데도 나는 곧바로 잠들 수가 없었다. 머릿속이 이 생각 저 생각으로 온통 어지러웠다. 브로드 길 이웃들을 덮친 푸른 죽음, 검푸르게 말라비틀어졌던 그릭스 아저씨의 마지막 모습, 도끼눈 빌, 그리고 한 치 앞도 내다볼 수 없는 헨리와 나의 미래.

라이온 공장에서 일하는 동안 내 가슴에서는 소망 하나가 싹트기 시작했었다. 내 직업에 긍지를 가지고 성실히 일을 배우던 나는 때로는 쿠퍼 감독님께 감히 제안까지 할 정도로 열심이었다. 언젠가 내가 공장에서 주문을 넣을 때 이중으로 확인하면 어떻겠느냐는 의견을 내놓자 감독님이 내 어깨를 두드리며 말했다.

"제이크 말이 맞았어. 그 새카만 눈이 어째 예사롭지 않다 싶었는데, 역시나 뭐 하나 허투루 보는 법이 없구나. 잘했다."

잘했다. 귀요미 녀석만 아니었다면 여전히 거기서 제대로 일하고 있었을 거다. 무엇보다도 헨리를 안전하게 지킬 수 있었을 거고. 머릿속은 생각이 너무 많아서 아팠고, 배 속은 너무 많이 비어서 아팠다. 그러다가 막 잠에 빠져들려는 순간 다시 생각났다. 오늘은 내 생일이었다.

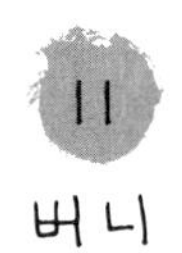

버니

9월 2일 토요일

"그놈 어딨어?"

그 소리에 나는 화들짝 놀라 잠에서 깼다. 그리고 거룻배 갑판 위에 늘어선 드럼통 사이에서 구겨진 채로 새우잠을 자고 있었다는 게 어렴풋이 생각났다. 하지만 지금 그게 문제가 아니었다. 그 목소리가 들려온 것이었다. 내가 익히 알고 있는 바로 그 목소리가.

"오리발 내밀 생각 마, 제이크. 그 쥐새끼 같은 놈은 안 죽었어. 여기 어디서 쓰레기 줍고 다니는 게 틀림없다고. 그 말인즉슨 자네가 그놈을 본 적이 있다는 거고."

바로 도끼눈 빌 타일러의 목소리였다.

"이봐, 빌. 내가 그렇다고도 아니라고도 못 하겠는 게, 내 눈엔 이 동네 애들이 그 애나 그 애나 다 똑같아 보인다니까?"

또 한 사람은 제이크 아저씨였다.

"허튼 소리 마! 자네가 그놈을 몰라본다는 게 말이 돼? 꼬챙이처럼 말라 가지고 런던타워에 앉은 까마귀처럼 눈만 새카만 그놈을? 이게 보통 심각한 일인 줄 알아? 그놈이 지금 내 물건을 가지고 있다고. 이 빌 타일러 소유를. 거기다가 엄밀히 말하자면 그놈도 내 소유고."

도끼눈이 씩씩거렸다.

"글쎄 나는 아무것도 모른다니까!"

제이크 아저씨가 버럭 소리를 질렀다.

굳이 고개를 들고 내다보지 않아도 도끼눈 빌이 제이크 아저씨의 팔을 잡아 비트는 모습이 눈에 선했다.

"내가 그 말을 믿을 거 같아?"

도끼눈 빌이 코웃음을 치며 말했다. 그 얼음장 같은 눈빛이 절로 떠올랐다. 제이크 아저씨 같은 사람이 감당할 수 있는 눈빛이 아니었다.

"어이, 친구. 그놈 어딨는지 말할래, 아니면 이쪽 엄지손가락도 마저 잘릴래?"

"말했잖아, 빌. 몇 달 동안 걔는 그림자도 못 봤다니까. 나는 정말 걔가 죽은 줄 알았다고."

제이크 아저씨가 징징 우는 소리를 냈다. 그러니까 아저씨는 나를 밀고한 게 아니었다. 적어도 아직까지는.

"그리고, 빌. 이제 걔도 많이 자라지 않았겠어? 그런 일 시키기에는 나이가 너무 많은 거 아니냐고. 남의 집 창문 열고 들어가기에는 너무 커버렸을 거야."

"신경 꺼. 내가 알아서 해."

도끼눈 빌이 잘라 말했다.

"빌, 나도 할 일이 있는 사람이야. 그러니까 나 좀 내버려 두라고, 응?

내가 쓰레기나 줍는다고 우습게 보이나 본데, 적어도 남 속이는 짓은 안 한단 말이야."

나도 모르게 속에서 쿡, 웃음이 나왔다. 제이크 아저씨가 도끼눈 빌에게 끝까지 맞먹고 있었다. 목소리가 점점 멀어져 가는 걸 보니 아저씨가 시궁창을 헤치며 타워브리지 쪽으로 걸어가는 모양이었다. 나는 지금 이게 악몽은 아닐까 싶기도 했다. 고개를 들고 내 눈으로 직접 도끼눈을 확인하고 싶은 마음이 굴뚝같았지만 꾹 참고 그 자리에 납작 엎드려 있는 게 답이었다.

"어이, 제이크. 냄새 나는 여기 말고 어디 가서 뭐라도 먹을까? 좀 쉬면서 하라, 이 말이야. 내가 아침 살게."

도끼눈의 목소리였다. 정적이 흘렀다. 그리고 잠시 후 다시 도끼눈의 목소리가 들려왔다.

"아니면 한잔할까?"

나는 피가 얼어붙는 것 같았다. 제이크 아저씨가 아직까지는 나에 대해 입도 뻥긋하지 않았었다. 하지만 도끼눈이 술을 사겠다는 말로 꼬드기면 어떻게 될지는 모르는 일이었다. 어쩌면 아저씨는 자기가 브로드 길에 있는 라이온 맥주 공장에 나를 취직시켜 줬다는 것까지도 떠벌일지 모른다.

나는 온몸의 신경을 곤두세우고 제이크 아저씨의 대답을 기다렸다. 이제 더 이상 라이온 공장에서 일하는 건 아니었지만 도끼눈이 브로드 길 일대를 들쑤시고 다니는 일만은 바라지 않았다. 혹시라도 제이크 아저씨가 사실을 털어놓는다면 내가 기댈 수 있는 유일한 희망은 콜레라를 경고하는 그 노란 깃발이 도끼눈의 발길을 막는 것뿐이었다.

"다음에 하자고, 빌. 다음에."

마침내 제이크 아저씨의 목소리가 들려왔다. 살았다. 나는 참았던 숨을 그제야 토해 냈다.

그날 아침 브로드 길로 돌아가서 맨 처음으로 만난 사람은 화이트헤드 목사님이었다. 목사님은 밤새 한숨도 못 잔 것 같았다.

"목사님, 혹시 더 나빠진 거예요?"

"그런 거 같네. 밤새 이 집 저 집 다니긴 했는데, 솔직히 내가 할 수 있는 일이 거의 없더라고."

목사님이 손수건으로 이마를 닦으며 말했다. 그러고는 칙칙해진 두 눈두덩이를 손으로 비비며 말했다.

"이렇게 짧은 시간 동안 이렇게나 파급력이 클 수가 없어. 그릭스 부인도 지금 사경을 헤매시고……."

나는 망치로 머리를 얻어맞은 것 같았다.

"그릭스 아줌마가요? 말도 안 돼요! 어제까지만 해도 괜찮으셨잖아요."

그러자 목사님이 내 어깨에 손을 올리며 말했다.

"이런, 아직 모르고 있었구나. 아주머니께서 엊저녁부터 편찮으시다. 버니도 그렇고."

"버니도요? 근데…… 아줌마가 편찮으시면 누가 간호를 해요? 벳시도 아직 어린데요!"

하늘이 무너지는 것 같았다. 목사님이 내 어깨에서 손을 내리며 말했다.

"진정해라. 지금 플로리가 그 집에 가 있는데, 내가 본 어떤 간호사들보다도 잘하고 있어."

"플로리가요? 환자를 그렇게 가까이하면 옮지 않아요?"

"그런다고 옮진 않을 거야. 지금 바깥 공기가 아주 나쁜 데다가 이 동네 집들 대부분이 환기가 제대로 안 되는 게 문제지. 이렇게 사람들이 득실대는 길거리 공기가 얼마나 해롭겠니. 바로 독기 때문에 이런 병이 전염되는 거거든."

불쌍한 그릭스 아줌마. 두 눈으로 남편의 죽음을 목격했으니 자기한테도 어떤 일이 일어날지 똑똑히 알고 계실 거다. 아주머니는 두 아이들에게 끔찍이도 잘했다. 아픈 버니를 보살필 수 없는 그 마음이 얼마나 찢어지게 아플까?

바로 그때 폴랜드 길로 막 접어드는 로저스 박사님이 보였다. 박사님은 목사님을 향해 무표정한 얼굴로 손을 흔들고는 고개를 저었다. 언젠가 애니네 엄마한테서 그 집 식구들이 아프면 로저스 박사님을 부른다고 들은 적이 있는데, 아마 그런 집들이 많은 모양이었다. 한눈에 봐도 박사님 역시 이 끔찍한 사태에 아무런 손을 쓸 수 없다는 표정이었다.

안 돼, 로저스 박사님도 어쩔 수가 없다니. **하지만, 스노 박사님이**

라면?

바보 같은 생각이었다. 박사님은 여왕님을 돌보는 의사였다. 그런 분이 리젠트 길 반대편에 사는 가난한 사람들을 신경 쓰기나 할까.

그래도 일단 부딪치고 볼 일이었다. 박사님께 맥주 공장 문제를 부탁하려던 건 포기하기로 했다. 흔해 빠진 넝마주이 하나가 일자리를 잃느냐 마느냐의 문제일 뿐이었다.

하지만 이건 고통받는 이웃 전체의 문제였다.

그리고 버니의 문제이기도 했다.

나는 사람들을 헤치며 리젠트 길을 걸어 스노 박사님 댁에 도착하자마자 뒷문을 쿵쿵 두드렸다. 문을 열고 나온 가정부 아주머니가 둥그런 흰 모자를 고쳐 쓰며 매섭고 단호한 표정으로 말했다.

"그래, 이번엔 또 무슨 일이냐? 돈은 어제 저녁에 분명히 줬을 텐데."

"네, 주셨어요. 오늘은 박사님 뵈러 온 거예요. 급한 일이에요."

아주머니가 의외라는 듯 눈썹을 추켜올리며 말했다.

"흠, 그러니? 근데 어쩌나. 박사님은 켄싱턴에 수술이 잡혀서 아까 떠나셨는데."

나는 정신이 아득해졌다.

"그래도…… 박사님이 꼭 와 주셔야 돼요. 저희 동네 사람들 봐 주셔야 된단 말이에요."

그러자 아주머니가 이마를 찌푸리며 물었다.

"무슨 일인데?"

"박사님이 아직까지 소식 못 들으신 거예요? 지금 콜레라 때문에 발칵 뒤집혔어요. 브로드 길, 베릭 길, 폴랜드 길, 리틀윈드밀 길까지 골든스퀘어 광장 주변이 전부 다요."

그러자 아주머니가 당장 나한테서 콜레라에 전염되기라도 할 듯 움찔 물러섰다. 나는 혹시나 스노 박사님도 콜레라가 너무 두려워 브로드 길에 못 오시면 어쩌나 걱정이 됐다. 의사라고 병에 걸리지 말란 법은 없으니까. 박사님이 와 보시고는 우리 동네 공기가 형편없다고 하실지도 몰랐다.

"그 얘긴 아마 박사님도 못 들으셨을 거다. 어찌나 바쁘신지 나도 얼굴 뵙기 힘들다니까."

아주머니가 놀란 가슴을 쓸어내리며 말했다.

"박사님께 소식이라도 꼭 전해 드리고 싶은데, 금방 오세요?"

"해 지기 전까지는 못 오실걸."

나는 넋이 나간 얼굴로 아주머니를 한참 바라보다가 뒤돌아 나왔다. 돌멩이를 걷어차고는 나도 모르게 왈칵 눈물이 솟구쳐 마른 침을 꿀꺽 삼켰다. 그릭스 아저씨는 하루를 못 넘기고 돌아가셨다. 버니는 얼마나 버틸 수 있을까.

"그나저나 너 요즘 우리 청소는 제대로 하니? 어제, 그제, 냄새가 코를 찌르던데, 먹이만 주면 다가 아니잖아! 바닥 갈 때 된 거 아니냐고!"

아주머니가 내 뒤에서 소리쳤다.

"네, 지금 갈려고요."

아주머니의 눈은 속일 수가 없었다.

우리를 청소하는 내내 벳시와 버니가 토끼를 쓰다듬어 주며 좋아라 하던 모습이 눈에 밟혔다. 모든 것을 이틀 전으로 되돌릴 수만 있다면.

"말도 안 돼. 이럴 순 없다고."

앞으로 몇 시간 동안은 박사님을 뵐 수도 없으니 일단 브로드 길로 돌아가기로 했다. 대부분의 이웃들이 빠져나가기는 했지만 어딘가에 조금이나마 돈 벌 일이 남아 있을 것 같았다. 그리고 전혀 뜻하지 않은 일로 돈을 벌게 되었다.

브로드 길로 돌아가 처음으로 마주친 사람은 밝은 주황색 머리의 쾌활한 마부 아저씨였다. 아저씨가 먼저 나를 알아보고는 말을 건넸다.

"어이, 너. 어제 만났던 개 아니냐? 마침 잘됐다. 같이 일하던 친구가 오늘 안 나왔지 뭐냐. 안 그래도 비위가 약해서 이 일을 영 못 견디더라고. 너, 돈 좀 벌어 볼 생각 없냐?"

"있어요, 아저씨."

나는 헨리 생각을 떨칠 수가 없었다.

"근데……, 제가 뭘 하면 되는데요?"

"뭐긴 뭐겠냐. 나랑 같이 시신 실어 나르는 거지. 걱정할 거 없다. 시신은 일단 내가 깨끗한 천으로 감쌀 거니까."

마부 아저씨가 땀에 젖은 얼굴을 누더기 같은 손수건으로 닦으며 말했다.

나는 마른 침을 꿀꺽 삼켰다. 관을 나른다고? 천으로 감싼다고는 해도 시체를 만지는 일인데?

아저씨가 다가와 크고 투박한 손을 내 어깨에 올리고는 내 속을 꿰뚫어보듯 말했다.

"어려울 거 없어, 꼬마야. 다 네 이웃들이잖니."

그래도 나는 여전히 망설여졌다.

"해 질 때까지 일하고 2실링 어떠냐."

아저씨가 물었다.

"좋아요."

결국 나는 그 일을 하기로 했다.

"근데……, 저도 비위가 약할지 모르는데."

"기절만 안 하면 된다."

아저씨는 언제나처럼 쾌활한 목소리로 말했다.

처음에는 정말로 속이 메슥거려서 혼났다. 그런데 어느 시점부터 그 증상이 사라졌다. 그런 신기한 경험은 처음이었다. 죽음이 드리운 후텁지근하고 침침한 방마다 들락거리던 내가 어느 순간 생각을 고쳐먹기 시작한 것이었다.

눈으로 보는 대신 마음으로 보기로 했다. 시신으로 보는 대신 그 사람들이 살아 있던 때의 모습을 떠올렸다. 그릭스 아저씨처럼 언제 어디서든 만나 인사하던 그런 사람들.

그 뒤로는 메스꺼운 내 속에 쏠려 있던 생각이 그 사람들에 대한 생각으로 옮아갔다. 그리고 마부 아저씨와 내가 하는 지금 이 일도 의미 있고 고귀한 일이라고 믿기 시작했다. 그러자 돌아가신 아빠를 데리러 왔던 사람들과는 다른 사람이고 싶어졌다. 그리고 이 마부 아저씨도 달리 보였다.

"나는 시신을 놓고 농담이나 하면서 유족들한테 조의도 안 표하는 그런 짓은 안 한다."

나와 함께 빈 관을 들고 어떤 집으로 들어가던 아저씨가 말했다.

"누구나 언젠가는 흙으로 돌아가잖냐. 그날이 생각보다 일찍 찾아올 수도 있는 거고."

우리가 그 집으로 들고 들어간 건 관이라기보다는 작은 나무 상자에 가까웠다. 나는 눈을 질끈 감았다. 아이의 손을 잡고 도저히 놓지 못하는 그 엄마의 눈과 차마 마주칠 수가 없었다.

"혹시 누구, 가까운 사람 돌아가신 적 있니?"

작고 초라한 관을 수레에 실으면서 아저씨가 나지막이 물었다.

"부모님이요. 아빠가 먼저 돌아가셨어요. 저 아홉 살 때요."

어째서 잘 알지도 못하는 사람 앞에서 이런 이야기가 술술 나오는 건지 나도 알 수가 없었다.

"처음에는 아빠가 편찮으신 것도 몰랐어요. 근데 언제부턴가 기침이 멎질 않더니 몸이 안 좋아지셔서……."

그러자 아저씨가 잘 안다는 듯 고개를 끄덕이며 말했다.

"폐결핵이구나. 내 사촌도 그러다가 세상을 떠났거든. 그럼 어머니는?

어머니도 같이 돌아가신 거니?"

"아빠 돌아가시고 3년 좀 안 돼서 돌아가셨어요. 작년 9월이니까 1년 다 돼 가요."

"가슴 찢어졌겠구나, 응?"

아저씨가 나쁜 뜻으로 한 말이 아니었을 텐데도 나는 아무 대답도 하지 않았다.

마부 아저씨와 나는 그 무더위 속에서 하루 종일 관을 실어 날랐다. 우리는 수레가 가득 차면 장의사를 찾아가 관을 내린 다음 빈 관을 싣고 돌아왔다. 마부 아저씨가 죽은 사람들의 이름을 꼼꼼히 관에 적어 넣으며 말했다.

"시신 뒤바뀌지 않게 주의해야 된다. 바뀌면 좀 어떠냐는 사람들도 있더라만, 그게 말이 되는 소리냐? 나중에 남의 무덤 찾아가서야 되겠어?"

일하는 내내 얼굴에서 땀이 비 오듯 흘렀다. 때로는 눈물도 섞여 흘렀지만 창피하지 않았다. 브로드 길을 덮친 콜레라가 가장 처참하긴 했지만 우리는 폴랜드 길, 홉킨스 길, 피터 길, 그리고 플로리네 가족이 살고 있는 베릭 길에서도 시체를 실어 냈다.

땅거미가 지기 시작할 무렵에야 그날 일이 모두 끝났다. 나는 지쳐 쓰러질 것 같은 데다 마음까지 아려 손가락 하나 까딱하기조차 힘들었다. 마부 아저씨가 나에게 2실링을 건네면서 내일은 사촌한테 도와 달라고 하면 될 것 같다고 했다.

나는 이글거리는 눈길로 동전을 내려다봤다. 어제 받은 돈은 빵과 치즈를 사는 데 다 써 버리고 없었다. 사실 오늘은 하루 종일 밥 생각도 별로 없었다. 하지만 동전을 보는 순간 갑자기 허기가 몰려오면서 뜨거운 고기 파이나 버터를 잔뜩 바른 빵 생각이 간절해졌다.

안 돼, 나중에 하숙집에 갖다 줄 돈이잖아. 나는 스스로를 타일렀다.

"수고 많았다. 사실 네가 야위고 그늘져 보여서 엄마, 아빠 잃은 아이들이 널 보고 겁먹지나 않을까 걱정했었어. 근데 너, 웃을 때 보니까 참 해맑지 뭐냐. 아이들도 다들 널 잘 따르고."

아저씨는 마부석 바닥에 놓여 있던 작은 바구니를 집어 들고 그 안에서 생강 맥주와 커다란 고기 파이를 꺼냈다. 그리고 빙그레 웃으며 말했다.

"이 일 하다 보면 밥때 놓치기 일쑤여서 끝나면 꼭 뭐라도 먹어야지, 안 그러면 기운 없어서 집까지 못 가겠더라고. 안 그래도 집사람이 넉넉히 쌌던데, 자, 이건 네 거."

나는 그 말에 두 눈이 휘둥그레졌다. 그리고 얇고 바삭한 파이 껍질을 한 입 베어 무는 순간 그보다 더 맛있는 음식은 떠오르지 않았다.

마부 아저씨와 헤어진 뒤 나는 브로드 길 40번지 계단을 살금살금 걸어 올라갔다. 방문을 두드리려던 나는 고개를 빼고 애니와 어린 동생 패니네가 살고 있는 단칸방 문을 넘어다봤다. 그러고 보니 어제 이후로 애니가 안 보였다. 다른 집들처럼 그 집 식구들도 이곳을 떠난 게 아닐까 싶었다. 적어도 마부 아저씨와 같이 일하는 동안 애니네 집을 방문한 일은 없었다.

플로리가 문을 열어 준 뒤 작은 스케치북을 앞치마 주머니에 넣고는 쫑쫑 땋은 머리 타래 한쪽에 연필을 꽂으며 말했다.

"하루 종일 어디 있다 이제 와?"

"관 나르는 아저씨 좀 도와주고 오는 길이야."

그러다가 나는 얼른 입을 다물었다. 거기까지였다. 플로리나 헨리, 그 누구에게도 내가 보고 들은 일은 절대 말할 수 없었다.

딜리가 플로리를 제치고 내 발 앞에 달싹 주저앉아서는 개들이 흔히 그러듯 입을 헤벌리고 웃는 얼굴을 했다. 그러고는 낡은 마룻바닥에서 찰싹찰싹 소리가 나도록 세차게 꼬리를 흔들어 댔다.

"조용."

나는 딜리의 귀를 긁어 주며 타이른 다음 플로리에게 나직이 물었다.

"좀…… 어떠셔?"

"잘 모르겠어. 너무 무서워. 아무튼 지금은 다들 잠들었어. 벳시도. 나, 콜레라라는 거 처음 봐."

"너희 가족은 어떤데?"

"지금까진 다들 괜찮아. 언니도 나처럼 이웃 사람 도와주러 갔어. 아빠는 일 나가시고. 참, 아까 엄마가 고기 파이 만들어서 오빠 편에 보내 줬어."

플로리가 물병에서 물을 따라 한 모금 마신 다음 계속했다.

"우리 엄마는 누구 간호하는 거 잘 못해. 자기가 먼저 쓰러지게 생겼는데 뭐."

그때 그릭스 아주머니가 몸을 뒤척이며 신음 소리를 냈다.

"플로리, 나 결심했어. 스노 박사님한테 버니랑 그릭스 아주머니 봐 달라고 할 거야. 박사님이 오늘은 하루 종일 환자 보신다니까 이따 밤에라도 가 보려고. 혹시 그때까지도 안 오시면 헛간에서 잘 거고. 그래야 아침에 나가시기 전에 어떻게든 말씀드리지. 그럼 분명히 도와주실 거야. 분명히."

나는 목소리에 힘을 실어 말했다.

"박사님한테 맥주 공장 문제도 부탁드릴 거야?"

나는 고개를 저으며 대답했다.

"너무 늦었어. 이젠 무슨 말을 해도 사장님이 안 믿으실 텐데 뭐. 그리고 지금은 이게 훨씬 중요하고."

"한꺼번에 너무 많은 게 달라져 버렸어, 안 그러니? 완전히 딴 세상이 된 거 같아."

플로리가 벳시를 흘끗 돌아보며 말했다.

벳시는 엄마와 동생에게서 조금 떨어진 곳에서 웅크린 채 잠들어 있었다. 더워서인지 벳시의 두 뺨이 발그레했다. 적어도 아직까지는 벳시가 푸르스름하고 창백한 대신 건강한 분홍빛을 띠고 있었다. 아마도 운이 좋았던 모양이다.

플로리가 주머니에 들어 있는 스케치북을 탁탁 두드리며 말했다.

"잘한 짓인지는 모르겠는데, 오늘 버니랑 그릭스 아줌마 그랬어. 만에 하나 여기서 더 안 좋은 일 생기면 벳시한테 주려고. 나중에 엄마랑 동생 얼굴 기억하는 데 도움이 될지도 모르잖아."

"더 안 좋은 일 같은 건 안 일어나! 일어나면 안 된다고!"

나는 버럭 소리를 질렀다. 쥐 죽은 듯 사방이 조용해지는가 싶더니 어디선가 이상한 소리가 들려왔다. 다름 아닌 나한테서 난 소리였다. 마부 아저씨한테 얻어먹은 고기 파이가 어찌나 맛있던지, 그걸 먹은 뒤로 더 배가 고파진 것이었다.

"네 배에서 나는 소리잖아."

플로리가 새어 나오는 웃음을 삼키며 말했다. 그러고는 벽 쪽에 놓인 바구니로 가서 빵 한 조각을 꺼내 들고 버터를 바르며 말했다.

"아까 오빠가 고기 파이랑 같이 갖다 준 건데, 배불러서 다 못 먹었어."

그리고 버터를 두툼하게 바른 빵을 내게 건네며 말했다.

"자."

"고마워."

애원하듯 촉촉한 눈으로 올려다보고 있던 딜리는 내가 빵 한쪽을 잘라 던져 주자 기다렸다는 듯 공중으로 뛰어오르며 덥석 받아먹었다. 플로리가 그 모습을 보고 빙그레 웃고는 말했다.

"너 너무 말랐어, 얘. 그러니까 다들 뱀장어라고 부르지."

그러고는 한쪽 구석에 있는 양동이를 가리키며 물었다.

"물 좀 마실래?"

나는 고개를 저으며 대답했다.

"아니, 괜찮아. 아까 마부 아저씨한테서 생강 맥주 얻어 마셨거든."

"와, 좋겠다. 나 생강 맥주 진짜 좋아하는데, 내 것도 좀 남겨 오지."

플로리가 아쉬워하며 말했다.

"다음에 그럴 일 있으면 꼭 남겨 올게."

나는 플로리와 함께 좀 더 앉아 있다가 작별 인사를 하고 캄캄한 거리로 나왔다. 그리고 소매치기들은 없는지 주위를 살피면서 리젠트 길을 따라 걸었다. 박사님 댁에 도착한 나는 우리 안의 물그릇마다 물을 채워 넣었다. 말간 달빛을 받아 토끼들의 눈이 초롱초롱 빛났다.

집 안은 불이 모두 꺼진 채 캄캄했다. 문을 두드리기에는 너무 늦은 시각이었다. 아침에나 다시 와 봐야 할 것 같았다. **잠은 강에 가서 자야 되는데.** 하지만 걷잡을 수 없이 피곤이 몰려와 한 발짝도 뗄 수가 없었다. 나는 모자를 베개 삼아 헛간 한구석에 웅크리고 누웠다.

먹이만 주던 내가 저희들 틈에 섞여 있는 게 낯설었던지 동물들이 계속해서 바스락대고 꼼지락거렸다. 그 바람에 나도 밤새 잠 못 들고 뒤척였다. 머릿속을 가득 채운 장면들을 떨치려고 눈을 질끈 감았지만 소용없었다. 결국 나는 울다 지쳐서야 잠이 들었다.

스노 박사님의 서재

9월 3일 일요일

"응? 무슨 일이니?"

또렷한 갈색 눈동자가 의아하다는 듯이 나를 바라보고 있었다. 바로 스노 박사님이었다!

"어……, 어, 네, 박사님……."

그러면서 허둥지둥 모자를 벗는 바람에 눈앞으로 머리카락이 한 움큼 쏟아져 내렸다. 그래서 얼른 그 머리를 손으로 쓸어 넘긴다는 게, 이번에는 들고 있던 모자까지 떨어뜨리고 말았다.

박사님이 직접 문을 열어 주실 줄은 몰랐다. 언제 듣고 처음인지, 쉰 듯이 거칠게 갈라지는 박사님의 특이한 목소리도 거의 잊고 있었다. 나는 허리를 숙여 모자를 집어 들었다. **아무래도 잘못 찾아왔나 봐. 박사님이 내 이름도 기억 못 하실 거 같은데 어째서 내가 부탁하면 버니를 보러 가 주실 거라고 생각했을까?**

하지만 나는 엄마한테서 배운 대로 모자를 들고 공손한 자세로 박사님 앞에 서서 입을 열었다.

"박사님, 저기……, 부탁드릴 게 있는데요……."

그러고는 말문이 막히고 말았다. 고개를 떨구던 나는 구두 밖으로 삐져나온 왼쪽 발가락을 보고 얼굴까지 화끈 달아올랐다. 내가 맡아도 나한테서 템즈 강 냄새가 났다.

"그래, 말해 봐라. 동물들한테 무슨 문제 있니?"

박사님이 나를 다독이듯 말했다.

"아, 아니에요, 박사님. 그런 거 아니고, 브로드 길 문제예요."

"브로드 길이라."

그러고 보니 박사님 손에 냅킨이 쥐여 있었다. 속에서 끙, 하는 신음이 새어 나왔다. 내가 박사님의 식사를 방해하고 있는 것이었다. 그러자 너무 아파서 먹지도 못하는 버니가 생각났다. 나는 다시 용기를 내 입을 열었다.

"박사님, 푸른 죽음이 왔어요. 브로드 길에 콜레라가 덮쳤어요."

그러자 박사님이 냅킨을 팽개치고 내 어깨를 움켜쥐며 말했다. 쉰 목소리가 더 거칠게 갈라져 나왔다.

"정말이냐?"

"저, 정말이에요, 박사님. 의, 의심의 여지가 없어요."

내가 말을 더듬으며 대답하자 박사님이 내 어깨를 가볍게 흔들며 다그쳐 말했다.

"내 기억으론 네가 뱀장어지, 아마. 그래, 뱀장어야. 어째서 그렇게 확신하지? 콜레라 증상이 어떤지는 아는 거니?"

"네, 알아요. 그걸로 돌아가신 아저씨를 직접 봤는데, 지금은 그 집 아줌마랑 아들까지 걸렸어요. 이웃 사람들도 많이 걸렸고요.”

“들어와서 얘기하자. 들어와.”

나를 거리낌 없이 대하는 박사님의 말에 나는 입을 다물 수 없었다. 박사님은 어느새 안으로 들어오라고 손짓까지 하고 있었다.

“그래, 그래. 나 준비하는 동안 들어와 있어라. 더 물어볼 것도 있고 하니.”

나는 바닥에 떨어진 냅킨을 집어 들고 까치발로 박사님 뒤를 따랐다. 가정부 아주머니는 어디 계시는 걸까. 아주머니가 킁, 하고 한 번만 냄새를 맡고도 ‘넝마주이 녀석, 감히 여기가 어디라고!’ 하고 소리치며 나타날 것만 같았다.

앞장서서 작은 식당을 가로지르던 박사님이 음식들이 놓인 작은 보조 탁자를 향해 고개를 끄덕이며 말했다.

“아직 아침 안 먹었으면 토스트라도 좀 먹지그러니. 먹으면서 얘기해도 된다.”

나는 보조 탁자 위에 조심스럽게 냅킨을 내려놓았다. 훔쳤다는 누명은 쓰기 싫었다. 보조 탁자 위에는 한 사람 몫이 아니라 대여섯 명은 먹고도 남을 만큼 푸짐한 음식이 놓여 있었다. 달걀, 토마토, 늦여름 딸기, 그리고 버터를 바른 따끈한 토스트까지. 나는 나중에 먹으려고 토스트 두 장을 낚아채 반으로 접은 다음 주머니에 넣었다.

그러고도 나는 산딸기 잼이 담긴 작은 그릇에서 눈을 떼지 못했다. 하지만 박사님 댁의 초록색 양탄자 위에 잼 뭉텅이를 흘릴 수도 있는 모험은 하고 싶지 않았다. 가정부 아주머니의 눈에 그건 런던타워에 갇히고도 남을 죄였다.

박사님이 식당을 지나 들어선 방은 창밖으로 거리가 내다보이는 작은 서재였다. 나는 문간에 멈춰 선 채 서재 안을 들여다봤다. 책꽂이에는 근사하고 두꺼운 책들이 가지런히 꽂혀 있었다. 책상은 하나였고, 서류가 잔뜩 쌓인 탁자가 두 개 있었다. 그중 한쪽 탁자 위에 있는 기구는 현미경 같았다.

"거기가 어디랬지?"

박사님이 작은 유리병들을 천으로 감싼 다음 커다란 검은색 가방에 넣으며 물었다.

"브로드 길이라는 동네예요. 리젠트 길 따라서 북쪽으로 조금만 가면 있어요. 골든스퀘어 광장 지나자마자요."

"아, 어딘지 알겠다. 그래, 언제부터라고?"

"음, 아마 목요일부터일 거예요. 그때부터 그릭스 아저씨가 심하게 아프셨거든요."

"근데 그릭스 씨는 누구니?"

그러더니 스노 박사님이 나를 흘끔 보며 말했다.

"가까이 좀 와라, 얘. 거기 문간에 서서 우물우물하면 내가 잘 못 듣지."

"근데 저기, 제 구두가 이래서……, 가정부 아줌마가 아시면……."

내가 발끝을 내려다보며 말하자 박사님이 빙그레 웃으며 말했다.

"아, 그렇구나. 나도 아주머니한테 만날 잔소리 듣는데. 정 그러면 거기 서서 크게 말해 봐. 그릭스 씨 얘기 중이었지?"

"그릭스 아저씨는 브로드 길 40번지에서 양복점 하는 분이세요. 가족들이랑은 2층에서 지내시고요."

생각처럼 큰 소리가 나오지 않았다. 나 같은 게 마음 편히 소리 지를 수 있는 곳이 아닌 것 같았다.

"아 참, 지내시는 게 아니라 지내셨어요……. 그리고 금요일에, 낮 열두 시 조금 지났을 때쯤 돌아가셨고요."

"어떻게 그렇게 자세히 알지?"

박사님이 내 눈을 뚫어질 듯 들여다보며 물었다.

"제가 목요일에 들렀다가 아저씨 편찮으신 걸 봤는데, 다음 날 다시 가 있는 동안…… 돌아가셨거든요."

나는 침을 꿀꺽 삼키고 계속했다.

"화이트헤드 목사님께 여쭤 보세요. 그 자리에 목사님도 같이 계셨는데, 콜레라라고 하시더라고요."

박사님이 내 말을 믿는 건지 알 수가 없어서 나는 얼른 더 갖다 붙였다.

"거기서 끝이 아니에요, 박사님. 그 뒤로 사람들이 와서 가까이 오지 말라는 표시로 노란 깃발을 꽂고 갔어요. 여기저기 석회도 뿌리고요. 냄새가 엄청 고약하던데요. 근데 그렇게 해야 콜레라 전염도 막고 공기도 깨끗해진다더라고요. 있잖아요, 그 독가스 말이에요."

"그놈의 독가스 타령! 뭐, 공기를 정화해?"

느닷없이 박사님이 역겹다는 표정으로 고개를 절레절레 저으며 말했다. 그러고는 혼잣말을 계속했다.

"콜레라라. 고작 몇 구역 밖인데 이제야 그걸 듣다니. 음, 하기야 어제, 그제 내가 일이 많아서 집에 붙어 있을 시간이 있었나."

박사님은 손으로는 여전히 바삐 짐을 챙기는 채로 나를 어깨 너머로 돌아보며 말했다.

"그래, 계속해 봐라. 지금까지 사망자가 그릭스 씨 한 분이니?"

"아, 아니에요, 박사님."

나는 마부 아저씨와 관을 나르던 일을 떠올리며 말했다.

"처음엔 그냥 불꽃 하나로 끝날 줄 알았는데 지금은 들불처럼 마구 번지고 있어요."

그리고 망설이던 끝에 다시 입을 열었다.

"제 생각에는……."

"그래, 네 생각에는?"

"분명히 지금까지 죽은 사람이 수십 명 아니, 어쩌면 수백 명은 될 거예요. 브로드 길 집집마다 환자 없는 집이 없어요. 어제 관 옮기는 아저씨랑 같이 본 것만 해도요."

내가 숨이 넘어가도록 뱉어 내자 가방을 챙기던 박사님이 몸을 벌떡 일으켜 세우며 나를 돌아봤다. 내 눈을 뚫어질 바라보는 박사님의 눈길을 도저히 피할 수가 없었다. 하지만 그와 달리 박사님의 목소리는 행여나 강아지가 놀라 달아날까 봐 조심하듯 부드러웠다.

"관 옮기는 사람이랑은 어쩌다 같이 있게 됐고?"

"제가 그 아저씨 일을 좀 도와 드렸거든요. 돈이 필요해서요."

"어떤 일?"

"수레에다 관 싣는 일이요. 같이 하던 다른 아저씨가 도저히 비위가 안 맞아서 관뒀다고 해서요."

"그럼 너도 시체를 만졌다는 거니?"

박사님이 나를 향해 다가오며 거친 소리로 물었다.

"직접은 아니에요."

"직접은 아니라니?"

박사님이 바짝 다가와 내 양쪽 어깨를 붙들고 물었다.

"처음에는 나무로 만든 관에 시체를 담아서 옮겼는데 나중에 관이 동이 나 버린 거예요. 그래서 아저씨가 관 대신 마대 자루를 썼어요. 근데 아저씨가 저한테는 시체에 손도 못 대게 했어요. 열세 살밖에 안 됐는데 그런 일은 너무 심하다고요. 그래서 시체 만지는 일은 아저씨 혼자 했어요. 그리고 대부분은 가족들이 도와줬고요."

박사님이 내 어깨를 더 세게 움켜쥐며 말했다.

"약속해라. 다시는 그런 일 안 한다고. 그리고 콜레라 환자 있는 집에 들어가게 되더라도 절대 아무것도 안 만진다고. 특히나 물은 절대로 마시면 안 된다. 알겠니?"

박사님이 갑자기 왜 이런 말을 하는지 알 수가 없었다. 콜레라는 공기 중에 퍼진 독으로 전염될 텐데.

"박사님, 환자 얘기가 나와서 말인데요."

마음이 급해진 나는 물에 대해서는 나중에 여쭤 보기로 했다.

"그래서 제가 박사님 뵈러 온 거거든요. 돌아가신 그릭스 아저씨한테 부인이랑 아이들 둘이 있는데, 지금 그 부인이랑 둘째 버니가 앓아누웠어요. 버니가 하루 넘게 버티는 중인데, 그럼 좋은 신호인 거죠? 그러니까 제 말은, 걸리면 무조건 죽는 거예요?"

나를 앞세워 책상을 향해 걸어가던 박사님이 대답했다.

"대개는 죽지. 그래도 전부는 아니다."

그렇다면 버니에게도 가능성이 있다는 얘기였다.

"박사님, 같이 좀 가 주시면 안 돼요?"

박사님은 더 이상 내 말을 듣지 않는 것 같았다. 가방을 마저 챙겨 들고는 나한테 현관 쪽으로 가자고 손짓하고 있었다.

"그래, 가자."

"그쪽으로……, 앞문으로 나가자고요? 저는…… 안 돼요. 가정부 아줌마가……."

"얼른!"

박사님의 호통에 나는 얼른 까치발을 들고 박사님을 따라붙다가 뒤를 돌아봤다. 집 안은 여전히 조용했다. 일요일이었다. 아마도 가정부 아주머니는 교회에 간 모양이었다.

제발 그랬기를. 그리고 행여나 색빌 길을 따라 집으로 돌아오다가 앞문으로 버젓이 나오는 넝마주이와 마주치는 일만은 없기를.

13 스노 박사님의 환자

박사님은 리젠트 길을 오가는 행인들 사이를 요리조리 날렵하게 빠져나가며 앞서 걸었다. 뒤따라 걷는 나 역시 날래게 발을 놀렸다. 발걸음보다 마음이 먼저 앞서 달리고 있었다.

됐다! 이 훌륭하신 박사님이 브로드 길로 가고 계신다. **박사님이 버니랑 그릭스 아줌마를 살려 주실 거야. 어쩌면 다른 사람들까지 전부 다.**

우리는 리젠트 길을 벗어나 골든스퀘어 광장을 통과했다. 거기 있는 작은 공원은 대개 사랑을 속삭이는 연인들이나 담배를 피우려고 잠시 들른 사람들로 붐비던 곳이었다. 하지만 지금은 동상 머리 위에 앉아 있는 비둘기를 빼고는 개미 새끼 한 마리 보이지 않았다.

동상은 강인하고 자신감에 넘치는 잘생긴 사람의 모습이었다. 언젠가 플로리와 함께 지나가다가 공원에 앉아 있는 화이트헤드 목사님과 마주친 적이 있었다. 책을 읽고 있던 목사님이 우리를 보고 책을 덮고는 다정한 미소로 인사했다.

"저기 조지 2세 머리 위에 있는 비둘기들 보이지? 멀리 풍경을 내다보고 있는 모습이 참 보기 좋구나. 그림 같아."

그러고는 동상을 가리키며 물었다.

"너희들, 조지 2세가 누군지는 아니?"

"옛날에 계셨던 훌륭한 왕 아니에요?"

플로리가 되물었다.

"그렇지. 역사적으로는 고약하기로 유명했다지만."

목사님이 말했다.

"제 눈엔 좋은 사람 같아 보이는데요. 못되게 생긴 동상이 돼서 몇 백 년 동안 저렇게 서 있으면 끔찍할 거 같아요."

플로리가 웃음을 터뜨리며 말했다. 그러고는 앞치마 주머니에서 스케치북을 꺼내 들고 비둘기들을 향해 말했다.

"얘들아, 가만있어 봐! 너희들 그려 줄게."

플로리는 집중할 때는 얼굴을 찡그리고, 땋아 내린 머리가 방해가 될 때는 어깨 뒤로 휙 넘겼다.

"네 앞에선 항상 웃고 있어야지, 안 그러면 엄청 심술궂게 그려 줄 거 같아."

나는 플로리가 그림 그리는 모습을 지켜보다가 말했다.

"참 잘 그리는구나, 플로리."

목사님이 플로리의 그림을 칭찬했다.

"에이, 뭘요. 그냥 취미 삼아 그리는 거예요. 근데 바위나 대리석으로 작품 만드는 건 정말 근사한 일 같아요. 오래 남잖아요."

그러고는 플로리가 동상을 찬찬히 살펴보며 생각에 잠긴 표정으로 말했다.

"저도 저렇게 오래 남는 거 한번 만들어 보고 싶어요."

그러자 목사님이 미소를 지으며 말했다.

"동상은 아무나 못 만들지만 우리도 남길 수 있는 게 있지. 우리가 행한 일들, 우리가 베푼 선행은 우리 생애가 끝나도 이 땅에 영원히 남을 거다. 틀림없이."

박사님이 가방을 챙길 때 약을 넣는 건 못 본 것 같았다. 그렇다면 그 유리병들은 대체 어디에 쓰는 걸까? 아마도 버니한테서 피를 뽑아 담거나 침을 받아 내는 용도인 것 같았다. 하지만 브로드 길에 다다를 무렵이 되자 박사님은 버니한테는 관심이 없어 보였다. 대신 콜레라에 대해 자세한 이야기를 나누고 싶어 했다.

"얘기 좀 더 해 줄래?"

나는 요 며칠 동안 일어난 일들을 떠올리느라 잠시 머뭇거렸다. 그러자 박사님도 내가 헷갈린다는 걸 알아챘는지 먼저 대화를 이끌기 시작했다.

"맨 처음 있었던 일부터 얘기해 보자. 그릭스 씨가 첫 번째 사망자일 거라고 했지? 자, 콜레라 증상을 맨 처음 보인 사람도 그릭스 씨니?"

"그럴 거예요. 적어도 목사님한테서 그 전에 누가 아팠단 얘긴 못 들었거든요."

나는 기억을 더듬으며 천천히 대답했다.

"그렇구나. 그래, 계속해 봐라. 그릭스 씨가 아프실 때 어땠는지 자세히 말해 볼래? 상태가 어땠지?"

"침대보를 보니까 꼭……, 아저씨가 너무 아파서 침대에 누운 채로 오줌 싼 것처럼 푹 젖어 있었어요."

내가 숨을 몰아쉬며 대답하자 박사님이 발걸음을 늦추며 내 이야기에 계속 귀를 기울였다.

"아저씨가 아주 고통스러워했어요. 꼭 맹수가 아저씨 배 속을 움켜쥐고 안 놔주는 거처럼요."

모퉁이를 돌아 브로드 길로 접어들자 박사님이 물었다.

"그 집이 어디니?"

"저기예요. 라이온 맥주 공장 맞은편 40번지요. 펌프 바로 앞에 있어요. 다른 집 식구들도 같은 건물에 살아요. 박사님 사시는 동네랑 달라서 이해가 잘 안 되시겠지만요."

"안다, 무슨 말인지."

박사님이 고개를 끄덕이며 말했다.

"그래서 콜레라에 걸리는 거예요? 바글바글 모여 살면서 다 같이 더러운 공기 마셔서요? 누가 그랬냐면, 어, 다들 그러던데요."

나는 내가 알고 있는 게 사실인지 정말 궁금했다.

"그게 바로 오염된 공기를 통해서 콜레라 같은 질병이 전염된다는 독기 이론이라는 건데, 사람들이 독기라고 부르는 건 일종의 독성을 지닌 기체를 말한다. 이 동네처럼 인구가 밀집되고 위생이 불량한 곳에서는 아무래도 공기 중에 고약한 냄새를 풍기는 부패 물질의 입자가 함유돼 있을 거라고 추정하기 쉽지."

박사님의 설명에 나는 한결 마음이 놓였다. 박사님이 클로로포름 전문가인 줄로만 알았는데, 이야기를 들어 보니 콜레라에 대해서도 잘 아시는 것 같았다.

"이 독기 이론이 등장한 게 벌써 몇 백 년 전이야. 소위 배웠다는 사람들부터가 오랫동안 이것만 철석같이 믿고 있으니 나머지 사람들이 어디 감히 다른 쪽으로 생각을 돌릴 수나 있겠니? 그러니 새로운 이론은 꿈도 못 꾸는 거지."

"어, 박사님도 독기라는 거 믿으시지 않아요? 아니면, 다르게 생각하세요?"

나는 방금 들은 이야기가 선뜻 이해되지 않아 박사님에게 물었다.

"그래, 내 생각은 좀 다르다. 그래서 콜레라 전염에 대한 가설에 몇 년째 매달리는 중이야. 아무도 관심 안 갖는 일이지만."

박사님이 피식 웃음을 흘리며 말했다.

"다른 생각이라서 그런 거예요?"

"아무래도 그런 면이 있지. 사람이라는 게 보통 어떤 얘기를 수백 년 동안 계속 들으면 쉽사리 생각을 못 바꾸니까. 더구나 콜레라라는 게 눈에 보이는 것도 아니고. 어쨌거나 이론적인 증거들은 많이 수집했는데 내 가설이 옳다는 걸 사람들 앞에서 입증할 실질적인 자료가 부족해. 다시 말해서, 연구 사례가 더 필요하다는 거지. 어쩌면 여기 브로드 길 사태가 중요한 예가 될지도 모르겠다."

박사님의 이론이라는 게 과연 어떤 것일지 궁금했다. 어떤 사례가 필요하다는 건지도. 그리고 무엇보다도 버니랑 그릭스 아주머니는 대체 언제 보러 갈 건지.

그때 갑자기 박사님이 라이온 공장을 가리키며 말했다.

"공장 직원들 중에는 아픈 사람 없니?"

"네, 없는 거 같아요."

"아마 다른 데에서 갖고 오는 거겠지."

박사님이 알 수 없는 말을 혼자 중얼거렸다. 하지만 온통 버니 생각뿐인 나는 거기에 신경 쓸 겨를이 없었다. 초조하게 양복점 2층 창문을 올려다보면서 몸을 앞뒤로 까딱거리고만 있었다. 힘들게 박사님을 모셔왔지만 정작 박사님이 지금까지 한 거라고는 이론이 어쩌고 하면서 늘어놓은 이야기와 질문들뿐이었다.

"저기, 박사님. 지금 좀 빨리,"

나는 더 이상 기다리지 못하고 보챘다. 그런데 바로 그 순간 화이트헤드 목사님이 양복점 문을 열고 우리 앞으로 불쑥 나왔다. 고개를 푹 숙이고 있던 목사님은 마음을 진정시키려는 듯 멈춰 서서 길게 한숨을 내쉬었다.

목사님의 얼굴이 어찌나 핼쑥하던지 나는 한순간 목사님이 다음 희생자가 되는 줄 알고 가슴이 철렁했다. 하지만 정말로 그렇다면 목사님이 저렇게 똑바로 서서 걸어 다닐 리 없다는 생각에 곧바로 마음을 놓았다.

목사님이 나를 보고는 애써 미소를 지으며 말했다.

"너라도 괜찮아 보여서 다행이다."

나는 내 양쪽에 서먹서먹하게 서 있는 두 어른들을 흘끔흘끔 번갈아 봤다. 내 손에 열쇠가 쥐여 있었다. 나는 오래전 엄마가 가르쳐 준 예절들 중 지금 상황에 맞는 걸 찾아 떠올리며 말문을 열었다.

"어……, 어, 목사님, 이분은 존 스노 박사님이세요."

그러자 목사님이 내가 애쓴다는 걸 알겠다는 듯 고개를 끄덕이고는 손을 내밀어 박사님에게 악수를 청했다.

"저는 성 누가 교회에서 부목사로 재직 중인 헨리 화이트헤드라고 합니다. 박사님 존함도 익히 들었고 클로로포름으로 하신다는 실험에 대해서도 들었습니다."

그러자 박사님이 고개를 숙여 인사하고 말했다.

"클로로포름 같은 기체를 써서 통증을 줄이는 게 제 주된 관심사긴 합니다만, 몇 년째 콜레라를 연구 중이기도 합니다. 안 그래도 지금 이 지역 전염 사태를 살피는 중이에요. 현재까지 사망자가 얼마나 됩니까?"

그러자 목사님이 길게 한숨을 내쉬며 대답했다.

"제가 아는 것만 해도 금요일 오후부터 지금까지의 사망자가 줄잡아 70명이 넘는데, 아마 더 될 수도 있을 겁니다. 가족 전체가 감염돼서 속수무책인 가정들을 방문하고 다니는데 정말 가슴이 찢어지네요."

"브로드 길 넘어서까지 콜레라가 퍼졌을 겁니다."

스노 박사님이 눈썹을 찌푸리며 말했다.

"네, 맞습니다. 바로 이 지역이 최악이기는 해도요. 안 그래도 좀 전에 여기서 그리 멀지 않은 피터 길에도 들렀더랬습니다. 네 집을 방문했는데, 집집마다 가족들 중 절반이 콜레라로 목숨을 잃었지 뭡니까."

목사님은 주머니에서 손수건을 꺼내 이마를 닦은 뒤 계속했다.

"의심의 여지가 없다는 게 참으로 암담했습니다. 악취, 숨이 턱턱 막히는 고약한 여름 공기, 거기다 몇몇 집들은 위생 상태까지 엉망이었으니 이 사달이 난 거죠."

그러자 박사님이 젊은 목사님의 눈을 빤히 들여다보며 말했다.

"다들 그렇게 믿고 있습니다만, 제가 최근 몇 년 동안 연구한 바로는 독기 이론이 잘못됐다는 게 입증됐어요. 이 질병의 원인은 따로 있다, 이겁니다."

"네?"

목사님이 의아한 얼굴로 물었다.

"콜레라는 나쁜 공기를 흡입해서 걸리는 게 아니라 입을 통해 섭취한 병원체 때문에 걸리는 게 맞을 거다, 이 말씀이에요."

박사님의 대답을 들으니 **섭취**란 먹거나 마신다는 뜻 같았다. 그런데 '병원체'는 도대체 뭔지.

목사님은 아무 말이 없었다. 다정한 얼굴에 의아한 표정이 가득했다. 목사님도 나만큼이나 의심스러운 모양이었다.

"일단 감염이 발생하면 틀림없이 환자의 체내에서 독소가 증식하는 제법 짧은 잠복기가 있을 겁니다."

박사님은 지금 자기 말을 듣고 있는 청중들 가운데 적어도 누군가는, 다시 말해 나만큼은 박사님의 말을 거의 못 알아듣고 있다는 것도 모른 채 거침없이 말을 이었다.

"더구나 이 질병이 소화관에 침습한 걸 보면, 다른 사람들은 어떻게 볼지 몰라도 제 눈에는 독소가 입을 통해 체내로 유입된 게 틀림없어 보입니다."

나는 통 무슨 말인지 몰라 얼굴이 절로 구겨졌다. 무슨 관이라는 말을 들었을 때는 시체를 담는 관이 떠올랐다.

"소화관이라는 건 음식물이 사람 몸의 한쪽 끝으로 들어가서 다른 한쪽 끝으로 나올 때까지 거치는 긴 통로를 말한다."

내가 헤매는 걸 그제야 눈치챘는지 박사님이 쉽게 설명해 주었다.

"아."

나는 고개를 끄덕이면서도 그런 어려운 이야기를 주고받는 어른들 사이에 서 있기가 뻘쭘하기 짝이 없었다. 하지만 내가 뻘쭘하고 말고는 지금 박사님에게 아무런 문제도 되지 않았다.

"한마디로 콜레라는 물을 통해 전염된다는 게 제 결론입니다."

마침내 박사님이 긴 이야기를 마무리 지었다. 그리고 손가락으로 펌프를 가리키며 말했다.

"바로 이런 펌프를 통해서 말이죠."

"설령 박사님께서 갖고 계신 기본 이론이 입증된다고 해도 이 우물에서 콜레라가 퍼졌다는 건 못 믿겠습니다. 브로드 길 펌프 밑의 지하수는 맛 좋기로 정평이 나 있어요. 그리고 이 근처에 있는 다른 우물물과 비교해 봐도 가장 덜 탁하고요. 그건 다시 말해서, 그 물에 불순물이 거의 없다는 뜻 아니겠습니까? 그런데 어째서 여기 물이 원인이 될 수 있단 말씀이시죠?"

목사님은 박사님의 긴 설명을 듣고도 여전히 동의하지 못하겠다는 표정이었다.

"목사님, 공기에서 나쁜 냄새가 나면 아무래도 독기가 질병의 원인이라고 믿기 십상인 건 저도 이해합니다. 그리고 보기에도 마시기에도 문제가 없어 보이는 물이 주범이라는 걸 받아들이기 어렵다는 것도 잘 알고요. 사실 제가 이 물을 검사한다 해도 아무것도 못 찾아낼 수 있어요."

"그럼 어떻게 하실 거죠, 박사님? 저한테는 완전히 수수께끼인데, 이걸 어떻게 푸실 생각입니까?"

목사님이 물었다.

"다른 방법으로 조사할 겁니다. 이런 작은 지역에서 그렇게 급속한 전염이 일어났다는 사실 자체가 목사님을 비롯한 다른 사람들에게 제 이론을 납득시킬 근거가 될 거예요."

박사님은 잠시 멈추고 숨을 고르더니 갑자기 생뚱맞은 질문을 던졌다.

"이 지역을 관할하는 의회가 따로 있습니까?"

"아, 네. 성 제임스 교구를 담당하는 의회가 있습니다. 의회에서 이번 사태에 대처하기 위한 위원회를 따로 구성한 걸로 알고요. 안 그래도 이번 사태를 안건으로 이번 주 목요일 저녁 일곱 시에 위원회 소집이 있습니다."

"목요일 저녁이라……."

•

박사님이 골똘히 생각에 잠긴 얼굴로 되뇌다가 다시 물었다.

"그 위원회가 이 사태에 대처할 권한이 있습니까?"

그러자 목사님이 대답했다.

"네, 있다마다요. 이미 공기 정화를 위해 거리 곳곳에 석회도 살포했습니다. 주민들에게 사태를 경고하는 표지판도 세웠고요. 장의사들에게는 시신 수거 지시도 내렸습니다. 할 게 또 뭐가 있을까요?"

박사님은 펌프를 뚫어져라 바라보며 입을 열었다.

"위원회만 동의해 주면, 그리고 제가 시간 안에 충분한 증거만 수집한다면, 저한테 방법이 있습니다."

"박사님……, 의도는 참으로 훌륭하십니다만 이런 전염병은 우리가 이해할 수 있는 영역 밖의 문제니 어려운 거 아니겠습니까?"

목사님이 이제는 넌더리가 나는 모양이었다.

"기회만 주시면 그렇지 않다는 걸 입증해 보이겠습니다. 목사님도 마찬가지시겠지만 저 역시 더 이상 무고한 사람들이 목숨을 잃는 모습은 보고 싶지 않아요."

박사님은 굽힐 줄 몰랐다.

"부디 박사님도 무사하시길 빕니다. 우리 모두 그걸 바라는 수밖에요. 그럼 저는 이만 가 보겠습니다. 아, 마침 저기 로저스 박사님이 지나가시네요. 얼른 가서 저희 교구 교인들 좀 살펴봐 주십사 부탁드려야겠습니다."

목사님이 발걸음을 떼며 말했다.

"근데 버니는 어떡하고요? 그릭스 아줌마는요? 지금 어떠신데요?"
내가 막아서듯 묻자 목사님이 내 어깨에 손을 올리며 말했다.
"몰랐구나. 그릭스 부인께선 돌아가셨다. 아들도 별로 가망이 없고. 지금 플로리랑 애니네 어머니가 버니랑 같이 계셔."

스노 박사님이 허리를 숙이고 검은색 가방을 여는 모습을 지켜보던 나는 더 기다리지 못하고 다급히 물었다.
"박사님, 얼른 좀 올라가 주시면 안 돼요?"
그러자 박사님이 의아한 표정으로 나를 흘끗 보고는 물었다.
"올라간다고?"
"버니 보러요! 여기…… 환자 보러 오신 거 아니에요?"
나는 애가 바짝바짝 탔다.
"아, 무슨 말인지 알겠다. 근데, 미안하지만 환자 보러 온 거 아니야. 네 친구든 누구든 이미 콜레라에 걸린 사람은 내가 어떻게 해 줄 수가 없다. 내가 보러 온 환자는 따로 있거든."
그러고는 박사님이 브로드 길 펌프를 가리켰다.
"펌프요?"
나는 기가 막혀 입이 딱 벌어졌다.
"이 바보 같은 펌프가 버니를 어떻게 도와주는데요? 버니가 지금 아프단 말이에요!"
"내가 할 게 없어. 콜레라에 걸린 사람한테는 해 줄 수 있는 게 없다고. 이미 감염된 콜레라의 진행을 막는 방법은 아직까지 알려진 게 없거든. 그러니 아직 안 걸린 사람들을 구하는 데 매달릴 수밖에."

박사님이 나직한 목소리로 말했다.

"그러면……, 그러면 가방은 왜 갖고 오신 건데요? 환자 검사하려고, 아니면 약 같은 거 갖고 오신 거 아니에요?"

나는 박사님의 가방을 가리키며 툴툴거렸다. 그러자 박사님이 가방에서 유리병 하나를 꺼내 들며 말했다.

"물 검사하려고 가져온 거야. 목사님께도 말씀드렸지만, 콜레라가 어떻게 전염되는지에 대해 내 나름대로 확실히 정리한 이론이 있다. 그걸 다른 사람들 앞에서 제대로 입증할 때가 온 거야. 내 이론에 대한 의심을 잠재울 결정적인 근거만 찾으면 되는데, 틀림없이 여기 브로드 길 사태에서 찾을 수 있을 거다. 꾸물거릴 시간이 없어. 오늘이 일요일이잖니. 할 일은 태산인데 시간이 나흘밖에 없다고."

스노 박사님이라면 버니를 살릴 수 있을 줄 알았다. 하지만 박사님은 버니에게도, 그 누구에게도 전혀 관심이 없었다. 박사님의 가방을 보니 걷어차 버리고 싶었다.

"그럼 가방 안에 치료약 같은 건 없는 거예요? 박사님은 런던에서 아니, 이 나라에서 제일가는 의사 선생님이시잖아요. 박사님이 이 동네 사람들을 고쳐 주실 줄 알았단 말이에요."

나는 절망감에 주먹을 꽉 움켜쥐며 말했다.

"네 심정이 어떤지 잘 안다. 나도 콜레라를 처음 겪었을 때를 잊을 수가 없어. 콜레라가 집집마다 폭풍처럼 휩쓸고 가면서 지역 하나를 완전히 쑥대밭으로 만들어 버리지 뭐냐. 안타깝지만 현재로선 치료약 같은 건 없다. 그럼 언젠가는 치료약도 개발되고 이런 전염 사태에 대처할 수 있게 되느냐? 물론이지. 그런 날이 오기를 애타게 바라다마다. 그렇게 되기까지 시간과 노력이 필요하다는 거고."

나는 홱 돌아서서 쿵쿵 걷기 시작했다. 그러자 박사님이 내 등 뒤에서 외쳤다.

"우리가 할 수 있는 일이 분명히 있어. 꼭 해야 할 일이 있다고. 지금처럼 이렇게 급속하고 맹렬하게 전염될 때야말로 콜레라란 놈의 정체를 제대로 파악할 수 있는 기회라니까."

박사님이 뒤이어 한 말에 나는 입이 딱 벌어지고 말았다.

"그러니 네가 나 좀 도와줘야겠다."

"제가 어떻게요? 저는 그냥 넝마주이라고요."

박사님이 나를 놀리려고 한 말이라는 생각밖에 들지 않았다.

"목요일 저녁 회의에 증거만 가져가면 더 이상의 전염은 막을 수 있어. 사람들의 목숨을 구할 수 있을 거라고."

"그게, 그게 무슨 소용이냐고요. 버니가 **지금 당장** 죽게 생겼는데요!"

나는 박사님께 버럭 소리를 지르고 말았다. 박사님이 무슨 말인가를 더 하려는 것 같았지만 나는 들을 생각도 없이 저벅저벅 걸어갔다.

무거운 몸을 이끌고 겨우 계단을 올라가 문을 열고 들어섰다. 벳시는 플로리의 품에 안겨 잠들어 있었고, 버니는 한쪽 구석에 놓인 초라한 침상 위에 누워 있었다.

"왔구나."

플로리가 나를 보고는 속삭이듯 작게 말했다. 우는 건 아니었지만 겁에 질린 두 눈을 휘둥그레 뜨고 있었다.

"어떡하면 좋아. 버니가 더는 못 버티겠는지 자꾸 아빠를 찾아. 정신이 들었다 나갔다 하나 봐."

"계속 너 혼자 있었어?"

"아니, 방금 전까지 애니 엄마도 같이 계셨어. 근데 그 아줌마도 지금 말이 아니야. 그 집 막내가 어제 죽었거든. 아직 6개월도 안 된 애긴데, 너무 불쌍하지 않니?"

눈시울을 붉히던 플로리가 내 어깨 너머로 빈 문간을 보며 물었다.

"박사님 모시고 온 거 아니었어?"

나는 고개를 저었다. 두 눈을 찌를 듯 눈물이 솟구쳐 올랐다.

"박사님이 이미 걸린 사람은 어떻게 해 줄 수가 없대. 근데 오시긴 오셨어. 지금 펌프에서 뭐 하고 계셔."

"펌프가 어쨌는데?"

"박사님 말로는 나쁜 공기가 아니라 물에 들어 있는 안 보이는 독 같은 걸로 콜레라가 전염되는 거래."

그 말에 플로리가 나를 뚫어져라 보며 물었다.

"어머, 브로드 길 펌프 물이 뭐 잘못됐대?"

"박사님도 아직은 잘 모르셔. 검사해 보신대."

거기까지 말하던 나는 입을 다물었다. 만약에 박사님 말이 맞는다면? 나는 구석에 있는 물병과 국자를 바라보며 천천히 입을 열었다.

"나야 원래 거기 물 안 마시지만, 너는 요 며칠 마시지 않았어?"

그러자 플로리가 당황스러운 얼굴로 침을 꿀꺽 삼키며 말했다.

"좀 마셨는데……. 아까도 누가 우유를 갖다 줬는데 버니는 입에도 못 대기에 벳시한테 주고 나는 물만 좀 마셨어."

"그래, 박사님 생각이 틀렸을지도 몰라. 그래도 혹시 모르니까 앞으로는 마시지 말고."

나는 플로리를 안심시키듯 말했다. 바로 그때 버니가 낮게 칭얼대는 소리가 들렸다. 그러자 플로리가 내게 작게 속삭였다.

"가서 말 좀 걸어 봐. 버니가 너라면 무조건 따르잖아."

버니의 작은 손이 바싹 마른 종잇장처럼 바스라질 듯했다. 입술은 다 부르터서 갈라지고 피부는 온통 푸르죽죽했다. 그리고 숨을 쉴 때마다 작은 갈비뼈가 힘겹게 오르내렸다.

"겁먹지 마, 버니. 아빠가 지켜 주실 거야."

내 목소리를 들었는지 버니가 눈을 뜨고 나를 바라보더니 거칠게 숨을 토해 냈다. 그리고 그 작은 몸뚱이는 끝내 병마와의 싸움을 포기하고 말았다.

14 시간은 단 나흘

나는 꽉 막힌 찜통 같은 방 안에서 버니의 굳어 버린 시신을 내려다보며 한참을 서 있었다. 분노가 치밀어 올랐다.

"말도 안 돼."

플로리가 침대보를 끌어당겨 버니의 얼굴을 덮었다. 그리고 한쪽 구석에서 딜리와 함께 웅크려 자고 있는 벳시를 향해 고개를 끄덕이며 말했다.

"벳시가 자고 있어서 그나마 다행이야. 사흘 사이에 가족을 몽땅 잃는다는 게 말이 돼? 내가 할 수 있는 게 아무것도 없다는 게 미칠 거 같아."

그러고는 내게로 시선을 돌리며 말했다.

"근데 넌 할 수 있을지도 몰라. 스노 박사님을 도와서라도."

플로리는 애니네 엄마에게 벳시 좀 데리고 있어 줄 수 있는지 물어보겠다며 문을 열고 복도로 나갔다.

"벳시한테 고모가 있다고 들었는데 애니네 엄마가 연락할 방법을 알지도 몰라서. 그리고 나, 집에도 가 봐야 하고."

화이트헤드 목사님처럼 플로리도 잠이 부족해서 눈 밑이 칙칙했다.

"아무튼 조심해, 플로리."

나는 목소리를 가다듬고 말했다.

"너도."

플로리가 계단을 내려가며 말했다.

그때까지도 펌프 앞에 선 채로 작은 검은색 수첩에 뭔가를 적고 있던 박사님이 내 얼굴을 흘끗 보고는 말했다.

"미안하다."

나는 고개를 떨군 채 발끝으로 자갈을 꾹 눌렀다. 스노 박사님 앞에서, 그 어떤 잘난 양반들 앞에서도 눈물을 보이기는 싫었다.

"아까는 그냥 가 버려서 죄송해요……."

내가 중얼거리는 사이에도 어떤 가족이 우리 옆을 지나갔다. 금요일 오후에 비해 탈출 행렬이 그리 거세지 않은 걸 보면 이제 떠날 사람들은 웬만큼 다 떠난 것 같았다. 나는 텅 빈 집들의 캄캄한 창문들을 하나하나 바라봤다. 돌봐 주는 사람 하나 없이 버니처럼 혼자 고통 속에 누워 있는 아이는 없을까?

그때 갑자기 박사님이 다급한 목소리로 말했다.

"런던의 다른 지역에 퍼진 콜레라도 알아봤는데, 여기랑은 전염 양상이 달라. 여기 콜레라는 순식간에 덮친 데다 특정 지역에 집중돼 있단 말이지. 그렇다면 물이 흘러나오는 특정한 발원지와 직접적인 연관성이 있을 가능성이 충분해. 아까 목사님 계실 때 했던 얘기가 바로 그 얘기거든. 이번이야말로 내 이론을 입증할 최고의 기회인 거 같다. 그래서 네 도움이 필요하다는 거고."

"근데……, 제가 뭘 도와 드릴 수 있는데요?"

"내가 여기에만 전적으로 매달릴 수가 없어서 조수를 쓸 참인데, 마침 네가 이 동네 지리며 사람들을 잘 알잖니. 더 중요한 건 그 사람들도 너를 안다는 거고. 나처럼 생전 처음 보는 번지르르한 의사가 아니라."

"그건 그렇죠. 저야 박사님처럼 높은 사람이 아니니까요."

나는 고개를 저으며 계속했다.

"근데도 제가 뭘 도와 드릴 수 있는지 잘 모르겠어요."

"자, 일단은 말하는 일이다. 집집마다 찾아다니면서 얘기를 해 주면 돼."

"물 조심하라고 말하면 되는 거예요?"

나는 브로드 펌프 물을 마셨다는 플로리를 떠올리며 말했다.

"물론 그렇게 경고도 할 거지만, 브로드 길 펌프가 정말로 콜레라를 퍼뜨린 주범인지 밝혀낼 수 있는 질문을 할 거야."

그러고는 박사님이 나를 안심시키듯 말했다.

"걱정 마라. 질문 내용은 미리 알려 줄 테니까. 그리고 당연히 품삯도 줄 거고."

사람들과 말만 하고 다녀도 돈을 받을 수 있다니. 사실 돈이 필요하긴 했다. 하지만 그런 이유로 박사님을 도울 수는 없었다. 버니를 위해서 할 일이었다.

"어떠니, 뱀장어야?"

"좋아요. 할게요, 박사님. 사람들이랑 말하고 다니는 걸로 뭐가 밝혀진다는 건지는 잘 모르겠지만요."

"두고 보면 안다. 근데 그 전에 할 게 있어. 눈 좀 감아 봐라."

박사님이 테스트 같은 걸 하려는 모양이었다. 나는 무슨 테스트인지도 어떻게 해야 통과하는지도 모르는 채 눈을 감았다. 그러자 고통에 찬 버니의 작은 얼굴이 떠올라 나도 모르게 몸이 부르르 떨렸다. 나는 크게 숨을 들이마시며 마음을 가라앉혔다.

스노 박사님이 내 어깨를 붙잡고 어딘가로 나를 데려가서 멈춰 선 다음 물었다.

"자, 이제 눈 뜨고 뭐가 보이는지 말해 볼래?"

내 눈앞에 보이는 건 브로드 길 펌프였다.

"자, 이 동네에 처음 왔다 치고 이 펌프에 대해서 말해 볼까? 머리에 떠오르는 대로 다 말해 봐라."

나는 하나하나 생각을 정리하며 말문을 열었다.

"어, 펌프라는 건 사람들이 물을 얻으러 오는 곳이에요. 요즘은 집까지 파이프로 물을 끌어다 쓰는 사람도 가끔 있지만요. 펌프로 지하수를 퍼 올려서 음식도 만들고 마시기도 해요."

박사님이 고개를 끄덕이며 말했다.

"그래, 계속해 봐."

"어……, 이건 브로드 길 펌프라고 하는데, 이 주변에 이거 말고도 펌프가 더 있긴 해요. 사람들은 보통 제일 가까이 있는 펌프를 쓰는데, 그렇지 않은 경우도 있어요. 제 생각엔 물맛 때문인 거 같아요."

나는 내 설명이 맞는지 확인해 가면서 말을 이었다.

"브로드 길 펌프 물이 좋다고들 하더라고요. 별로 뿌옇지도 않고요. 저는 라이온 공장에서 일하면서부터 여기 물은 안 마셔 봤지만요."

그 순간 나는 얼굴이 확 달아올라 잠시 말을 멈췄다.

"어……, 근데 이제는 거기서 일 안 해요."

"어디, 따로 가는 펌프가 있다는 뜻이니?"

박사님이 묻자 나는 잠시 생각해 본 뒤 입을 열었다.

"어, 브리들 길에 갈 때도 있고, 특히 골든스퀘어 광장에 있는 공원이랑 가까워서 워윅 길 펌프에도 자주 가요. 좀 지저분한 얘기긴 한데, 쓰레기 줍고 나서 갈 때가 많아요. 거기 물로 다리 씻은 다음 공원에 앉아서 햇볕에 말리고 있으면 되게 기분 좋거든요."

그 말에 박사님이 빙그레 미소를 지으며 물었다.

"이 근처에 있는 다른 펌프 이름도 더 말해 볼래?"

"비고 길에도 하나 있어요. 아, 리틀말보로 길 펌프도 있는데 사람들이 거긴 안 가요. 물에서 냄새가 많이 나서요."

나는 코를 찡그리며 말했다.

"그래, 좀 전에 라이온 공장에서 일하면서부터는 브로드 길 펌프 물은 안 마셨다고 했는데, 왜지?"

"맥주 만들 때 쓰는 물을 뉴리버컴퍼니라는 회사에서 배달해 주는데, 다들 그 물을 마시거든요. 공장 안에 우물도 따로 있고요. 일하는 사람이 한 칠십 명 정도 되는데, 대부분은 물 대신 맥주를 마셨던 거 같아요. 심부름하고 다닐 때도 공장에 항상 시원하고 깨끗한 물이 있으니까 굳이 물 마시러 브로드 길 펌프에는 안 들렀어요."

"잘했다. 자, 이 동네에 대해서 좀 더 설명해 볼까?"

나는 눈썹을 찌푸리며 박사님을 올려다봤다. 한없이 다정해 보이는 박사님의 눈동자가 내가 어떤 아이인지를 판가름하려 들고 있었다. 그저 무식한 넝마주이인지 아니면 이 중요한 일에 쓸모가 있는 아이인지를.

나는 다시 입을 열었다.

"음, 아까도 말씀드린 거처럼 이 동네에선 여러 식구들이 다닥다닥 붙어 살고, 작은 가게랑 회사도 많아요. 물론 맥주 공장도 있고 그릭스 아저씨네 말고 다른 양복점도 있어요. 빵집도 있고, 가구 공방도 있고, 채소 가게도 있고, 보석상도 있고, 모자 가게도 있어요. 모자 테두리에 다는 장식만 따로 파는 집도 있고요. 또 양장점도 있고, 조각 새겨 넣는 집도 있어요. 아, 우산 만드는 집도 있고요."

나는 입술을 한 번 핥고는 계속했다.

"라이온 맥주 공장 다음으로는 엘리 형제네가 하는 공장이 제일 큰 회사일 거예요. 총에 들어가는 부속 중에서 화약을 넣는 작은 금속 뇌관을 만드는 공장이에요. 그리고 폴랜드 길 건너편엔 성 제임스 빈민소가 있고요."

빈민소라는 말만으로도 몸서리가 쳐졌다. 화이트헤드 목사님과 스노 박사님이 다른 높은 양반들에 비해 좋은 분들이긴 하지만 무턱대고 믿을 것만은 아니었다. 헨리와 내가 부모 없는 아이들이라는 걸 알면, 특히나 헨리가 아직 여덟 살도 안 됐다는 걸 알면 우리 둘을 그런 곳으로 보낼지도 모를 일이었다. 수백 명의 갈 곳 없는 사람들이 남자, 여자, 아이들로 나뉘어 바글대는 그곳에서 매일 똑같은 일상을 반복하며 지낸다면 감옥살이가 따로 없을 것 같았다.

그 순간 번뜩 떠오르는 생각이 있었다.

"그 빈민소에 500명도 넘게 있는데, 거기서 콜레라 환자 나왔단 얘기는 목사님한테서 한 번도 못 들었어요. 관 나르는 아저씨도 그 근처에는 간 적이 없는 걸로 알고요."

그러자 박사님이 뭔가를 골똘히 생각하듯 말했다.

"흠. 그거 재밌구나. 그래, 아주 잘하고 있다. 또 없니?"

그때 갈비뼈가 다 드러나도록 비쩍 마른 말이 장의 마차를 끌고 다가와 우리 앞에 멈춰 섰다. 그리고 복면을 쓴 것처럼 손수건으로 코와 입을 가린 두 사람이 내리더니 나무 관을 들고 길 건너 어떤 집으로 들어갔다.

나는 숨을 돌리고 난 다음 마치 내 목숨이라도 달린 듯 다시 이야기를 시작했다. 정말로 목숨이 달린 이야기일지도 몰랐다.

내 이야기를 끝까지 듣고 난 박사님이 말했다.

"역시 관찰력이 보통이 아니구나. 자, 나는 네가 아까 친구 보러 가 있는 동안 펌프에서 물 샘플을 좀 채취했다. 집에 가져가서 현미경으로 관

찰하려고. 아직까지 콜레라를 일으키는 물질을 물속에서 찾아낸 사람은 아무도 없지만 말이다."

"그럼 물로 콜레라가 전염된다는 걸 어떻게 증명하실 건데요?"

"다른 수단으로 입증해야지. 네 개의 W를 토대로."

"그게 뭔데요?"

나는 얼굴을 찡그리며 물었다.

"이 사태를 제대로 파악하고 중단시키기 위해서 우리가 꼭 짚고 넘어가야 할 질문이 네 개가 있어. 질문을 제대로만 던지면 답을 찾을 수 있을 거다. 무슨 질문을 해야 할지 알겠니?"

내가 어리둥절해 보였는지 박사님이 미소를 지으며 다시 말했다.

"상식의 선에서, 단순하게 생각해 봐. 모든 일은 그렇게 시작하는 게 최선이거든."

"어……."

박사님 앞에서 멍청해 보이기는 싫었다. 뭐라도 떠올려야 했다.

"저기, 그 W라는 게 혹시 '뭐'라는 뜻의 What 할 때의 그 W예요? 보통 **무슨 일**이 있어났는지를 알고 싶어 하잖아요."

박사님은 우리가 처음 만난 날 내가 박사님의 기니피그를 잡아 드렸을 때처럼 활짝 웃었다. 평소보다 조금 젊어 보이는 것 같았다.

"바로 그거야. 그 질문부터 해야지. 무슨 일이 일어났는가. 즉 무슨 질병이 발생했는가."

"음, 그거야 쉽죠. 콜레라잖아요. 푸른 죽음이라고 부르는 거요."

그러자 박사님이 고개를 끄덕이며 말했다.

"이 사태의 중심은 틀림없이 콜레라가 맞아. 하지만 의사들이라고 항상 다 아는 건 아니지. 인류 역사에 있어서 뭔지도 모른 채 겪은 질병은 숱하게 많았으니까. 자, 그다음 질문은 뭔지 알겠니?"

나는 멍하니 허공을 쳐다봤다. 그런데 갑자기 박사님이 목을 길게 빼고 두리번거리며 호기심에 찬 눈으로 이 집 저 집을 들여다보는 척했다. 일종의 힌트 같았다. 그러자 나도 모르게 불쑥 큰 소리가 튀어나왔다.

"**누구**? 그다음 질문은 '누구'예요. Who. **누가** 아픈가."

박사님이 고개를 끄덕이며 말했다.

"그렇지. 계속해."

나는 생각의 끈을 놓지 않으려고 계속 집중했다. 내가 스노 박사님이라면 뭐가 또 궁금할까? 잠시 후 나는 천천히 입을 열었다.

"음, Where. 박사님이라면 동네 사람들이 **어디** 있는지 궁금하실 거 같아요. 아픈 사람들이 **어디**에 사는가."

그러자 박사님이 고개를 끄덕이며 말했다.

"어디에 사느냐뿐 아니라 일터나 학교가 어딘지도 알아야겠지. 어디서 먹고 마시는가도 중요하고."

나는 손가락을 하나하나 꼽으며 생각했다. 무엇? 누구? 어디? …….

나머지 W를 알아내려고 안간힘을 쓰던 나는 고개를 저으며 말했다.

"모르겠어요."

그러자 박사님이 발걸음을 떼며 말했다.

"When. 언제 병에 걸렸는가."

나는 그 자리에 선 채로 네 개의 W를 곰곰이 되뇌었다. 무엇? 누구? 어디? 언제?

"박사님, 하나가 빠진 거 같은데요."

나는 얼른 박사님을 따라붙으며 말했다.

"W가 네 개가 아니라 다섯 개가 돼야 할 거 같아요. Why. 왜인지도 물어봐야 되지 않아요?"

"그렇지. 그게 바로 우리가 최종적으로 알고 싶은 거니까. 왜 이 평범한 주민들이 하루아침에 목숨을 앗아 가는 끔찍한 질병에 걸렸는가."

그러고는 박사님이 나를 돌아보며 말했다.

"네가 핵심을 아주 제대로 찔렀다. 왜인지를 밝혀내기 전까지는 걷잡을 수 없는 이 들불 같은 콜레라를 막을 방법이 없어. 사실 나, 너한테 감동받았다. 조사원으로서의 자격을 아주 제대로 갖췄어. 얼른 집에 가자. 나흘 동안 할 일이 산더미야."

집. 그 말에 정신이 번쩍 들었다. 버니와 다섯 개의 W, 그리고 박사님의 이런저런 이론에 대해 생각하느라 정작 내 문제를 까맣게 잊고 있었다. 나는 박사님께 라이온 공장 문제를 털어놓기로 했다.

"박사님, 드릴 말씀이 있어요. 아까 제가 라이온 맥주 공장에서 일했다고 했잖아요. 근데 사실은 지난주에 쫓겨났어요. 진짜로 저는 잘못한 게 없어요. 정말이에요. 도둑질했다고 누명 쓴 거예요."

"그래, 더 들어 보자."

박사님이 차분한 눈빛으로 나를 보며 말했다.

"그래서, 제가 지금 당장 지낼 곳이 없는데……."

나는 잠시 머뭇거리다가 용기를 내 다시 입을 열었다.

"혹시…… 박사님 댁 헛간에서 자도 되나 해서요. 며칠만이라도요."

그러고는 나도 모르게 숨을 멈췄다.

"그거 괜찮겠다. 근데 가정부 아주머니께 먼저 말씀드리는 게 순서 같네. 봐서 알겠지만 아주머니가 워낙에 일을 철저하게 하시잖니. 말 나온 김에 우리 집에서 밥도 먹는 걸로 하자. 임금도 정하고."

나는 하숙비를 치를 정도만 되면 좋겠다는 생각으로 박사님의 다음 말을 기다렸다.

"지금까지 했던 일이랑은 완전히 다를 거다. 아, 몸 쓰는 일도 있을 거고. 집집마다 문 두드리고 다니면서 이 지역을 샅샅이 훑어야 하니까."

"제가 워낙에 통뼈라 그런 건 잘해요."

간절한 마음에 나도 모르게 박사님의 말을 자르고 불쑥 끼어들었다. 그러자 박사님이 손을 내저으며 말했다.

"체력만 가지고 안 되고 네가 가진 능력을 총동원해야 할 거야. 눈도 쓰고, 귀도 쓰고, 머리도 쓰고. 참, 펜도 쓰고. 근데, 글자를 모를 수도 있겠구나."

"읽고 쓸 줄 알아요. 열 살까지는 일반 학교에 다니다가 그 뒤로는 어, 그러니까 작년까지는 빈민 학교에 다녔어요. 숫자도 알고요."

"잘됐구나. 나흘 뒤 회의에는 무슨 일이 있어도 가야 된다. 근데 일이 거기서 끝이 아니야. 그 뒤로도 내가 연구를 완전히 마칠 때까지는 적어도 몇 주에서 몇 달은 걸릴 거거든."

"지금도 저한테 일주일에 2실링씩 주시잖아요. 동물 우리 청소하고 먹이 주는 일로요."

"아, 그런가? 그럼 거기에 4실링 얹어 줄게. 아침밥, 저녁밥 제공하고 일주일에 총 6실링. 괜찮겠니?"

6실링이라니. 거기에 아침밥, 저녁밥까지. 괜찮지 않을 리가 없었다.

"감사합니다, 박사님. 정말 감사해요."

그때 불쑥 하숙집 아주머니의 얼굴이 떠올랐다.

"근데 혹시…… 금요일 아침까지 일부라도 미리 받을 수 있을까요? 제가…… 돈 갚을 데가 있어서요."

내가 어렵게 이야기를 꺼내자 박사님이 눈을 동그랗게 뜨며 물었다.

"어디 빚진 데라도 있다는 얘기니?"

"그런 거 아니에요, 박사님."

그러자 놀랍게도 박사님이 그 자리에서 3실링을 주머니에서 꺼내 내 손에 쥐여 주며 말했다.

"이렇게 미리 앞당겨 주는 걸 가불이라고 한다. 나머지 3실링은 금요일 아침에 줄게. 자, 그럼 이제 나랑 일하기로 한 거다."

THE GREAT TROUBLE

3부 조사

브로드 길 대부분의 주택에서는 층 단위로, 그리고 더러는 방 단위로 각기 다른 세대가 거주했다. 따라서 한집에 몇 명이 거주하는지를 1층 입주자에게 물었다가는 미덥지 못한 답을 듣게 마련이었다. 각 세대마다 방문하거나 가급적이면 각 세대의 구성원들과 일일이 대화를 나눠 확인하는 것이 최선이었다.

– 헨리 화이트헤드 목사, '브로드 길 펌프: 1854년 콜레라 사태 일화', 「맥밀란 매거진」(1865년 12월)

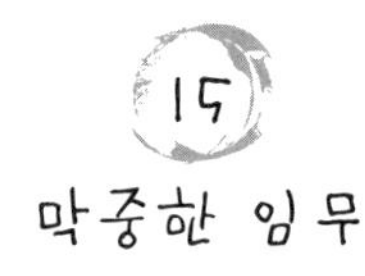

막중한 임무

9월 4일 월요일

날이 밝기도 전에 눈이 뜨였다. 나는 얼른 주머니 속부터 확인했다. 스노 박사님께 받은 3실링과 그 전에 관 싣는 일을 돕고 받았던 2실링이 그대로 들어 있었다.

동이 터 오자 박사님네 동물들이 바스락대기 시작했다. 그 바람에 나까지도 완전히 잠이 달아나 버렸다. 지난주에 밀린 2실링을 갖다 주러 하숙집부터 가기로 했다. 돈을 받고 기뻐할 아주머니의 모습이 눈에 선했다. 그리고 또 다른 이유도 있었다. 버니가 세상을 떠나고 나자 헨리의 안부가 부쩍 염려되기 시작한 것이었다. 동생이 사는 곳은 콜레라가 발생한 지역과 멀리 떨어져 있기는 했지만 내 눈으로 직접 확인하기 전까지는 마음을 놓을 수 없을 것 같았다.

나는 헛간에서 나오자마자 스노 박사님네 조용한 동네를 뒤로 하고 길을 나섰다. 그리고 시장으로 향하는 말과 수레들을 살피는 틈틈이 싸 놓은 지 얼마 안 되는 똥 무더기를 요령껏 피하면서 거리와 골목들을 요리조리 빠져나갔다.

하숙집 아주머니가 나를 보고, 특히나 돈을 보고 깜짝 놀라서는 나와 헨리의 주머니에 십자가 모양으로 장식한 따뜻한 빵 두 조각씩을 찔러 넣어 주었다.

"가자, 헨리. 형이 오늘은 학교까지 데려다줄게."

"형, 위험하지 않아? **그 사람** 조심해야 되잖아."

"이번 한 번만. 조심해야지, 물론."

그러면서 내가 옆구리를 쿡 찌르자 헨리가 키득키득 웃었다.

"형은 엄마 보고 싶어?"

학교를 향해 함께 걸어가던 헨리가 물었다.

"당연하지. 너는?"

내가 되묻자 헨리가 아랫입술을 깨물고 고개를 끄덕이며 말했다.

"나도. 근데…… 이제 엄마 얼굴이 잘 기억 안 나."

"네 잘못 아니야. 엄마 돌아가셨을 때 너 여섯 살밖에 안 됐었잖아."

나는 헨리의 마음을 어루만지듯 나직이 말했다. 플로리가 벳시에게 그림을 그려 준 일이 생각났다. 적어도 벳시에게는 **자기** 엄마 얼굴을 떠올리게 할 길이 있었다.

"형, 엄마 어떻게 살았어? 사랑받고 살았어?"

"그럼. 아빠가 엄마를 얼마나 사랑했는데!"

"아니, 아빠 말고. 내가 누구 말하는지 알잖아. 기억은 잘 안 나는데, **그 사람** 있잖아."

"그 사람은 아니야. 엄마 안 사랑했어. 빌 타일러는 범죄자라고. 절대 잊으면 안 돼. 그 사람은 그냥 엄마가 예쁘고 착하니까 결혼한 거야. 엄마는 그 사람이 우릴 돌봐 줄 줄 알고 결혼한 거고. 근데 그 사람이 어쨌는지 알아? 한순간도 엄마를 안 사랑했어. 그리고 새아빠라는 사람이 우리한테 어떻게 했는지 너도 알잖아."

그리고 나는 헨리의 팔을 붙들고 다그쳤다.

"그러니까 혹시라도 그 사람 마주치면 뒤도 안 보고 도망쳐야 돼. 형이 무슨 말 하는지 알겠어? 죽을힘을 다해서 도망쳐야 된다고. 절대 믿으면 안 되는 사람이란 말이야."

"나한테는 그렇게 못되게 굴지 않았는데……."

헨리가 내 손에서 팔을 빼내며 엉뚱한 소리를 했다. 나는 헨리의 가녀린 팔뚝을 세게 꼬집으며 말했다.

"형 말 똑바로 들어! 그 사람 보면 무조건 도망치는 거야, 알겠어?"

팔을 꼬집히고 징징 울던 헨리가 겁에 질린 나머지 몸을 부들부들 떠는 걸 보니 내가 좀 심했나 싶었다. 하지만 헨리는 사람을 너무 믿어서 탈이었다.

"알았어, 형. 근데 나 언제까지 그 하숙집에 있어야 돼? 왜 형이랑 같이 못 사는데?"

헨리가 코를 훌쩍이며 물었다.

"같이 살 수가 없으니까."

나는 잘라 말했다.

"나 그럼 하숙집 나와서 형 찾아갈 거야."

헨리가 아랫입술을 바르르 떨며 말했다.

"그럼 못써! 꼼짝 말고 그 집에 있어야 된다고. 내 말 알겠어?"

내가 쇳소리를 내며 몰아붙이자 헨리가 나를 끌어안더니 내 셔츠에 얼굴을 묻으며 말했다.

"잘못했어. 형 말 잘 들을게. 그냥 형이 너무 보고 싶어서 그랬어."

나는 헨리를 다독이며 속삭였다.

"알아. 다 잘될 거야. 형만 믿어. 자, 이제 가 봐."

헨리는 내 품을 벗어나 종종걸음을 치며 학교로 들어갔다.

색빌 길로 돌아오는 내내 헨리 걱정뿐이었다. 다 잘될 거라고 큰소리는 쳤지만 내가 뭘 어떻게 할 수 있을지 막막했다. 하숙집 아주머니가 헨리한테 조금만 더 잘해 주면 좋을 텐데.

이런저런 생각에 잠긴 채 헛간 일을 하던 나는 가정부 아주머니가 내 뒤로 다가오는 것도 모르고 있었다. 아주머니가 목청을 가다듬는 소리를 듣고서야 데면데면하게 웅얼거렸다.

"오셨어요……?"

"어허, 윗사람한테 무슨 인사가."

"아, 죄송해요. 안녕히 주무셨어요?"

나는 고개를 숙이며 다시 정중히 인사했다.

"흠."

아주머니는 내 연기가 그다지 마음에 들지 않는 모양이었다.

"박사님이 너 아침 먹여서 서재로 들여보내 달라신다."

아주머니가 양쪽 옆구리에 손을 얹은 채 나를 위아래로 훑어보며 말했다. 아주머니가 걸치고 있는 앞치마가 구름처럼 새하얬다.

"옷에 묻은 지푸라기랑 먼지랑 다 털고 들어와야 된다."

"네."

안으로 들어가니 부엌 한쪽에 작은 식탁이 차려져 있었다. 따뜻한 차와 토스트, 그리고 컵에 똑바로 세워진 삶은 달걀도 있었다. 내가 달걀을 뚫어져라 보고 있자 아주머니가 나를 향해 말했다.

"머리부터 떠먹어."

"네?"

"숟가락으로. 달걀 맨 윗부분부터 숟가락으로 떠먹으라고."

아주머니가 잘라 말했다.

집에서는 달걀을 이런 식으로 컵에 담아 먹어 본 적이 한 번도 없었다. 내가 한참 쩔쩔매는 모습을 지켜보던 아주머니가 도저히 안 되겠다는 듯 성큼성큼 걸어와서는 나 대신 숟가락으로 달걀을 떠 주었다. 아주머니가 지켜보고 있는 앞이라 어찌나 긴장되던지 간신히 삼킨 달걀이 목구멍에 걸려 체할 것만 같았다.

"차 좀 더 주랴?"

아주머니가 물었다.

"네, 주세요. 감사합니다."

나는 토스트를 가득 문 채로 대답했다. 그냥 토스트도 아니고 잼을 바른 토스트였다. 그것도 진짜 산딸기 잼을. 이번만큼은 도저히 마다할 수가 없었다. 내가 토스트를 씹는 동안 아주머니가 힘주어 말했다.

"내가 스노 박사님 댁 일을 오랫동안 봐 드리고 있다만, 어딜 가도 이런 분 절대 못 만난다."

"네, 저도 알아요."

나는 얼른 맞장구를 쳤다. 그거야말로 가장 안전한 답변이었다.

"**과학**에 아주 헌신하는 분이시지."

아주머니가 과학이라는 단어에 존경심을 담아 또박또박 발음했다.

"네, 맞아요. 저도 알아요."

박사님의 천재성에 대한 일장 연설이 또 한바탕 시작되나 싶었다.

"그리고 전에도 말했다시피, 어떤 식으로든 박사님이 이용당하시는 꼴은 못 본다. 알겠니? 특히나 속이 시커먼 부랑아한테 당하시는 꼴은 절대로 못 봐."

그 부분에 대해서만큼은 짚고 넘어가야 할 것 같았다. 나는 아주머니가 내 손이 살짝 떨리는 걸 눈치채지 않기를 바라면서 찻잔을 내려놓고 입을 열었다.

"근데요, 아줌마. 저는 그런 애가……, 저는 절대로……."

아주머니는 대답 대신 나를 쌀쌀맞게 쳐다보다가 내 앞에 놓인 접시를 치웠다. 토스트 끄트머리도 아직 덜 먹었는데.

그때 박사님이 문간으로 얼굴을 비치며 말했다.

"여기서 밥 먹느라 안 오고 있었구나. 내일 아침엔 여섯 시 반까지 와야겠다. 허투루 보낼 시간이 없어. 다 먹었으면 지금 바로 따라오고."

박사님을 따라가는 동안 뭔가를 쓰러뜨릴까 봐 아까보다 더 긴장이 됐다. 내 등짝을 뚫어져라 쳐다보고 있는 가정부 아주머니의 시선이 고스란히 느껴졌다. 나는 서재 문간에 멈춰 서서 박사님에게 물었다.

"박사님, 저 정말 들어가도 돼요? 서재가 꼭 커다란 도서관 같아요. 웅장한 박물관 같기도 하고."

박사님이 빙그레 웃더니 내게 손짓하며 말했다.

"그래, 들어와. 보여줄 게 있어. 이것 좀 들여다봐라."

박사님이 탁자 위에 놓인 현미경을 가리키며 말했다.

"와, 현미경이 무지 근사해요."

나는 현미경을 향해 조심스럽게 발걸음을 옮기며 말했다.

"교회에서 연주하는 오르간 생각나요."

"어째서?"

"뭐랄까, 수수께끼 같잖아요. 생긴 것만 봐서는 둘 다 어디에 쓰는 건지 전혀 감이 안 오는데, 알고 나면 그다음부터는 하나도 안 신기해 보여서요."

그러고는 갑자기 뚱딴지같은 말을 내뱉고 말았다.

"저희 집에도 전에 피아노 있었는데."

박사님은 그다음 말을 기다리며 나를 한참 바라봤지만 나는 입을 꾹 다물어 버렸다.

박사님이 나를 보며 다시 현미경을 가리켰다. 나는 허리를 숙여 한쪽 눈은 렌즈에 갖다 대고 다른 한쪽 눈은 찡그려 감았다.

"뭐 보이는 거 있니?"

"아무것도 안 보이는 거 같은데요. 박사님이 브로드 길 펌프에서 가져오신 물 같기는 한데……."

나는 고개를 들어 박사님을 힐끗 올려다보며 물었다.

"박사님은 뭐 보신 거 있어요? 이 속에 콜레라 독이 있어요?"

"아니, 나도 별다른 건 못 찾았다. 나중에 핫샐 박사한테 이 물 샘플을 가져가 봐야겠어. 그 친구한테 훨씬 성능 좋은 현미경이 있거든."

박사님은 책상 뒤에서 서성거리다가 말을 이었다.

"근데 그렇게 하더라도 아무것도 못 알아낼 수도 있어. 물속에 콜레라를 일으키는 나쁜 성분이 들어 있을 거라고 믿은 지는 오래됐지만, 너무 작아서 우리 눈에 안 보일 수도 있거든."

"박사님, 그게 공기 중에 떠다닐 수도 있어요? 제 말은, 콜레라를 일으키는 독이요."

"내가 어제도 말했듯이 그동안 연구한 결과에 따르면 콜레라는 섭취를 통해서 감염된다고 볼 수밖에 없어."

"아, 맞다. 그…… 뭐더라. 무슨 관이라고……."

죽었다 깨도 기억 못 할 이름이었다.

"그렇지, 소화관. 콜레라 증상이 우리가 보통 뭐 잘못 먹었을 때처럼 토하고 설사하는 거잖니. 그걸 위원회에서 입증하기만 하면 돼."

나는 잠시 주저하다가 말문을 열었다.

"안 그래도 궁금했었는데요, 우리가 그걸 위원회에서 입증하면 뭐가 어떻게 되는데요?"

그러자 박사님이 무릎을 치며 말했다.

"아, 내가 그 설명을 안 했구나, 그렇지? 아주 간단해. 사정이 이러이러하니 위원회는 즉시 브로드 길 펌프 손잡이를 철거하시오, 이렇게 되는 거지."

박사님은 지금 당장은 증거 수집에 나설 수 없다고 했다.

"아침에 발치 예약이 잡혀 있어서. 아, 이 뽑는다는 뜻이다. 그거 끝나고는 곧장 핫샐 박사한테 물 샘플도 가져가야 되고."

박사님이 바쁜 하루 일정을 나에게 설명해 주었다.

"그럼 저는 일단 혼자서라도 사람들 만나서 얘기 시작할까요?"

"아직은 아니야. 우선 지도부터 만들어 봐라."

"네? 그렇게 중요한 일을 저한테……."

내가 어리둥절해 말끝을 흐리자 박사님이 웃음을 터뜨리며 말했다.

"걱정 말고, 우선은 연필로 그려 봐. 이번 조사에 대한 보고서 작성이 끝나면 당연히 내가 펜으로 다시 그릴 거니까."

그러고는 박사님이 내 눈을 들여다보며 계속했다.

"뭐가 됐든 일단 시작부터 하자. 그 정도는 네가 충분히 잘할 거라고 믿는다."

믿는다. 내 앞에 정성스레 차려 놓은 아침밥처럼 따뜻함이 느껴지는 말이었다. 오늘 아침에 가정부 아주머니가 차려 준 것처럼 근사한 아침

밥을 자주 먹어 본 건 아니지만.

헨리나 플로리를 빼면 내 주변에서 나를 믿는 사람은 이제 거의 남아 있지 않았다. 그런 데다 심지어 오늘 아침을 기점으로 헨리까지도 나를 못 믿기 시작한 것 같았다. 어른 중에서는 그릭스 아저씨가 있었지만 이제는 돌아가시고 안 계셨다. 그리고 라이온 맥주 공장에서 가장 친절했던 쿠퍼 감독님과 에드워드 사장님마저도 내가 도둑이라고 믿게 돼 버린 것 같았다. 이 사태나 다 끝나고 나면 제대로 해명할 수 있을까?

지금으로선 박사님이 나한테 맡긴 막중한 임무가 최우선이었다. 박사님 같은 분이 나를 의지하고 있었다. 그만큼 중요한 일이었다.

박사님이 내게 공책과 연필을 건네며 말했다.

"브로드 길 주변의 길들을 샅샅이 다 그려야 된다. 공동 펌프 있는 곳도 빼먹지 말고 다 표시하고."

텅 빈 백지를 바라보고 있자니 내 머릿속도 백지장처럼 하얘지는 것 같았다.

"제 친구 중에 플로리라고, 저보다 훨씬 미술에 소질 있는 애가 있는데요……."

"친구한테 도와 달라고 해도 돼. 근데 우리가 지금 예술 하자는 건 아니잖니. 그냥 깔끔하고 보기 쉬운 지도면 된다. 일단은 정확해야 하고."

하아, 런던에서 길을 찾는 일과 종이에 지도를 그리는 일은 완전히 별개였다. 선들을 끼적거린 종이를 벌써 두 장째 뜯어 구겨 버린 나는 어느새 베릭 길에 있는 플로리네 집 앞에 다다라 있었다.

문을 열고 나온 플로리의 얼굴이 어제보다는 좀 덜 피곤해 보였다. 나는 플로리에게 지도에 대해 설명한 다음 세 번째로 끼적대고 있던 지도를 보여 주며 말했다.

"나 좀 도와주라."

플로리가 지도를 보더니 까르르 웃음을 터뜨렸다.

"그래야겠다. 길을 그리랬더니 무슨 시냇물을 그려 놨네. 그리고 브로드 길이 이름만 브로드지, 이렇게 넓다고? 꼭 템즈 강처럼 그려 놨잖아!"

"그러니까…… 도와 달라고."

하지만 나는 두 손 놓고 플로리 혼자 알아서 할 거라는 생각은 착각이었다. 플로리는 시작부터 딱 부러지게 말했다.

"선은 내가 그릴 테니까 길 이름은 네가 맡아."

우리는 이 지역 사람들 대부분이 중심지라고 여기는 골든스퀘어 광장에서부터 시작하기로 했다. 플로리가 공책을 넘겨 깨끗한 면을 펼치면서 말했다.

"스노 박사님 같은 과학자라면 정확한 지도를 바라실 거야. 어느 지역까지 담아야 되는데?"

"꽤 넓어야 될 거 같던데. 서쪽으로는 리젠트 길 지나서 있는 하노버 광장까지 그려 보자. 남쪽으로는 피카딜리 광장, 동쪽으로는 소호 광장, 북쪽으로는 옥스퍼드 길 지나서까지, 어때?"

"좋아. 그럼 브로드 길을 대충 가운데로 잡고 시작하자. 잘 들어. 정확하게 하려면 리젠트 길을 넓게 그리고 골든플레이스 길이나 엔젤코트 길은 좁게 그려야 된다고. 그 부분도 네가 맡아.”

“어떻게?”

그러자 플로리가 샐쭉 웃으며 물었다.

“숫자는 셀 줄 알지?”

그게 내 할 일이었다. 플로리가 커다란 공책의 양쪽 면에 걸쳐 신중히 지도를 스케치하는 동안 나는 플로리가 시킨 대로 길마다 끝에서 끝까지 오가고 또 건너면서 발걸음 수를 세야 했다. 날은 덥고 다리도 아팠다. 하지만 플로리는 홉킨스 길, 덕레인 길, 포틀랜드뮤스, 듀포스플레이스 같은 좁은 골목과 작은 공터까지도 다 넣어야 한다고 우겼다.

우리가 다닌 곳들, 특히나 브로드 길과 가까운 곳들에는 공통점이 있었다. 무섭도록 조용했다. 집들은 텅 비어 있었고 가게마다 전부 문을 닫았다. 모두 콜레라 때문이었다.

“거기다가 펌프라고 표시해, 플로리.”

내가 플로리의 어깨를 넘어다보며 말했다. 브리들 길이었다.

“그거 빠뜨리면 안 돼. 박사님이 아주 중요한 부분이랬어.”

오랫동안 연필을 쥐고 있던 탓에 손에 쥐가 났는지 플로리가 팔을 마구 흔들어 대고는 앞치마 자락으로 이마의 땀을 닦아 냈다.

“너, 그 뒤로 그 물 안 마셨지? 박사님도 브로드 길 펌프가 잘못됐다고 완전히 확신하시지는 않지만, 그래도 혹시 모르니까…….”

나는 혹시나 플로리의 얼굴이 창백하지는 않은지 살피며 물었다.

"안 마셨어. 그리고 엄마, 아빠랑 언니, 오빠한테도 마시지 말라고 했고. 근데 다들 안 믿는 거 있지. 언니 말이, 브로드 길 펌프 물이 다른 데 물보다 항상 맛있는데 어떻게 나쁠 수 있냐는 거야. 그러거나 말거나 언니가 받아 온 물 다 쏟아 버리고 옥스퍼드 길 건너서 베르너스 길 펌프까지 갔다 왔어. 그랬더니 언니가 나더러 바보 같다더라."

"잘했어, 플로리. 박사님 말씀이 맞을지도 모르잖아."

베릭 길을 따라 돌아오다 보니 관을 실은 수레 하나가 멀어져 가고 있었다. 지난번 그 마부 아저씨가 여전히 그 일을 하고 있는 모양이었다. 거리는 쥐 죽은 듯 조용했지만 그렇다고 이 사태가 끝난 것도 아니었다. 이 며칠 사이에 대체 몇 명이나 더 죽은 걸까?

"플로리, 오늘 일은 너 혼자 한 거나 마찬가지니까 돈 받으면 1실링 줄게. 네가 번 거잖아."

"됐어, 얘. 돈은 무슨. 너랑 박사님 일 돕는 건데."

그러고는 플로리가 분노와 슬픔에 찬 얼굴로 텅 빈 거리를 바라보며 말했다.

"끔찍해. 어떻게든 막아야 돼."

그러더니 갑자기 나를 보고 방긋 웃으며 말했다.

"정 그러면 언제 한번 싱싱주스나 사 주든가."

플로리네 집 앞에 도착하자 플로리가 내게 지도를 건네주었다. 정말 근사한 지도였다.

"플로리, 오래 남길 수 있는 거 만들고 싶댔지? 이게 그거 같은데?"

딜리

9월 5일 화요일

아침 일찍부터 동물들 우리를 구석구석 청소하고 물그릇들까지 깨끗이 씻어 놓고는 뒤로 물러서서 바라보자니 뿌듯함이 밀려왔다.

나는 이제 더 이상 넝마주이도, 맥주 공장의 심부름꾼도 아니었다. 유명한 과학자이자 연구가를 돕는 진짜 조수가 된 것이었다. (첫 번째 과제에서 플로리의 도움을 받기는 했지만.)

나는 플로리에게 동물들을 다시 구경 시켜 주는 장면을 상상했다.

'플로리 베이커 양, 여기 이 동물들이 과학의 발전을 앞당기는 데 크게 한몫할 겁니다.'

목에 너무 힘주지는 말고.

'저희는 이 실험을 통해 질병 예방을 가능하게 할 다섯 개의 W를 찾는 데 주력하고 있고요.'

그때 누군가가 내 어깨에 손을 올렸다. 고개를 돌리니 스노 박사님이 재미있다는 표정으로 나를 보고 있었다. 나는 혹시나 내가 방금 그 말을 입 밖에 냈나 싶어 얼굴이 화끈 달아올랐다.

"잘 잤니, 뱀장어야?"

그러고는 박사님이 누런 종이로 싼 고기 파이를 내밀며 말했다.

"아주머니가 너 갖다 주라시네. 자, 그럼 출발할까?"

"네? 어디로……. 아, 알겠다. 브로드 길 펌프로 가는 거죠?"

박사님 댁에서 브로드 길까지는 반 마일 정도밖에 안 되는 것 같았다. 언제나처럼 날랜 박사님의 발걸음을 쫓다 보니 몇 분도 되지 않아 금세 도착했다. 박사님은 이번에도 그 검은색 가방을 지니고 있었다. 박사님이 가방을 열자 그 안에서 내가 간밤에 가정부 아주머니를 통해 전달한 지도가 나왔다.

나는 박사님이 거리 이름을 확인하며 지도를 이리저리 살피는 동안 바짝 얼어 있었다. 거리 이름의 철자를 하나하나 다시 떠올리며 부디 너무 많은 실수가 없었기만을 바랐다.

마침내 박사님이 입을 열었다.

"훌륭하다, 뱀장어야. 눈썰미가 보통이 아니야. 골목들도 빠짐없이 정확히 다 그렸구나."

"플로리가 그린 거예요. 저는 글자만 썼고요."

그리고 나는 플로리와 함께 지도를 그리던 내내 궁금했던 점을 박사님에게 물었다.

"이제 이걸로 뭘 하실 거예요? 이 지도가 콜레라 문제를 푸는 데 무슨 도움이 되는데요?"

박사님이 막 대답하려는 순간 그릭스 아저씨의 양복점에서 검은색 드레스를 입은 통통한 여자가 벳시의 손을 붙들고 황급히 나왔다. 얼굴이 온통 눈물범벅인 벳시가 딜리를 붙잡으려고 했지만 딜리는 벳시의 손을 피해 정신없이 맴돌며 마구 짖어 댔다.

"꺼져, 이것아! 너 같은 더러운 짐승 때문에 이런 끔찍한 사태가 벌어진 거라고!"

벳시의 손을 붙들고 있던 여자가 소리쳤다.

"딜리랑 같이 갈래요."

벳시가 더 큰 소리로 흐느껴 울며 말했다. 그러고는 내게로 달려와 두 팔로 내 다리를 끌어안은 채 온몸을 부들부들 떨었다.

"왜 그래, 벳시? 무슨 일이야?"

나는 벳시를 다독이고는 여자에게 물었다.

"아줌마는 누구신데요?"

"랜트 길에 사는 개 고모다. 근데 네가 그건 알아서 뭐하게?"

여자가 옷을 담은 자루를 한쪽 어깨에서 다른 쪽 어깨로 바꿔 메며 딱딱거렸다.

"거기가 템즈 강 남쪽 버러 지역에 있는 동네 맞죠?"

나는 또 물었다.

"그래. 거기서 같이 살려고 얘 데리러 온 거야. 근데 얘가 바지런하고 궂은일도 마다하지 않아야 할 텐데 어쩌려나 모르겠네. 남편이 마부라서 남의 마구간을 빌려 쓰는데, 안 그래도 말도 돌보고 똥도 치울 일손이 필요했거든."

그러고는 고모라는 사람이 나를 붙들고 있던 벳시를 홱 끌어당겼다. 그 옆에서는 딜리가 계속해서 거칠게 짖어 댔다.

"괜찮아, 딜리."

나는 딜리를 달래면서 그릭스 아저씨가 딜리 목에 둘러 주었던 가죽 목걸이를 가까스로 움켜쥐었다. 그 목걸이를 만들어 준 구둣방 주인에게 그릭스 아저씨가 근사한 양모 조끼를 만들어 준 일이 생각났다. 내 손에 붙들리고 나서야 날뛰기를 멈춘 딜리가 분홍빛 혓바닥을 늘어뜨린 채 헐떡거렸다.

스노 박사님이 벳시네 고모에게 다가가 가볍게 고개 숙여 인사한 뒤 낮게 가라앉은 목소리로 말했다.

"가여운 조카를 이렇게 친히 거둬 주시다니 참 좋은 고모님이십니다. 약소하나마 이걸로 슬픔을 달래셨으면 합니다."

그러면서 박사님이 1파운드짜리 지폐를 건넸다. 그러자 벳시네 고모가 박사님에게 넙죽 절을 하고는 한숨을 푹 내쉬며 말했다.

"아유, 이렇게까지 마음 써 주시니 저야말로 몸 둘 바를 모르겠습니다요. 저희 오빠가 저한테 어떤 오빠였는지 모르실 거예요. 그러니 제가 어떻게 이 불쌍한 것을 나 몰라라 하겠어요."

어느새 나긋나긋해진 목소리였다. 그러더니 벳시네 고모가 갑자기 꺼억 하는 소리와 함께 흐느껴 울기 시작했다. 금세 닭똥 같은 눈물이 빨갛게 튼 볼을 타고 흘러내렸다.

고모가 흐느끼는 소리에 묻힐세라 벳시가 나를 향해 큰 소리로 외쳤다.

"나, 고모네 가서 살게 돼서 좋아. 고모 말 잘 들을 거야. 근데…… 오빠가 딜리 좀 데려가 주면 안 돼? 응?"

나는 얼른 박사님을 쳐다봤다. 딜리를 데려간다는 건 박사님께 잘리겠다는 거나 마찬가지일 것 같았다. 박사님과 맺은 조약에 개까지 빌붙는다는 조항은 없었다. 박사님은 말없이 나를 바라보고 있었다. 어떤 생각을 하는 중인지 통 읽어 낼 수 없는 표정이었다. 하지만 벳시를 실망시킬 수는 없었다.

"박사님, 벳시네 아빠가 저한테 정말 잘해 주셨거든요. 필요할 때마다 저한테 일거리도 더 주셨고요. 딜리는 강아지였을 때부터 그릭스 아저씨가 데려다 키운 개예요. 얘 먹이는 제가 번 돈으로 해결할게요, 꼭이요. 그리고 얘는 박사님 동물들한테도 성가시게 안 굴 거예요."

벳시네 고모는 그때까지도 꺼이꺼이 울고 있었다. 나는 가만히 기다렸다. 벳시도 기다렸다. 내 눈에는 딜리마저도 다소곳이 앉아 간절한 눈빛으로 박사님을 올려다보는 것 같았다. 마침내 박사님이 입을 열었다.

"녀석이 내 토끼들은 안 쫓아다녔으면 좋겠는데?"

그러고는 싱긋 웃었다.

나는 무릎을 꿇고 두 손으로 벳시의 볼을 감싸며 말했다.

"오빠가 딜리 잘 돌볼 테니까 걱정 마. 그리고 언제 한번 딜리 데리고 그 동네로 갈게. 강 하나만 건너면 되는데 뭐. 딜리가 걷기 좋아하는 거 너도 알지?"

그러자 벳시가 크게 딸꾹거리며 말했다.

"딜리 잃어버리면 안 돼, 오빠. 귀 자주 긁어 주고."

그러고는 허리를 숙여 딜리에게 얼굴을 파묻은 채 딜리의 귀에 대고 무슨 말인가를 속삭였다. 다시 일어선 벳시는 어깨를 펴더니 고모의 커다란 손을 잡고 말했다.

"가요, 고모."

브로드 길을 따라 멀어져 가는 두 사람을 지켜보던 박사님이 말했다.

"기특한 녀석. 부모님이 참 대견해하시겠다."

그리고 내 어깨에 손을 올리며 말했다.

"너희 부모님도 어디서든 널 보고 대견해하실 거고."

벳시가 떠난 뒤 한동안 뱅글뱅글 돌며 낑낑거리던 딜리가 내게로 와서는 내 다리에 몸을 기대고 한숨을 폭 내쉬었다. 마치 내게 하소연이라도 하는 듯했다. **나 꼭 데려가야 돼.**

지난번엔 고양이더니 이번엔 개다. 내 목에 네발 달린 동물들한테만 보이는 안내판이라도 걸려 있나. 유기 동물 받습니다.

스노 박사님이 몸을 숙여 귀를 긁어 주자 딜리가 배도 쓰다듬어 달라는 듯 발랑 드러누웠다.

"이름이 딜리라고? 보더콜리랑 스패니얼 사이에서 태어났나 보네. 나 어렸을 때 키우던 개랑 비슷해."

나는 깜짝 놀라 박사님을 쳐다봤다. 박사님도 개를 좋아하셨다니!

"음, 여기서 너무 오래 미적거린 거 같다. 얼른 서머셋하우스부터 가자. 꽤 많이 걸어야 되는데 괜찮겠니, 딜리?"

박사님이 몸을 일으켜 세우며 묻자 딜리가 박사님을 올려다보며 짧고 날카롭게 두 번 짖었다. 됐다. 이제 가정부 아주머니 마음에 드는 일만 남았다. 그렇게 쉽진 않겠지만.

서머셋하우스라는 건물 앞에 도착하자 내 입에서 휘파람이 절로 나왔다.

"와, 근사해요. 꼭 궁전 같아요."

내 말에 스노 박사님이 활짝 웃으며 말했다.

"맞아, 전엔 궁전이었어. 아마 1500년대 중반에 지어졌다지. 그 뒤로 모양새나 용도가 여러 차례 바뀌긴 했지만."

박사님이 어떤 돌계단을 향해 발걸음을 옮기며 말했다.

"여기서 기다리고 있을래? 딜리는 안에 못 들어가서."

"저도 따라가면 안 돼요?"

그러자 박사님이 웃음을 터뜨리며 말했다.

"가 봐야 왕족 구경은 못 할 텐데. 이젠 여기 안 살거든. 지금은 여기가 런던 시에서 시민들의 출생, 사망 기록을 관리하는 호적 등기소로 쓰인다."

나는 딜리에게 얌전히 있으라고 이른 뒤 박사님을 따라나섰다.

"동료 중에 파르 박사라고 있는데, 그 친구한테 부탁하면 성 제임스 교구랑 성 앤 교구에서 금요일부터 지금까지 사망한 주민들의 명단을 얻을 수 있을 거다."

사무실 문 앞에 다다르자 박사님이 나를 향해 말했다.

"들어가자. 정신 똑바로 차리고."

"어이, 스노 박사. 안 그래도 이번 주 안으로 한번 만나자고 할 참이었는데. 소호에서 터진 사태 때문에 오신 게 틀림없으렷다?"

잿빛 턱수염을 기른 통통한 신사가 다가오며 미소로 박사님을 반겼다. 그 뒤로는 여러 사무직원들이 책상 앞에 앉아 일을 하고 있었다.

스노 박사님이 고개를 저으며 말했다.

"소호만 문제인 게 아니라 지금 우리 집 현관 앞까지 닥친 일이야, 파르 박사. 이 사태 파악이 급선무라 열 일 제치고 오는 길이라고."

그러자 파르 박사님이 카운터 아래에서 장부 하나를 꺼내 한 장 한 장 넘기다가 입을 열었다.

"아, 찾았다. 소호 지역에서는 목요일부터 토요일까지 총 83명이 사망했는데, 그중에서 네 명을 제외한 나머지가 전부 금요일, 토요일에 사망한 걸로 조사됐어."

그러고는 파르 박사님이 눈썹을 찌푸리며 말했다.

"흠, 이거 흥미로운데? 분명히 정상 범위를 벗어난 급격한 증가야."

"그럼 고작 이틀 동안 79명이나 사망한 거예요?"

나도 모르게 박사님들의 대화에 불쑥 끼어들고 말았다.

"지금까지 총 사망 인원은 아마 그 두 배쯤 될 거다. 아직까지 인근 병원에서 보고받은 게 없어서 정확한 숫자는 아니지만. 이대로라면 이번 주말까지 사망자 수가 500까지 가고도 남겠어."

나를 보며 설명하던 파르 박사님이 스노 박사님에게로 시선을 돌리며 물었다.

"근데 요 꼬맹이는 자네가 데려온 거야?"

"실은……, 그래."

스노 박사님이 살짝 장난스럽게 대답하고는 계속했다.

"인사해. 이쪽은 뱀장어라고, 내 새 조수."

얼굴이 달아올랐다. 조수라니! 엄마가 살아서 이 말을 들었다면.

"그것도 일종의 실험인가?"

파르 박사님이 짓궂은 표정을 지으며 물었다.

"사실, 이 아이가 호기심도 왕성한 데다 근성도 보통이 아니야."

스노 박사님이 나를 보고 빙긋 웃으며 말했다.

"호기심 좋지. 조수라면 그래야 하고말고."

그러더니 파르 박사님이 갑자기 당황스러운 행동을 보였다. 카운터에서 내 쪽으로 바짝 몸을 기울여 나를 유심히 훑어보는 것이었다.

"음, 묘해. 분명히 낯익은 데가 있단 말이야. 예사롭지 않은 이 새카만 눈동자라든가."

나는 심장이 덜컥 내려앉았다. 파르 박사님이 도끼눈한테서 내 이야기를 듣기라도 한 걸까? 아니다. 그럴 리 없다. 런던에서 이런 중요한 자리를 차지하고 계신 박사님이 빌 타일러 같은 사람을 알 리가 없었다.

"흠, 나중에라도 생각나겠지 뭐."

파르 박사님이 가볍게 고개를 저으며 혼잣말을 하고는 계속했다.

"어쨌거나 스노 박사가 아끼는 조수라니 여긴 언제 오든 환영이다. 박사님 기대가 이만저만이 아닌 거 같으니 실망시켜 드리지 말고. 참, 콜레라 전염 원리에 대해서는 박사한테서 들었겠지?"

"아, 물 말씀하시는 거죠, 파르 박사님?"

그러자 스노 박사님이 곧바로 설명을 덧붙이려고 했다. 하지만 그 순간 파르 박사님이 찡긋 윙크를 하고는 두 손을 들어 올리며 말했다.

"워, 워, 이 사람아. 지금 여기서 강의라도 할 참이야? 내가 아직까지는 자네 이론에 확신을 못 갖는다는 거 알잖아. 어쨌거나 우리 사무실에서는 최선을 다해서 자넬 도울 거야. 단시간 내에 이렇게 높은 치사율을 보인다는 건 예삿일이 아니거든. 콜레라란 놈이 고약하다는 건 알고 있었지만, 이번엔 완전히 달라. 움직임이 심상치가 않다고."

그러자 스노 박사님이 고개를 끄덕이며 말했다.

"맞아. 그래서 자네 도움이 필요하다는 거고. 그 83명 사망자 명단이랑 주소 좀 받았으면 하는데."

"그 기록도 당연히 갖고 있지. 근데 어쩌나. 하필이면 오늘 일손이 많이 딸려서……. 아, 자네 조수가 글씨는 잘 쓰나? 여기 남아서 명단 옮겨 적는 일을 대신 좀 맡아 주면 좋겠는데."

그러자 스노 박사님이 내게 물었다.

"어떠냐. 어제 글씨 써 넣은 거 보니 제법 잘했던데, 펜으로도 쓸 수 있겠니?"

"많이는 안 써 봤는데…… 그래도 할 수 있어요."

나는 주저 없이 대답했다. 여기서 못 해내면 딜리와 나는 생각보다 일찌감치 길바닥에 나앉을지도 모른다.

안락한 인생에 길들여지면 안 돼. 나는 스스로를 흔들어 깨웠다. **넝마주이한테 아무 때나 따뜻한 차와 토스트가 주어지는 게 아니라고.**

스노 박사님이 공책 몇 장을 뜯어 나에게 건네며 말했다.

"명단을 정확하고 깔끔하게 옮겨 적어야 된다. 사망자 이름, 나이, 주소, 사망 일시까지 일목요연하게. 알겠지?"

"네, 박사님. 근데……."

나는 머뭇거리다가 말을 꺼냈다.

"근데 뭐?"

"저한테 설명을 다 안 해 주신 거 같아서요. 제가 확실하게 이해를 해야 일을 제대로 할 거 같거든요. 그러니까…… 죽은 사람들 이름을 지도에도 다 적을 건가요?"

"아, 잘 물어봤다."

그러고는 스노 박사님이 문을 향해 걸어가며 말했다.

"정오에 브로드 길 펌프에서 만나는 걸로 하자. 그때까지 명단 작업 끝내서 갖고 오고. 그럼 방금 그 질문에 대한 답을 알게 될 거다."

나는 문손잡이를 잡으려는 박사님을 불러 세웠다.

"박사님, 혹시…… 딜리한테 더 있으라고 해 줄 수 있으세요?"

그러자 스노 박사님이 빙긋 웃으며 대답했다.

“해 줄 수 있다뿐이냐. 아예 볼일 보러 가는 길에 데려갈까 하는데. 근데 녀석이 따라가려나 모르겠네.”

“따라갈 거예요, 박사님. 분명히요.”

박사님이 나가고 문이 닫힌 뒤 나는 땀이 잔뜩 밴 손바닥을 얼른 바지에 문질러 닦았다. 파르 박사님과 무표정한 얼굴의 사무직원들 사이에 남고 보니 긴장감이 몰려왔다.

그나마 가정부 아주머니가 세탁해 준 셔츠와 바지를 입고 와서 다행이었다. 여전히 속으로는 넝마주이 같은 기분이었지만 적어도 냄새는 풍기지 않았으니까. 파르 박사님의 지시를 듣고 누군가가 와서 책상 하나를 깨끗이 치워 주었다. 그 앞에 앉자 갑자기 아빠 생각이 밀려왔다.

어디서 무슨 일을 하는지는 정확히 몰랐지만 아빠가 모범적인 사무직원이었다는 것만은 잘 알고 있었다. 아빠가 돌아가셨을 때 나는 겨우 아홉 살이었고, 이제는 엄마도 안 계신다. 아빠에 대해 더 알아 낼 길이 없었다.

하지만 사무직원의 아들이었다는 **기억**만으로도 좋았다.

잘할 수 있어. 나는 장부에서 첫 번째 이름을 찾아낸 다음 펜을 집어 들었다. 그리고 그 이름을 종이에 적기 시작했다.

노크

두 시간이 지나서야 사망자 명단 정리가 모두 끝났다. 소호를 향해 출발할 무렵에는 손에서 쥐가 나고 등짝이 뻐근했다. 거기다 골은 지끈거리고 배 속까지 요동쳤다. 글씨 쓰는 일이 이렇게나 고된 일인 줄은 미처 몰랐다.

브로드 길이 가까워 오자 펌프 앞에서 팔짱을 낀 채 서 있는 박사님과 박사님의 발치에 엎드려 낮잠을 자고 있는 딜리가 보였다. 박사님이 나를 보고는 반갑게 맞아 주었다.

“아, 우리 조수 왔구나! 명단은 갖고 왔고?”

박사님에게 명단을 건네면서 심장이 어찌나 세차게 뛰었는지 모른다. 나는 명단을 작성하는 내내 아빠를 떠올리며, 그리고 나를 이렇게 잘 가르쳐 준 엄마에게 감사하며 최선을 다했다.

명단을 옮겨 적는 동안 떠오른 사람이 또 있었다. 라이온 맥주 공장의 에드워드 사장님이었다. 사장님도 나를 믿어 주었었다. 지금쯤은 내가 회사 돈에 손을 댔다고 믿고 있을지도 모르지만. 그 악몽 같던 날 이후로는 사장님을 본 적이 없었다. 언젠가 다시 사장님을 만난다면 용기를 내 사실을 털어놓을 수 있을지도 모르겠다.

명단을 훑어보던 스노 박사님이 드디어 입을 열었다.

"훌륭하다. 자, 그럼 시작해 볼까?"

"뭘요?"

"노크."

우리는 브로드 길과 베릭 길이 만나는 모퉁이에 자리한 집 앞에 멈춰 섰다. 박사님이 주머니에서 작은 공책과 펜을 꺼내 내게 건네며 말했다.

"여기서부터 시작하자. 우선은 내가 먼저 면담을 진행할 테니까 넌 옆에서 잘 보면서 내용을 적어 봐. 그러다 전체적으로 일이 어떻게 돌아가는지가 파악되면 그때부터는 구역을 나눠서 각자 면담을 하고 다니는 걸로 하고. 자, 그럼 사망자에 대해서 어떤 정보를 기록해야 될까?"

"음, 일단은 명단이 제대로 돼 있는지부터 확인해야 될 거 같아요. 사망자 이름이랑 나이가 맞는지요."

나는 조심스럽게 내 생각을 꺼냈다.

"그래, 아주 잘했다."

박사님이 고개를 끄덕이며 맞장구를 쳤다.

"콜레라로 인한 사망을 확인하는 데 나이는 아주 중요한 단서지. 어른들보다 아이들이나 젊은이들이 더 잘 감염되는가? 이런 질문들이 전염의 양상을 파악하는 데 도움이 되니까."

나는 땀에 젖은 손바닥을 바지에 문질렀다. 마음이 초조해지기 시작했다. 죽은 사람들을 관에 담아 옮기던 일이 다시금 떠올라 가슴이 죄어왔다. 이제 그 집들을 다시 찾아가 가족을 잃은 사람들 앞에서 그 가족에 대한 이야기를 꺼내야 하는 것이었다.

"또 어떤 질문들을 해야 할 거 같니?"

"어, 명단에 사망한 날짜들이 있긴 하지만 그걸로는 **언제** 감염됐는지 알 수가 없어요."

나는 다섯 개의 W를 곰곰이 떠올리며 입을 열었다. 이어서 또 다른 생각이 떠올랐다.

"어떤 증상이 있었는지도 물어봐야 할 거 같아요. 그러니까 환자가 최종적으로 **뭘**로 사망했는가. 그게 콜레라였는지를 확인해야 되니까요."

그러자 박사님이 흡족한 표정으로 고개를 끄덕이며 말했다.

"아주 잘했다, 뱀장어야."

다섯 개의 W가 어떤 순서로 이어져야 하는지는 신경도 안 쓰고 떠오르는 대로 내뱉었는데도 박사님은 개의치 않는 것 같았다.

"그리고 다니던 직장이나 학교가 **어디**인지도 물어봐야 돼요."

"그리고 또?"

그리고 또? 더 이상은 생각나지 않았다. 받아 적는 것만으로도 녹초가 될 지경이었다. 아마도 죽은 사람들의 이름 중 내가 아는 이름들이 많아서인 것 같았다. 모두가 내 이웃이었고 그중에는 매일 길에서 마주치던 내 또래 아이들도 있었다. 자꾸 나한테 묻지 말고 박사님이 직접 말씀해 주시면 안 되나.

"당장 급한 건 아니야. 나중에라도 생각날 거다. 우리가 더 알고 싶은 건 사람들이 어디에서……."

"어디에서 물을 마셨나!"

나는 박사님의 말을 가로채 대답했다. 그러고 보니 이거야말로 제일 중요한 질문이었다.

"근데, 사람들한테 브로드 길 펌프에서 물 떠다 마시지 말라고 제가 경고할 수가 있을까요?"

"그럼, 해야지. 근데 각오는 해야 될 거다. 대부분은 그 말을 안 들을 거거든. 사람들은 자기 코로 맡은 냄새랑 자기 입으로 느낀 맛을 신뢰하게 마련이니까. 그러니 그 사람들 입장에서 공기는 나쁜 거고 브로드 길 펌프 물은 좋은 거지. 보기에도 깨끗한 데다 근처 다른 데서 나오는 물보다 덜 탁한 건 사실이니까."

"파르 박사님도 박사님 이론은 안 믿으시던데요."

"언젠가는 믿을 거다."

박사님의 목소리는 확신에 차 있었다.

"근데 박사님, 지도에다 어떻게 이런 내용들을 전부 나타내요?"

그러자 박사님이 플로리와 내가 만든 지도를 펼치며 말했다.

"각 가정을 방문할 때마다 명단에 있는 사람에 대해서만 물을 게 아니라 같은 식구들 중에 사망한 사람 전부에 대해서 물어야 된다."

"그러니까, 토요일 이후로 죽은 사람이 있는 경우인 거죠?"

"그렇지. 그런 경우엔 지도에 있는 그 집 위치에 검은색으로 사망자 한 명당 작은 네모 하나를 그릴 거야."

"관 모양 같아요."

"맞아."

박사님은 내가 중얼거리는 소리를 흘려듣지 않고 고개를 끄덕이며 맞장구쳤다.

"근데 아직도 감이 잘 안 와요, 박사님."

"봐. 우리가 와 있는 이 집이 지도에 있는 이 집이잖니. 지도에 있는 각 주소지에 대해서 사망자 하나마다 네모 표시를 하나씩 해 보잔 말이야. 그러다 보면 어떤 주소지에는 네모가 서너 개씩 달릴 수도 있겠지? 다른 데에는 한두 개만 달리거나 아예 없을 수도 있고."

박사님이 지도와 나를 번갈아 보며 차근차근 설명해 주자 그제야 나는 고개가 끄덕여졌다.

"근데……, 그렇게 한다고 해도 어떻게 위원회에서 박사님의 이론이 입증될 수 있는데요?"

"아, 그건 말이다, 만약에 내 가설이 옳고 이번 콜레라 전염이 하나의 근원지에서 시작된 게 맞는다면, 이 작업이 다 끝났을 때 지도에 나타낸 대다수의 사망자 표시가 어느 한곳에 집중돼 있을 거거든. 그 한곳이 어딘지는 말 안 해도 알 거고."

모를 수가 없었다.

"브로드 길 펌프요."

늦은 오후부터는 몇 시간째 나 혼자서 면담을 하고 다니는 중이었다. 문을 두드릴 때마다 매번 심장이 쿵쿵 뛰었다. 덧문이 내려진 창과 굳게 닫힌 문 뒤에서 어떤 일이 기다리고 있을지 알 수가 없었다. 대부분의 집들은 진작 비었지만 아직까지 병마와 싸우는 주민들도 곳곳에 남아 있었다.

다른 전염병과 관련해 런던 곳곳에서 이와 비슷한 일을 해 본 스노 박사님에게는 아마도 쉬운 일일 거다. 게다가 박사님은 어른이고 심지어 과학자였다. 그리고 나처럼 이 사람들과 아는 사이도 아니었다. 나는 이웃 사람들의 이름은 다 몰라도 얼굴만큼은 다 알고 있었다. 그 얼굴들이 하나같이 슬픔과 공포에 차 있었다.

박사님과 헤어져 나 혼자 진행한 첫 번째 면담이 가장 힘들었다. 마음을 졸이며 문을 두드리는 동안 한편으로는 아무도 나오지 않기를 바라기까지 했다.

네 살쯤 돼 보이는 남자아이가 문을 열어 주었다. 까맣고 커다란 눈망울과 창백한 피부를 보는 순간 헨리가 떠올랐다.

"안녕? 안에 엄마 계시니?"

그러자 남자아이 뒤에서 화난 목소리가 들려왔다.

"뭘 달라고, 응? 또 구걸이야? 지겨워 죽겠네, 정말."

"아니에요, 아줌마. 존 스노 박사님이 보내셔서 왔어요. 콜레라 사태랑 관련해서 박사님 대신 몇 가지 여쭈려고요."

나는 마음을 가다듬으며 차근차근 말했다. 그다음이 더 어려웠다. 나는 크게 숨을 들이마셨다.

"저기……, 가족 중에 콜레라 환자가 있다고 들었는데, 정말 안되셨어요…….”

아주머니는 깊은 한숨을 내쉬고는 침상에 누워 있는 여자아이를 돌아보더니 소리 죽여 말했다.

“마침 딸애가 자고 있으니까 금방 끝냈으면 좋겠다. 남편은 토요일에 죽었고, 딸애는…… 일요일 밤부터 저렇게 버티는 중이야.”

“금방 이겨 낼 거예요, 아줌마. 혹시 어디서 물을 가져다 드시는지 여쭤 봐도 될까요?”

나는 앞서 들은 내용을 공책에 써 넣으며 말했다.

“그거야 당연히 브로드 길 펌프지.”

아주머니가 잠시도 망설이지 않고 답했다.

“모퉁이만 돌면 바로 있잖니. 물 길어 오는 건 보통 딸애가 했었고.”

“아저씨가……, 그러니까 가족 중에서 최근에 그 펌프에서 길어 온 물을 마신 사람 있어요?”

“당연하…….”

아주머니는 말을 꺼내다 말고 눈썹을 찌푸리며 물었다.

“근데 물은 왜 자꾸 묻니? 콜레라는 공기 때문에 걸리는 건데?”

“다들 그런 줄로 아는데요, 스노 박사님 말씀으로는 물 때문에 걸리는 거래요. 그래서 제가 자꾸 물에 대해서 여쭤 보는 거고요.”

나는 그렇게 설명한 다음 같은 질문을 다시 던졌다.

“지난주에 가족들 전부 다 그 물을 드신 게 맞아요?”

아주머니는 정적이 흐르는 등 뒤를 힐끔 돌아보고는 말했다.

"아마 딸애가 마셨을 거야. 남편도 그렇고. 나는 지난주 내내 집에 없었거든. 서더크에 사는 동생이 막내를 낳고 몸이 안 좋아서."

"거기 가셨던 거예요?"

내 말에 아주머니가 고개를 끄덕인 다음 남자아이를 끌어당겨 치맛자락으로 머리를 감싸고는 계속했다.

"얘는 데려가고 딸애한테는 아빠랑 집에 있으라고 했지. 열두 살 치고는 의젓한 아이라. 그러고는 금요일 밤에 와서 보니 남편이 앓아누워 있는 거야. 다음 날 세상을 떴고. 그다음엔 또 딸애가 앓아눕지 뭐니. 보다시피 얘랑 나는 멀쩡하고. 근데 마침 네가 와서 물이 어쩌고 하니, 당최 이게 무슨 소린지……."

그러더니 아주머니가 조심스럽게 물었다.

"그럼 그 물이 오염됐다는 거니? 보기엔 깨끗해 보이던데. 파이프로 받는 물이랑 비교해 봐도 그렇고."

"스노 박사님은 브로드 길 펌프 물이 콜레라의 원인일지도 모른다고 생각하세요. 그래서 그걸 입증하시려는 거고요. 그러니까 당분간 그 물은 드시지 마세요."

나는 주머니에서 반 페니짜리 동전을 꺼내 남자아이에게 건넸다. 아빠가 돌아가셨을 때의 헨리가 그 아이 또래였다.

아빠가 살아 계셨을 때는 우리도 좋은 구두를 신었다. 그리고 내 발이 자라면 엄마가 내 구두에 꼼꼼히 기름칠을 한 다음 누런 종이로 싸 두며 말했다.

"우리 헨리, 나중에 학교 갈 때 이 구두 신고 가자. 그러니까 밥 잘 먹어야겠지? 그래야 발이 쑥쑥 크지!"

하지만 아빠가 돌아가시자 우리에게 구두까지 살 돈은 없었다. 처음에는 엄마가 삯바느질로 생계를 이었다. 그러다가 방 두 개짜리 집에서 하나짜리로 이사를 했다. 엄마의 피아노와 아빠가 읽던 책도 모두 팔았다. 하지만 우리 둘 다 학교에 다니느라 살림은 여전히 쪼들렸다.

엄마가 헝겊들을 넣어 두던 여행 가방이 지금도 생각난다. 흔히 볼 수 있는 갈색 가방이었는데, 뚜껑은 손으로 그린 노란 튤립과 분홍 장미, 보라색 라벤더로 장식돼 있었다. 나는 늘 그걸 엄마가 직접 그렸을 거라고 생각하면서, 어린 시절의 엄마가 여린 꽃잎을 표현하려고 붓끝을 뾰족하게 매만지는 모습을 떠올리곤 했었다.

하루는 우리가 학교에서 돌아왔더니 엄마가 눈물로 얼룩진 얼굴로 여행 가방 앞에 쪼그려 앉아 있었다. 빛바랜 베갯잇을 들고 있던 엄마가 우리를 보고는 들릴 듯 말 듯한 목소리로 말했다.

"이 바늘땀 보이니? 예전엔 이렇게 눈에 보이지도 않게 촘촘히 박음질을 했는데, 이제는 눈이 너무 나빠졌는지 킹스버리 부인한테 자꾸 타박을 듣네. 실수가 너무 많다고."

그 뒤로 엄마는 남의 집 빨래를 거들러 다녔다. 손이 빨갛게 텄다. 우는 날도 많았다. 그러던 어느 날 도끼눈 빌 타일러를 집으로 데려왔다.

저녁 무렵 박사님과 나는 색빌 길로 향했다. 사람들 사이를 헤치고 리젠트 길을 걷는 내내 박사님은 굳은 얼굴을 한 채 아무 말이 없었다. 위원회에 제출할 증거가 충분하지 않아 염려하시는 것 같았다. 박사님은 목요일에 위원회 회의에 출석해 브로드 길 펌프 손잡이를 철거하자고 위원회를 설득할 생각이었다. 시간이 지체된다는 건 그만큼 희생자가 늘어난다는 뜻이었다.

드디어 침묵을 깨고 박사님이 입을 열었다.

"콜레라균이 얼마나 더 기승을 부릴지는 아무도 예측할 수가 없어. 어쩌면 물에서는 이미 사라졌는지도 모르고. 또 언제든지 오염이 새로 발생할 수도 있고. 우리가 알 길이 없을 뿐이지."

그날 밤, 우리 둘의 기록을 대조하는 동안 박사님은 여러 가지로 생각이 복잡해 보였다. 나는 혹시나 내가 맡았던 면담들이 전부 허접쓰레기인가 해서 잔뜩 주눅이 들었다. 하지만 내 기록을 살펴보고 박사님의 기록까지 점검한 다음 박사님이 뒤로 물러서서 펜으로 책상을 콕콕 두드리며 말문을 열었다.

"아주 잘했다. 브로드 길 펌프가 주범이라는 데 의심의 여지가 없다고 봐야겠어. 네가 호적 등기소에서 베껴 온 명단을 보면 금요일, 토요일에 사망한 사람들 대부분이 그 펌프에서 아주 가까운 데에 살았잖니."

그러고는 박사님이 다시 기록을 들여다보며 말했다.

"다른 동네 경우엔 펌프 주변의 가구들에서 나온 사망자가 열 명밖에 안 되는데 말이지. 그런데 그나마도 그중 다섯 가구는 집 근처에 있는 펌프 물을 안 마신다고 했단 말이야. 아예 브로드 길 펌프가 더 좋아서 거기서 길어다 마신다면서."

"그럼 나머지 다섯은요?"

우리가 이렇게까지 많은 걸 알아낼 줄은 몰랐다.

"아, 그중 셋은 브로드 길 펌프랑 가까운 학교에 다닌 아이들이었어. 부모들 말로는 아이들이 학교 오가는 길에 거기서 물을 마신 게 아니겠냐고. 나머지 둘은 거기서 나온 물인 줄도 모르고 마셨을 수 있고."

"어떻게 그럴 수가 있어요?"

"알아보니 뉴캐슬어폰타인이란 술집이랑 다른 몇몇 술집에서 술에 섞는 물로 브로드 길 펌프 물을 쓴다더라. 그런 데다 찻집도 하나 있는데, 그 집 주인이 종종 거기 펌프에서 물을 길어다 쓴다고 했고. 주인 말로는 거기 오던 손님들 중 적어도 아홉은 죽었다는 거야."

그러자 어떤 생각이 퍼뜩 떠올랐다.

"싱싱주스는요?"

"싱싱주스? 그게 뭐니?"

"어떤 수레에서 물에다 여러 가지 단맛 나는 가루를 타서 만든 음료수를 파는데 그걸 싱싱주스라고 불러요. 아까 제가 들렀던 집들 중에 아들이 죽은 집이 있었는데요, 그 엄마, 아빠는 걔가 브로드 길 펌프 물을 마셨는지 안 마셨는지 모르겠다고 하더라고요. 근데 제가 그 앨 아는데, 종종 그 음료수 사 마시는 걸 봤거든요. 어쩌면 그 음료수에도 그 물이 들어갔을지 모르잖아요."

"좋은 지적이야."

그러고는 박사님이 종이에 뭔가를 적어 넣었다.

"그럼 이제 목요일 회의 준비는 다 된 거예요?"

그러자 박사님이 골똘히 생각에 잠겨 있다가 대답했다.

"우리가 좋은 정보를 모으긴 했어. 근데 위원회를 설득하기에 충분한가 하면, 아니라고 본다. 아직까지는."

그러고는 박사님이 일어서서 뒷짐을 지고 서성거리기 시작했다.

"이 근방 사람들 전부 다가 브로드 길 펌프로 먹고살고 있어. 손잡이를 뽑아 버리는 건 환영받을 일이 아닐 거라고. 그건 위원회도 원치 않을 거고."

박사님은 걸음을 멈추고 고개를 가로저었다. 축 처진 어깨에서 잠시나마 박사님의 패배가 보이는 듯했다.

"아마 찾아보면 위원회에 보여 줄 수 있는 증거가 더 나올 거예요. 같이 찾아봐요, 박사님."

"결정적인 거라야 해. 뭐가 있을지 생각 좀 해 봐야겠다. 그래, 내일도 계속 찾아보자."

18 이례적인 경우

9월 6일 수요일

박사님이 시키신 대로 아침 일찍 일어나 서둘렀다. 박사님이 아침을 들고 일지를 점검하는 동안 나는 동물들에게 먹이를 주고 우리를 청소했다.

동물들을 돌보다 보면 이 작은 생명들에게도 저마다의 희로애락이 있다는 걸 알게 된다. 동물들을 대할 때마다 웃을 일이 많았지만 콜레라 사태가 닥친 후로는 웃어 본 일이 거의 없었다. 그런데 토끼 두 마리가 양상추 한 조각을 놓고 실랑이를 벌이는 모습에 나도 모르게 웃음이 새어 나왔다. 그러고 보니 웃을 일이라고는 전혀 없는 시간을 보내고 있을 이웃들의 고통이 얼마나 클까 싶었다.

박사님이 나가다 말고 헛간 앞에 멈춰 서서 나를 향해 말했다.

"오늘 아침에는 브로드 길에 못 가 볼 거 같다. 오늘따라 급한 환자가 많네. 협진하기로 한 치과 의사도 있고. 나이 많은 환자가 있는데 뿌리만 남은 이를 뽑아야 한다지 뭐냐. 그것도 다섯 개나."

나도 모르게 몸이 부르르 떨렸다. 말만 들어도 끔찍했다.

"그럼 전 어제처럼 집집마다 물어보고 다닐까요? 아직 베릭 길을 못

끝냈거든요."

"그래라, 그럼."

그러고는 갑자기 박사님이 손으로 우리 옆면을 내리치자 우리 안에 있던 기니피그 네 마리가 동시에 꽥 소리를 질렀다.

"시간이 부족해, 시간이!"

"어제 얘기하고 다녀 보니까 죽은 가족들이 브로드 길 펌프 물을 마셨다고 한 집들이 많았잖아요. 증거는 그걸로도 충분할 거예요."

"그래. 근데 어젯밤에 얘기한 것처럼 사람들의 마음을 돌린다는 게 말처럼 쉽지가 않거든. 더구나 위원회라는 게 워낙에 소신 있다는 사람들로 구성돼 놔서 말이야. 한쪽으로만 생각이 굳어져서 다른 쪽으로는 생각할 줄을 모르는 사람들이라고. 그러니 콜레라 하면 무조건 독기 이론만 떠올리고, 쯧."

박사님의 목소리에 안타까움이 가득했다.

마지막으로 기니피그 우리를 청소할 차례였다. 나는 그릇에 깨끗한 물을 담아 우리 안에 넣어 준 다음 박사님에게 물었다.

"어떻게 하면 그 사람들을 설득할 수 있을까요?"

박사님은 아무 말 없이 기니피그 우리만 뚫어져라 보고 있었다. 나도 박사님을 따라 시선을 옮겼다. 기니피그 네 마리 중 세 마리는 방금 넣어 준 물그릇을 둘러싸고 있었고, 나머지 한 마리는 한쪽 구석에서 입을 바쁘게 오물거리며 과일 조각을 씹고 있었다.

"외톨이."

박사님이 나직이 중얼거렸다. 그러고는 갑자기 돌아서서 무슨 말인지 못 알아들었느냐는 듯 나를 향해 눈을 치켜떴다. 그 말에 정말로 무슨 깊은 뜻이라도 담겨 있었던 것처럼.

나는 다시 기니피그들에게 시선을 돌렸다. 처음에는 박사님 머리가 좀 이상해진 게 아닐까 싶었다. 가정부 아주머니 말로는 박사님이 직접 가스를 들이마시기도 한다더니, 딱 그 때문인 것 같았다. 혹시 클로로포름이 박사님 머릿속으로 들어간 게 아닐까?

하지만 나는 곧 혼자 뚝 떨어져 있는 기니피그에 초점을 맞췄다. **외톨이.** 이걸 보고 하신 말씀일까. 물그릇에 모여든 기니피그들. 그리고 한쪽 구석에 외따로 있는 기니피그. 이걸 보고 대체 박사님이 무슨 생각을 하시는 걸까?

바로 그 순간 내 입에서 짧은 탄성이 흘러나왔다.

"너도 알겠니?"

박사님이 눈을 휘둥그레 뜨며 물었다.

"어……, 네. 그런 거 같아요. 얘들 세 마리처럼, 펌프 근처에 모여 살면서 오염된 물을 마시면 당연히 다 같이 병에 걸릴 거예요."

뭔가 과학적으로 설명하고 싶었지만 생각이 정리되기도 전에 목소리부터 갈라져 나왔다. 나는 잠시 말을 멈추고 햇볕에 바싹 마른 입술을 혀로 핥고는 계속했다.

"근데 다르게 추측할 수도 있어요. 서로 가까이 붙어 살아서 병에 걸린 거라고요. 목사님이나 다른 사람들이 독기 어쩌고 하는 그런 나쁜 공기 때문에요…….”

“그렇지, 계속해 봐.”

박사님이 팔짱을 낀 채 나를 보고 있었다.

“지금 상황에선 물 말고도 다른 원인을 갖다 붙일 수 있으니까 주민들을 확신시킬 수 있는 뚜렷한 예를 찾기가 어려운 거예요. 그러니까 저기 혼자 떨어져 있는 기니피그한테서 뭔가를 찾아야 돼요. 일단 걔는 물 근처에 전혀 안 갔다고 가정해 볼게요.”

나는 하나하나 수수께끼를 풀어내듯 천천히 말을 이었다.

“근데 어떡하다 물이랑 접촉해서 병에 걸렸다 쳐요. 누가 물을 갖다 줄 수도 있잖아요. 제 발로는 전혀 감염 지역 근처에 간 적이 없으니까요. 나머지 죽은 애들이 마셨던 공기를 마신 적도 **절대로** 없고요.”

“너, 제대로 알아낸 거 같구나.”

박사님이 대견하다는 듯 나를 보며 말했다.

“그러니까 이 기니피그랑 나머지 죽은 애들의 **유일한** 공통점이 그 물을 마신 것밖에 없다는 걸 증명할 수만 있으면 되는데, 그걸 뭐라고 하냐면, 어…….”

적절한 말이 얼른 떠오르지 않았다.

“이상한? 별난? 아무튼 그런 예를 찾으면 될 거 같아요.”

“바로 그거야! 특이한 예. 지금 우리한테 필요한 건 바로 그, 콜레라에 있어서의 이례적인 경우야.”

박사님이 탄성을 내뱉으며 말했다. 그러고는 주머니에서 회중시계를 꺼내 시간을 본 다음 계속했다.

"내일은 어떻게든 시간을 낼 테니 그걸 찾는 데 주력하자. 아마 그게 이 퍼즐을 완성하는 마지막 조각이 될 거야."

"근데 정말로 그런 예를 찾아낼 수 있을까요?"

"어쩌면."

그러고는 박사님이 가방을 집어 들고 돌아서며 말했다.

"아닐 수도 있고. 근데 **만약에** 그런 예가 존재하고 **만약에** 우리가 그걸 찾아낸다면, 이번 주에 새 역사가 쓰일 거다."

박사님이 나간 뒤 나는 일을 마치고 휘파람으로 딜리를 불러냈다.

"딜리, 얼른 와. 나랑 같이 조사하러 가자. 박사님이 그러시는데, **이례적인 경우**를 찾아야 된대."

나는 딜리를 데리고 브로드 길을 시작으로 폴랜드 길, 듀퍼스 길을 따라 자갈길을 오가며 집집마다 문을 두드렸다. 하지만 정오가 될 때까지도 그런 예라고는 근처에도 가지 못했다.

"딜리, 혹시 플로리한테 좋은 생각 없을까?"

결국은 내 입에서 이 소리가 나오고 말았다.

"월요일 오후에 같이 지도 만들고 나서부터는 계속 못 봤거든. 그동안 있었던 일들을 플로리한테 다 말해 줘야겠어."

문을 두드리자 플로리의 오빠가 문을 열고 나왔다.

"난 또 누구라고. 관 가지고 온 줄 알았네."

잔뜩 잠긴 플로리네 오빠의 목소리가 다른 사람의 목소리처럼 낯설게 들렸다.

“엄마가 돌아가셔서 시신 모셔 갈 사람들 기다리는 중이야.”

나는 충격으로 온몸이 얼어붙는 것 같았다.

“아, 어떡해, 형. 근데…… 플로리는 괜찮아? 아픈 거 아니지, 응?”

오랜 침묵이 흘렀다. 이윽고 플로리네 오빠가 마른 침을 꿀꺽 삼키고 입을 열었다.

“실은 동생이 엊저녁부터 아파. 이번 사태가 다 끝난 줄 알았는데 아닌가 봐. 우리 플로리 어쩌냐. 엄마 돌아가신 것도 모르고 저러고 있어. 어제 하루 종일 엄마 간호해 드리다가 그만…….”

그래서 어제 하루 종일 길에서 플로리를 마주칠 일이 없었던 거다. 일찍 와 볼걸.

“플로리 좀 봐도 돼?”

내가 묻자 플로리네 오빠가 고개를 저으며 말했다.

“지금 그런 모습 보이고 싶지 않을 거야. 정신이 들었다 나갔다 하고 헛소리도 해. 잠이 들었다 깼다 하고. 네 이름도 부르는 거 같던데.”

나도 모르게 낮은 신음이 새어 나왔다.

“이만 들어가 볼게.”

플로리네 오빠가 문을 닫으며 말했다.

그 자리에서 얼마나 오래 서 있었는지 모른다. 플로리라니. 플로리가 콜레라에 걸렸을 리 없다. 플로리가 버니를 간호할 때 방구석에 있던 양동이가 생각났다. 브로드 길 펌프에서 받아 온 물이 담긴 양동이였다.

자리를 떠날 줄 모르고 서 있는 동안 지난주 브로드 길 펌프 앞에서 본 거스라는 아이가 다가왔다. 안 그래도 그 애가 플로리를 다정하게 대하는 것 같아 신경이 쓰이는 중이었는데, 시들어 가는 바이올렛 꽃다발을 가져온 걸 보니 의심의 여지가 없었다.

"플로리는 좀 어때? 아까 아침 일찍 들렀다가 걔네 오빠한테서 얘기는 대충 들었는데."

거스가 물었다.

"안 좋아."

"좀…… 들어가 봐도 될까?"

나는 고개를 저으며 거스 손에 들린 꽃다발을 내려다봤다. 거스가 내 시선을 눈으로 좇으며 입을 열었다.

"그래, 나도 알아. 다 시든 거. 꽃들도 슬퍼 보이네."

거스의 목소리가 슬픔에 잠겨 있었다.

"꽃장수가 보여서 얼른 사긴 했는데, 이럴 줄 알았으면 엘리 부인 댁에 배달 다닐 때 따다 줄걸. 햄스테드에 꽃이 엄청 많거든. 근데 이제 다 끝났지 뭐. 더 이상 그 댁에 물 떠다 줄 일은 없을 거야. 부인이 토요일에 돌아가셔서."

건성으로 듣고 있던 나는 물이라는 말에 귀가 번쩍 뜨였다.

"그러니까, 정기적으로 브로드 길 펌프에서 물을 길어다 햄스테드로 날랐단 말이야?"

내가 다그치듯 묻자 거스가 고개를 끄덕이며 대답했다.

"적어도 일주일에 네댓 번은 배달했어. 마지막으로 간 건 목요일이고. 엘리 형제라고, 우리 공장 운영하는 그 댁 효자 사장님들이 어머니가 좋아하시는 물이라고 계속 배달 시키거든. 아니, 시켰거든."

거스는 잠시 머뭇거리더니 다시 입을 열었다.

"전에 브로드 길에 살 때부터 드시던 물이래. 그래서 내가 하는 일 중 하나가 그 댁에 물 배달하는 일이야. 아니, 일이었어."

내가 입을 헤벌린 채 듣고 있었던지 거스가 가까이 다가와 내 얼굴을 들여다보며 물었다.

"근데 너 괜찮아?"

나는 고개를 끄덕이고는 물었다.

"그 부인 댁이 정확히 햄스테드 어디야?"

4부
브로드 길 펌프

9월 9일자 '주간 출생 및 사망 보고'에 따르면 햄스테드 지역에서 발생한 사망 사건의 경위는 다음과 같다. '9월 2일, 햄스테드 서부 거주, 59세 여성, 총포 뇌관 제조업자의 미망인, 설사 2시간, 콜레라 증상 16시간.' 미망인 아들의 진술에 따르면 부인은 최근 수개월 동안 브로드 길 인근을 방문한 일이 없었다. 부인은 브로드 길 펌프 물을 워낙 좋아해서 브로드 길에서 햄스테드 서부까지 오가는 수레로 매일 물을 받는 게 낙이었다고 한다. 부인은 8월 31일 목요일에 받은 물을 그날 저녁부터 다음 날까지 이틀에 걸쳐 마셨다. 콜레라 증상은 금요일 저녁부터 나타나기 시작했으며 부인은 토요일에 사망했다.

– 존 스노 박사, 「콜레라의 전염 유형에 관하여」(1855)

19
엘리 부인

햄스테드는 몇 마일이나 떨어진 곳이었다. 그렇게 먼 곳까지 가는 건 처음이었지만 딜리와 함께여서 좋았다. 처음에는 거기까지 꼭 가야 하는가를 놓고 갈피를 잡지 못했었다. 한편으로는 플로리 곁에 있고 싶어서였다. 하지만 플로리라면 나더러 가라고 할 게 틀림없었다.

석탄 가루를 뒤집어쓴 시커먼 건물들과 굴뚝을 뒤로 하고 떠나는 발걸음이 낯설고 어색했다. 햄스테드에 들어서자 공기부터 달랐다. 흙냄새 밴 공기가 다디달았다. 코벤트가든 시장으로 향하는 짐마차들이 떠올랐다. 마차들이 지날 때면 사과, 배, 채소들의 신선하고 향긋한 냄새에 덮여 도시의 악취가 사라지곤 했다.

그런데 지금은 마차에서뿐 아니라 주위의 모든 것에서 향기가 배어났다. 들판에 쌓인 달콤하고 싱그러운 건초 더미에서도, 들장미 꽃이 콕콕 박힌 생울타리에서도. 사람들 말대로 콜레라가 독기 때문에 발생하는 거라면 햄스테드에 사는 사람이 그런 병에 걸렸다는 건 애초에 말이 안 되는 일이었다.

햄스테드에는 나무도 많았는데, 그 많은 초록 잎들이 햇빛을 받아 눈부시게 빛나고 있었다. 풀밭을 지나다 보니 거스 말대로 플로리에게 꺾어다 줄 만한 꽃들도 여기저기 많았다. 내가 열 걸음을 걸을 때마다 딜리는 나무고 바위고 보이는 대로 코를 들이밀고 킁킁대거나 이따금씩 다람쥐를 쫓으며 정신없이 뱅글뱅글 도느라 백 걸음씩은 뛰었다. 나는 이리저리 뛰어다니는 딜리를 향해 말했다.

"딜리 너는 아무래도 이런 데서 태어났나 봐. 어렸을 때 피카딜리 광장에서 주인 안 잃어버렸으면 계속 여기 살았겠어."

집을 찾는 건 어렵지 않았다. 도심지로 농작물을 실어 나르고 돌아오는 농부 아저씨에게 길을 묻자 그 아저씨가 어떤 집을 손가락으로 가리키며 말했다.

"쯧쯧, 안됐지 뭐냐. 부디 좋은 데 가셨기를."

부인이 살던 집은 화사한 정원과 깔끔한 울타리를 갖춘 아담하고 예쁜 흰색 오두막집이었다. 정원에는 코벤트가든 시장에서 본 것 같은 접시꽃과 데이지도 있었고, 그밖에도 이름 모를 많은 꽃들이 피어 있었다. 벌들도 곳곳에 날아다녔다.

집 뒤편으로 돌아가서 한참을 기다리자 젊은 하녀가 양동이를 들고 나와 뒤뜰에 있는 펌프로 향했다. 나는 눈썹을 찌푸렸다. 집에 저렇게 우물이 있는데도 부인은 왜 브로드 길 펌프에서 물을 갖다 마신 걸까? 그러자 곧 거스가 했던 말이 생각났다. 부인이 거기 물맛을 최고로 쳤다고 했었다.

어쨌거나 나를 스노 박사님의 조수라고 소개하면 안 될 것 같았다. 그랬다가는 어떤 하녀라도 내 면전에 대고 웃음을 터뜨리며 콧방귀를 뀔

일이었다.

"아이고, 그래. 런던 최고의 박사님이 너 같은 부랑아한테 잘도 시간을 내 주시겠다."

게다가 같은 일이라도 주민들이 나를 알아보는 동네에서 하던 것과 처음 와 본 이곳에서 한다는 건 완전히 차원이 달랐다. 아무래도 다른 식으로 접근해야 할 것 같았다. 나는 모자를 벗으며 하녀를 불러 세웠다.

"실례합니다. 런던 시내에 사시는 할아버지 댁에 가는 길인데요, 혹시 우유 한 잔 마실 수 있을까요?"

나는 미소를 지어 보이며 딜리가 하녀의 눈에 들기를 기다렸다. 딜리는 내 기대를 저버리지 않았다. 하녀 앞에 달싹 주저앉아 활짝 웃는 얼굴을 하고는 꼬리로 잔디밭을 이리저리 쓸어 댔다.

"아유, 귀여워라."

그러더니 하녀가 집으로 들어가 작은 양철 컵에 우유를 담아 가지고 나왔다. 그리고 컵을 내게 건넨 뒤 다시 펌프로 향했다.

"여기 물이 좋은가 봐요?"

나는 우유를 홀짝이며 최대한 조심스럽게 물었다.

"음, 내 생각엔 그런 거 같은데 우리 주인마님은 예전에 살던 동네 물만 찾으시더라고. 오죽했으면 아드님들이 하루가 멀다 하고 그 물을 배달 시키셨겠어. 나는 입에도 못 대 봤지만."

하녀가 펌프로 물을 받으며 말했다.

"아, 혹시 주인집 아드님들이 브로드 길에서 공장 하는 분들 아니세요? 어머님이 미망인 엘리 부인이시고."

"맞아. 엘리 부인이 우리 주인마님이셨지. 에휴, 불쌍한 우리 마님."

그러더니 하녀가 한숨을 내쉬며 말을 이었다.

"지난주 내내 지독하게 앓으시다가 토요일에 돌아가셨어. 거기다 이즐링턴에서 찾아온 조카따님까지 돌아가시고."

하녀는 잠시 말을 멈추고 앞치마로 얼굴을 닦더니 나를 향해 손짓했다. 내가 몇 걸음 다가가자 하녀가 모깃소리로 속삭였다.

"사람들이 그게 콜레라라고 하더라고. 마님 쓰시던 침대보니 뭐니 전부 다 불태운 거 있지."

"이 근방에 콜레라로 죽은 사람이 많아요?"

"어머, 아니야. 전혀 없어. 우리 주인마님이랑 조카따님 말고는."

하녀는 생각만으로도 끔찍한지 몸서리를 치며 말했다.

"아무튼 정말 안되셨네요."

그리고 나는 얼른 말머리를 돌렸다.

"그나저나 조카따님이 찾아오셨으니 두 분이 식사도 같이 하고 그러셨겠네요? 와인도 곁들여 드시고."

"주인마님은 와인은 입에도 안 대셨어. 아, 목요일 저녁엔 두 분 다 물을 갖다 드렸어. 주인마님이 항상 물이 최고라고 하셨거든. 피부에도 좋고 건강에도 좋다면서."

드디어 제일 중요한 질문을 꺼낼 차례였다.

"그러면…… 그 조카따님도 브로드 길 펌프 물을 잘 드셨나 봐요?"

“그래, 맞아! 식탁에 물병을 놔 드렸는데 식사 끝날 때쯤 보니까 싹 비어 있더라고.”

그러면 그렇지. 엘리 부인과 조카딸 모두 브로드 길 펌프에서 길어 온 물을 마신 거였다.

그때 갑자기 하녀가 훌쩍훌쩍 눈물 바람을 하기 시작했다.

“우리 마님이 나한테 얼마나 잘해 주셨다고. 근데…… 앞으로 어떻게 될지 통 알 수가 없으니 미치겠지 뭐야. 그러니 가족들 결정이 떨어질 때까지 그냥 이렇게 청소나 하고 있어야지, 어째.”

“정말 안됐어요. 그래도 성실하니까 어딜 가더라도 잘할 거예요.”

정말로 안타까웠다. 일자리를 잃는다는 게 어떤 건지 누구보다 잘 알고 있는 나였다.

하녀가 쪼그려 앉더니 딜리의 머리를 쓰다듬으며 말했다.

“고맙다, 얘. 어찌 됐든 이 동네는 안 떠났으면 좋겠어. 물 배달하던 애가 그러는데, 런던 한복판이 그렇게 더럽고 붐빈다더라고. 너도 알고나 가.”

우리는 그러고도 좀 더 이야기를 나눴다. 하녀의 이름은 폴리였다. 나이는 나보다 두 살 위인 열다섯 살이고. 플로리도 이렇게 자상한 마님과 꽃으로 가득한 집에서 일하면 좋을 것 같았다.

병마를 이겨 내기만 한다면.

그 집에서 나오자마자 딜리를 향해 말했다.

"딜리, 우리가 드디어 제대로 된 예를 찾은 거 같아."

지난 한 주 동안 거스가 엘리 부인에게 적어도 몇 번은 물을 배달한 게 확실했다. 고양이를 발견한 월요일엔 거스가 브로드 길 펌프로 물을 받는 걸 내 눈으로 직접 보기도 했고. 그리고 그 뒤로 엘리 부인과 조카딸이 콜레라로 죽은 것이었다.

브로드 길 펌프에서 길어 온 물을 마시지 않은 그 집 하녀는 멀쩡했다. 이웃 중에도 콜레라에 걸린 사람은 아무도 없었고. 다른 모든 사람들에게는 햄스테드에서 왜 불쌍한 엘리 부인만 콜레라에 걸렸는지가 수수께끼였다.

하지만 나한테는 아니었다.

오늘이 수요일. 내일 저녁에 박사님이 회의에 출석해 햄스테드 지역 중에서도 나무가 우거진 머나먼 곳에서 엘리 부인이 브로드 길 펌프 물을 마시고 토요일에 사망했다는 사실을 알리면 그 사람들도 분명히 알아들을 거다.

이 사실을 당장 박사님께 전하고 싶어 마음이 급해졌다. 그리고 무엇보다도 플로리가 얼른 나아서 이 이야기를 듣기를 바라마지 않았다.

끔찍한 우연

"가자, 딜리."

풀밭에 들어가 있던 딜리가 그 말에 곧바로 컹 하고 짖고는 좋아라 하며 내 뒤를 폴짝폴짝 따라왔다.

걷던 도중 갑자기 어떤 결심이 불끈 솟았다. 최후의 최후까지 단서를 추적해 봐야 한다는 생각이 든 것이었다. 엘리 부인 근처에 살던 사람들 중에는 아무도 앓아누운 사람이 없다고 했다. 하지만 조카딸은 죽었다. 그렇다면 그 **조카**의 이웃 중 콜레라에 걸린 사람은 없는지를 확인할 필요가 있었다. 그거야말로 최후의 증거가 될 것 같았다.

이즐링턴까지는 2마일만 더 가면 됐다. 나한테는 먼 길이 아니었다. 나는 온종일 런던 시내를 쏘다니며 자랐다. 아빠를 묘지에 묻으러 갈 때 말고는 이륜마차나 말이 끄는 버스를 타 본 적이 없었다. (엄마를 묻으러 갈 때는 헨리가 더 자라기도 했고 도끼눈 빌이 마차 삯을 내주지 않아서 걸어갔다.)

나는 다시 딜리에게 말했다.

"이따 내 동생한테도 잠깐 들르자. 저번에 보니까 동생이 혼자 지내는 게 너무 안됐어서. 그리고 걔가 아직까지도 너랑 못 만나 봤잖아. 너, 하숙집 아줌마 앞에서 진짜 얌전히 굴어야 돼. 그 아줌마도 박사님네 가정부 아줌마 못지않거든. 솔직히, 더해."

시간을 따져 보니 동생까지 만나 보더라도 어두워지기 전까지 베릭 길로 돌아가 플로리가 어떤지 들여다볼 수 있을 것 같았다. 플로리한테 해 줄 이야기가 많았다. 그리고 고마워할 것도.

어찌 보면 플로리 덕에 그 단서를 찾은 거나 마찬가지였다. 거스가 아침에 플로리를 보러 오지 않았다면 그 이례적인 경우를 찾아내지 못했을 테니까.

이름도 모르는 엘리 부인의 조카를 추적하는 일은 그리 오래 걸리지 않았다. '혹시 지난주에 콜레라로 돌아가신 마님 아세요?'라고만 물어보면 됐다. 두 번째로 물어본 사람이 현관문에 검은색 천으로 묶은 월계관을 내걸고 창문에 발을 쳐 놓은 집을 찾아가라고 알려 주었다.

그 집 뒤로 돌아가 문을 두드리자 검은 상복을 입은 아주머니가 굳은 얼굴로 문을 열고 나왔다. 나는 모자를 벗으며 말문을 열었다.

"실례합니다. 제가 오늘 엘리 부인 댁에서 일하는 하녀한테 들었는데, 이 댁에서 최근에 슬픈 일을 겪으셨다면서요. 혹시 어디 소식 전하실 일 있으면 심부름해 드리려고 왔어요."

"너무 늦었다, 얘. 마님 장례식이 어제였어. 돌아가셨다는 소식은 인편으로 보낼까 하다가 우편으로 다 보냈고."

"저런, 돌아가신 분이 주인마님이세요? 어떡하면 좋아요. 그럼…… 엘리 부인이랑 똑같은 병으로 돌아가신 거예요?"

내가 안타까워하며 묻자 하녀가 고개를 끄덕이며 말했다.

"그래서 지금 이 집 식구들이 전부 다 벌벌 떨고 있잖니. 이모님이랑 저녁 식사 한다고 목요일 저녁에 햄스테드로 떠나실 때만 해도 우리 마님이 얼마나 건강하셨다고. 근데 금요일에 돌아오고서부터 앓아누우신 거야."

그러더니 큰 소리로 흐느껴 울며 말했다.

"그리고 토요일 오후에는 글쎄 우리 착한 마님이 관 속에 들어가 계시지 뭐니이이. 남은 아이들 둘은 어떡하라고오오. 너보다도 어린데, 아이고오오."

"아, 정말 안되셨어요."

그러고는 나는 숨을 크게 들이마셨다. 정말로 중요한 질문이 남아 있었다.

"혹시 이웃 중에 콜레라 옮은 사람은 없고요?"

대답을 기다리는 동안 가슴이 세차게 뛰었다. 하지만 돌아온 대답은 놀랍지 않았다.

"아이고, 얘. 그럴 리가. 여기가 이즐링턴에서도 건강하기로 소문난 동넨데. 살면서 이 동네에 콜레라 돌았단 얘기는 한 번도 못 들어 봤어."

그러고는 하녀가 눈물을 찍어 낸 손수건에 대고 코를 팽 풀고서 말을 이었다.

"세상에 이모랑 조카가 둘 다 똑같이 이렇게 비참하게 돌아가시는 법이 어디 있다니. 대체 이게 무슨 조화인지 누가 알아."

나는 하녀에게 고맙다고 인사를 한 뒤 발길을 돌렸다. 이 조화를 누가 알겠냐는 말은 틀렸다. **두 사람이 죽은 이유는 분명했다. 둘 다 브로드 길 펌프에서 퍼 온 물을 마셔서다.**

미로 같은 길을 헤치며 마을 끄트머리에 있는 하숙집으로 향하는 발걸음이 마냥 바빴다. 동생한테 학교 끝나면 다른 데 얼쩡거리지 말고 곧장 집으로 가라고 딱 부러지게 일러 놓긴 했지만.

"죽은 듯이 살아야 돼."

입이 닳도록 동생에게 했던 말이다.

"범죄자들은 자기 영역을 안 벗어나는 경향이 있대. 도끼눈 빌이 주로 버러나 세븐다이얼스에 돌아다닌다니까 이 동네를 기웃거릴 일은 아마 없을 거야. 그렇대도, 절대로 마음 놓고 있으면 안 돼. 알았지?"

하지만 햇살 좋던 그날, 바로 내가 그걸 까먹는 실수를 저지르고 말았다. 위대한 박사님의 조수가 됐다는 소식을 동생에게 얼른 자랑하고 싶어 안달해 있던 것이다. 게다가 플로리에게 드디어 수수께끼를 풀었다는 이야기를 해 줄 생각에 발이 땅에 닿지도 않았다.

한마디로 내 생각에 푹 빠진 나머지 경계심을 잃고 말았다. 도끼눈 빌에 대해 까맣게 잊고 있던 것이었다. 하지만 그 사람은 나를 잊은 적이 없었다. 문어발처럼 기다란 도끼눈의 촉수가 런던 시내의 구석구석까지 깊숙이 뻗어 있었다.

내 뒤로 들려오던 말발굽 소리가 멈췄는데도 나는 뒤를 돌아보지 않았다. 마차는 거리 어디에나 있게 마련이니. 그리고 내 뒤로 다가오는 발걸음 소리에도 나는 뒤돌아보지 않았다.

그 대신 나는 위원회에서 박사님과 내가 마침내 승리를 거두는 장면을 떠올리며 상상의 나래를 펴고 있었다. 박사님이 나더러 오늘 찾아낸 결정적인 근거를 위원들 앞에서 직접 발표하라고 하실지도 모른다는 생각이 잠깐 들었지만 아무래도 그건 무리일 것 같았다. 하지만 적어도 박사님이 그 부분을 발표하실 때 나를 돌아보며 미소를 지을지도 모른다. 그거면 충분하다.

그 순간 숨이 콱 막히며 하늘이 노래졌다. 나는 내 입을 틀어막고 있는 냄새 고약한 손을 뜯어내려고 안간힘을 썼다. 그 손을 물어뜯으며 발버둥도 쳤다. 하지만 나는 마차로 끌려 들어가 양파 자루처럼 내동댕이쳐졌다.

순식간에 나를 뒤덮은 그 냄새의 정체를 알 것 같았다. 생선 비린내였다. 그리고 그 생각을 끝으로 나는 무언가로 머리를 세게 얻어맞고는 정신을 잃고 말았다.

정신이 들자마자 속이 메슥거렸다. 몸이 심하게 흔들리고 있었다. 나는 지금 내 상태가 어떤지를 찬찬히 헤아렸다. 머리는 어질어질했고 몸은 덜컹덜컹 흔들리고 있었다. 두 손목은 묶여 있고 눈도 가려져 있었다. 그리고 결정적으로, 바로 그 냄새.

정신을 잃었던 두뇌에서 하나씩 감각이 되살아나고 있었다. 언젠가 엄마가 자투리 천 조각을 하나하나 꿰매어 연결하던 모습이 떠올랐다. 전체가 완성되기 전까지는 그 형태를 짐작할 수 없는 작업이었다.

마침내 머릿속에서 퍼즐이 완성되었다. 나는 누군가에 의해 이륜마차에 실렸고, 말 한 마리가 따그닥따그닥 자갈길을 디디며 그 마차를 어딘가로 이끄는 중이었다. 나를 눈여겨보고 있던 누군가가 내 경계가 느슨해진 틈을 타 나를 낚아챈 것이었다.

바로 새아버지였다.

어떻게 이럴 수가! 도끼눈 빌이 나를 미행했을 리는 없다. 그렇다면 이건 우연 치고도 끔찍한 우연이었다. 그나마 하숙집에 도착하기 전에 납치된 게 다행이라면 다행이었다.

도끼눈이 높으신 양반들처럼 마차를 타고 다닐 거라고는 꿈에도 생각지 못했다. 하고 다니는 짓이라고 해 봤자 **강도짓이 틀림없었겠지만**. 그렇게 이즐링턴의 부잣집들을 털고 다니던 그에게 뜻밖의 횡재가 얻어걸린 것이었다. 바로 나.

온통 흔들리는 중에도 나는 주위를 파악하려고 애썼다. 도끼눈이 나를 어디로 데려가는 것인지라도 알아야 할 것 같았다. 나는 교회 종소리, 템즈 강 위를 떠다니는 배, 피카딜리 광장을 오가는 왁자한 교통 소음 같은 익숙한 소리가 들려오기를 바라며 귀를 쫑긋 세웠다.

그러자 딜리가 떠올랐다. 잔뜩 겁에 질려 넋이 나간 채 홀로 떠돌고 있을 딜리. 이 도시는 개에게 잔인한 곳이었다. 지난 한 주 동안 브로드 길에서 떠나보낸 많은 친구들처럼 어쩌면 딜리 역시 영원히 사라졌을지도 모른다.

한참이 지나자 마차가 멈추고 문이 열렸다.

"이게 어디서 죽은 척이야. 안 일어나?"

후텁지근한 공기를 뚫고 도끼눈 빌의 목소리가 들려왔다.

"깨 있는 거 다 알아. 그러니까 눈 뜨고 정신 똑바로 차리라고. 밀린 일을 해야 할 거 아냐. 얼른 내려."

내가 꼼짝도 하지 않자 도끼눈이 갈비뼈를 세게 걷어찼다.

"으윽!"

도끼눈은 마차에서 끌어내린 나를 질질 끌고 몇 걸음을 걸었다. 뒤이어 문 열리는 소리가 나더니 도끼눈이 나를 안으로 처넣으며 말했다.

"여기서부터는 네 발로 걸어 올라가. 너 끌고서 계단까지는 못 올라가겠으니까."

나는 있는 힘을 다해 휘청거리며 일어섰다. 계단 입구에서 하수구 냄새가 풍겼다.

계단 꼭대기에 이르자 도끼눈이 나를 퀴퀴한 방으로 몰아넣더니 의자에 끌어다 앉히며 말했다.

"여기서 꼼짝 마."

그러고는 내 얼굴에서 눈가리개를 풀어 주었다.

"여기가 어디예요?"

내가 묻자 도끼눈이 웃음을 터뜨리며 말했다.

"어디긴 어디야, 이 자식아. 네 집이지. 아버지가 계시는 네 집."

나는 절로 얼굴이 일그러졌다. 이런 더러운 집만 가지고는 대체 어디인지 알아낼 길이 없었다.

마차가 템즈 강을 건너 서더크로 접어드는지를 살폈어야 했다. 강을 건넜다면 그 걸쭉한 흙탕물 냄새를 맡았을 테니까. 뱃소리도 들었을 테고. 혹시나 정신을 잃고 있던 사이에 지나쳤던 걸까? 통 알 수가 없었다.

머리가 빙빙 돌고 몸살이 난 것처럼 온몸이 아팠다. 하지만 그대로 정신을 놓아 버릴 수는 없었다. 더 바짝 정신 차려야 했다. 무슨 일이 일어났든 머리를 얼마나 많이 다쳤든 간에.

"저랑 할 얘기가 뭐가 있다고 이러세요? 저 좀 가만히 내버려 두면 안 돼요? 제가 대체 무슨 소용이 있냐고요."

"허, 이 자식 말하는 것 좀 보게. 금쪽 같은 내 새끼들이 양아치들 득실대는 런던 밑바닥에서 개고생을 하는데 애비라는 사람이 모르는 척해서야 쓰겠냐, 응?"

"아저씨한테 저는 골칫덩어리잖아요. 모르세요? 전 도둑질 같은 거 안 해요. 또 도망칠 거라고요. 아니면, 아저씨를 확 신고해 버릴 거예요."

그러자 도끼눈이 가소롭다는 듯 웃음을 터뜨리며 말했다.

"행여나. 그리고 이 자식아, 내가 정말로 원하는 건 네가 아니야."

내가 두 주먹을 부르쥐고 의자에서 막 일어서려는 순간이었다.

"자식, 눈치 하나는 알아준다니까. 그래, 바로 네 동생이 필요하다, 이 말씀이야. 구걸에는 뭐니 뭐니 해도 그렇게 작고 여리여리한 데다 눈까지 왕방울만 한 녀석이 최고거든. 걔가 죽은 제 엄마를 아주 쏙 빼닮지 않았던?"

도끼눈이 비열한 웃음을 실실 흘리며 계속했다.

"런던 바닥 어딜 가도 그렇게 곱상한 비렁뱅이는 못 본다. 한마디로 천사가 따로 없지. 그러니 여인네들이 애간장이 살살 녹아서는 지갑을 안 열고 배겨?"

구걸. 도끼눈이 내 동생 헨리를 앵벌이로 만들 참이었다. 게다가 수입이 변변치 않을 때엔 소매치기까지도 시킬 게 틀림없었다.

"그러니까 말해, 이 자식아. 동생 어디다 숨겼는지."

도끼눈은 잠시 나를 바라보더니 다시 입을 벌리고 내 얼굴을 향해 구역질 나는 입 냄새를 토해 냈다.

"헨리 어딨어!"

감금

그 뒤로도 도끼눈 빌은 오후 내내 나를 들볶고 을러댔지만 나는 이를 악물고 버텼다. 그러던 중 아래층에서 현관이 열리고 누군가가 삐거덕대는 계단을 밟고 또각또각 올라오는 소리가 들려왔다. 곧이어 향긋하기는커녕 머리가 아플 정도로 독한 향수 냄새가 코를 찔렀다.

"이런, 이런. 얘는 대체 누구야, 빌?"

깡마르고 신경질적으로 생긴 여자가 도끼눈에게 물었다.

"내 양아들. 내가 전에 말했잖아, 케이트. 결혼해서 아들이 생겼다고. 아쉽게도 달콤한 신혼시절이 짧게 끝나 버리긴 했지만."

양쪽 볼에 붉게 화장을 한 그 여자는 입술은 더 새빨갰다. 여자는 여기저기가 시커멓게 썩은 누런 이를 드러내며 실실 웃었다.

"드디어 찾아낸 거야, 빌?"

그러고는 여자가 내게 얼굴을 바짝 들이댔다. 맥주 냄새, 생선 냄새, 담배 냄새, 그리고 그 지독한 향수 냄새까지 뒤섞여 풍겨 오는 통에 나는 정신이 아득해졌다.

"근데 눈만 커다랬지, 대체 어디가 예쁘다는 거야? 얘만 있으면 떼돈 벌 거라더니."

여자가 실망스럽다는 듯 투덜댔다.

"아, 걔는 따로 있어. 얘는 큰애고. 이 자식이 제 동생을 어디다 빼돌려 놨잖아, 글쎄."

빌이 버럭 성질을 내며 말했다.

그러자 여자가 두 손을 옆구리에 올리고는 기가 막힌다는 표정을 억지로 쥐어짜며 말했다.

"세상에, 살다 살다 별일을 다 보네. 금이야 옥이야 길러 주신 아버지한테서 자식을 빼돌려? 머리에 피도 안 마른 게 어디서 못된 짓은 배워 가지고. 아주 간땡이가 부었구나, 응?"

"누가 아니래. 아무튼 마침 잘 왔어, 케이트. 이놈 좀 붙들고 있어 봐. 채찍 맛을 보여 줘야지, 안 되겠어. 자고로 부모 뜻 거역하는 자식은 때려서라도 가르치랬다고."

"밥이나 좀 먹고 하자, 빌."

그러고는 여자가 고개를 절레절레 흔들자 모자에서 떡진 머리카락이 빠져나왔다.

"하루 종일 일하고 온 사람한테 너무하네, 정말."

일을 하고 왔다고? 일은 무슨 일. **보나마나 강도짓이겠지.**

기름때가 덕지덕지 앉은 마룻바닥을 내려다보자 라이온 맥주 공장에 있을 때 쿠퍼 감독님에게 바닥 청소를 배우던 일이 생각났다. 감독님이 입버릇처럼 말하곤 했었다.

"바닥에 흘린 맥주도 핥아 먹을 수 있을 정도로 깨끗이 하는 거다, 알겠니?"

내가 틀렸다. 에드워드 사장님에게는 용기가 없어 차마 말하지 못했지만 감독님한테라도 다시 갔어야 했다. 어쩌면 쿠퍼 감독님은 내 동생의 비밀까지도 들어줄 수 있는, 플로리 같은 친구일지도 몰랐다.

그런데도 나는 그러질 못했다. 그러기는커녕 더 큰 일에 휘말리고 말았다. 재앙이 따로 없었다.

나는 도끼눈과 여자가 술이라도 마시고 느슨해지면 그 틈을 타서 탈출할 생각이었다. 하지만 그런 일은 일어나지 않았다. 살코기를 다져 넣은 파이를 먹고는 기운이 뻗쳤던지 도끼눈은 지칠 줄 모르고 나를 채찍질해 댔다.

나는 케이트라는 여자에게 붙들린 채 채찍을 맞는 동안 울기도 하고, 소리도 지르고, 엄마가 절대 못 쓰게 했던 말들도 내뱉었던 것 같다. 하지만 헨리가 있는 곳만은 끝내 말하지 않았다.

결국엔 도끼눈이 채찍을 내팽개치더니 넌더리를 내며 소리를 질렀다.

"와, 이 지독한 자식, 사람 돌게 만드네. 나가서 한잔하고 와야지, 안 되겠어. 어디, 저녁이랑 내일 아침까지 굶고도 이렇게 나오는지 보자고. 뱃가죽이 등에 붙어 봐야 정신을 차리지."

"빌, 나더러 얘랑 둘이 같이 있으라고? 나한테 덤벼들면 어쩌라고?"

여자가 초조한 듯 두 손을 부비며 말했다.

"꽁꽁 묶어 놓고 갈 테니 걱정 붙들어 매."

그러고는 도끼눈이 나를 침대 다리에 묶으며 말했다.

“이런 바닥에 누워서 자는 것도 감지덕지하지, 응?”

“하는 김에 입도 틀어막아, 빌.”

여자가 부추기자 도끼눈이 더럽고 냄새 나는 누더기를 가져와 내 입을 가로지르고 꽉 동여맸다. 잠시 후 도끼눈이 나가자 여자는 침대에 올라가 벌러덩 드러눕더니 이내 곯아떨어져서는 천둥 같은 소리로 코를 골기 시작했다. 입안이 바짝바짝 마르고 채찍으로 맞은 자리마다 부풀어 오르면서 등짝이 불에 타듯 화끈거렸다.

나는 어떻게든 빠져나갈 구멍을 찾으려고 했지만 불가능했다. 심한 매질 때문인지 뜨거운 햇볕 아래에서 하루 종일 걸어 다녀서인지, 시커먼 파도가 나를 집어삼키는 것만 같았다. 다른 도리가 없었다. 나는 그대로 곯아떨어지고 말았다.

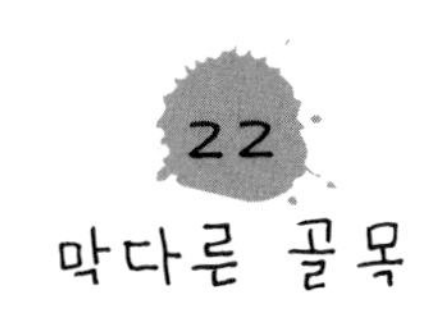

22 막다른 골목

9월 7일 목요일

침대 위에서 들려오는 요란한 코 고는 소리에 오줌보까지 터질 듯 아파 새벽같이 잠에서 깼다. 바싹 마른 입술은 쩍쩍 갈라진 데다 턱은 빠질 듯 아팠다. 들어간 것도 없는 빈속은 당장이라도 게워 내고 싶도록 메스꺼웠다.

늘 일찍 일어나 일하는 습관이 밴 나와 달리 도끼눈과 여자는 해가 중천에 뜨기 전까지는 침대 밖으로 나올 것 같지가 않았다. 나는 남은 힘을 끌어모아 발뒤꿈치로 바닥을 찧고 소리도 질러 봤지만 두 사람을 깨우기에는 어림도 없었다.

그때 갑자기 누군가가 문을 두드렸다. 도끼눈이 반쯤 잠에서 깬 채 소리쳤다.

"누구야?"

문이 열렸다. 굳이 눈으로 확인하지 않고도 냄새만으로 알 수 있었다. 똥통쟁이 네드였다.

"석탄 팔러 왔어요."

말문을 열던 네드가 침대 아래에 묶인 나를 보고 실눈을 뜨더니 목청을 가다듬고는 계속했다.

"오늘 건 3펜스는 될 거예요."

도끼눈 빌이 침대에서 간신히 빠져나와 네드의 손에 동전 몇 개를 쥐여 주는가 싶더니 이내 거칠게 손목을 틀어쥐었다.

"아악! 왜 이래요?"

네드가 비명을 질렀다.

"지금 뱀장어 와 있는 거 보이지?"

행동과 달리 도끼눈의 목소리는 그윽했다.

"사랑하는 내 아들이 버젓이 런던 바닥에 살아 있다고 말해 준 건 고마운데, 지금 여기 와 있다는 건 입 밖에 내면 안 된다고. 알겠냐?"

그러자 네드는 마른 침을 꿀꺽 삼키고는 휘둥그레 뜬 눈을 내게서 떼지 못한 채로 말했다.

"너한테 이럴 줄 모르고 그랬어, 뱀장어. 정말이야!"

"걔랑 말 섞지 마!"

도끼눈이 손을 쳐들며 외치자 네드는 움찔하면서도 물러서지 않았다.

"죽일 생각은 아니죠, 네?"

"아니지, 물론. 근데 앞으로 어떻게 해야 할지는 말해 주지. 내가 너한테 진 신세는 이제 다 갚은 거야. 석탄 값을 후하게 쳐 줬잖아. 그걸로 끝이라고. 아까도 말했듯이 이제부터 너는 입단속이나 하고 있으면 돼. 이건 개인적인 일이니까. **집안** 문제라고."

도끼눈 빌이 잘라 말했다. 집, 안,이라고 끊어 말하는 도끼눈의 입가에 실실 웃음이 흘러넘쳤다.

네드가 새카만 흙투성이 맨발로 초조하게 발걸음을 떼며 말했다.

"네, 저는 아무것도 못 봤어요. 이만 가 볼게요. 안녕히 계세요."

네드는 방을 나서자마자 쿵쿵쿵 소리를 내며 허겁지겁 계단을 내려갔다. 똥통쟁이 네드. 진작 알았어야 했다. 도끼눈한테 내가 안 죽고 살아 있다고 까바친 게 바로 그 자식이라는 걸. 침대에 묶여 있어서 다행이었다. 안 그랬으면 네드한테 달려들어 엄마라면 절대 용납하지 않을 짓을 저질렀을 테니까.

네드가 가고 나자 도끼눈이 내게 요강을 내주고 목도 조금 축이게 해 주었다.

"자, 케이트랑 나는 일이 있어서 나가 봐야겠어. 아침도 먹고 볼일도 보고 올 테니까 그다음엔 나랑 같이 네 동생한테 가는 거야. 알겠냐?"

나는 입을 꾹 다물고 있었다. 아무런 대꾸도 하지 않을 생각이었다. 하지만 두 사람이 떠난 뒤 찜통 같은 방에 혼자 남자 생각이 달라지기 시작했다.

어떻게 봐도 모든 게 암담했다. 플로리 걱정이 제일 컸다. 내가 자기를 잊은 줄 알고 있을 거라고 생각하니 미칠 것 같았다. 그다음은 딜리. 아마도 진작 떠돌이 신세가 됐을 거다. 언젠가 그릭스 아저씨가 딜리의 방향감각을 두고 입에 침이 마르게 칭찬했었지만 스노 박사님 댁으로 돌아갔을 거라는 기대는 갖기 힘들었다.

박사님도 걱정이었다. 오늘이 바로 위원회가 소집되는 날이었다. 내가 제시간에 도착하지 못하면 박사님의 이론을 뒷받침할 엘리 부인의 사례를 박사님에게 알려 드릴 수 없게 된다. 그 증거 없이는 위원회가 펌프 손잡이 철거에 동의할 가능성도 희박해질지 모를 일이었다. 그리고 그건 다시 말해 더 많은 사람들이 죽어 나갈 수 있다는 뜻이기도 했다.

그 순간 브로드 길 펌프를 처음 봤을 때의 박사님의 표정이 떠올랐다. 내가 제발 좀 가서 버니를 살려 달라고 발을 동동 구르는데도 박사님은 그럴 수가 없었던 것이다. 이제야 모든 게 이해가 됐다.

박사님은 콜레라의 수수께끼를 풀려고 한 것이었다. 이번 사태의 희생자뿐 아니라 미래에 발생할 모든 희생자들을 위해서. 브로드 길 펌프 손잡이를 없애는 일은 이유도 모른 채 죽어 간 버니와 그 부모님들 같은 무고한 사람들의 희생을 막는 첫걸음이 될 것이다. 플로리처럼 해맑은 아이들이 더 이상 고통받는 일 없도록.

그렇게 누군가의 미래는 희망의 가능성을 품고 있는 반면 내 삶은, 헨리의 삶은 어떻게 될지 암담하기만 했다. 내 자유를 헨리의 자유와 맞바꿀 수 있을까?

그 생각만으로도 머리가 아팠다. 어떻게 하는 게 옳은 일인지 도저히 판단을 내릴 수가 없었다. 내가 아는 사실은 헨리가 내 동생이라는 것뿐이었다. 동생을 지키겠다고 엄마에게 약속했었다. 어찌 됐든 그게 내 할 일이었다. 내가 어떻게 동생을 저버릴 수 있을까?

아무리 생각해 봐도 나는 끝장난 것 같았다.

시간이란 참으로 이상야릇했다. 강바닥에서 일하던 시절엔 파도나 하늘빛만 보고도 몇 시인지 알 수 있었다. 때로는 성 바오로 성당에서 울리는 종소리로 알기도 했고. 그런데 지금은 머리도 아픈 데다 수시로 졸다 깨다 하다 보니 교회 종소리를 듣고도 도무지 시간을 가늠할 수가 없었다. 도끼눈과 여자가 돌아오면 어쩌나 하는 걱정이 또다시 밀려오기 시작했다.

바로 그때 낯선 소리가 들려왔다. 나는 새카맣게 더께가 앉은 마룻바닥에 모로 누운 채 바짝 웅크렸다. 온몸이 쑤셨다. 침대 밑판에 가로막힌 머리를 최대한 들어 올리려고 안간힘을 쓸 때였다.

쿵, 쿵, 쿵, 쿵.

나무 계단을 밟고 올라오는 소리였다. 도끼눈이 돌아온 게 틀림없었다. 가슴이 철렁 내려앉았다. 아직 아무런 계획도 못 세웠는데.

나는 바짝 긴장한 채 귀를 기울였다. 발소리는 문 앞에서 멈췄다. 그리고 오래도록 조용했다. 밖에 있는 사람이 오히려 방 안에 귀를 기울이고 있기라도 한 것 같았다. 그리고 갑자기 문이 왈칵 열리면서 그대로 벽에 가 부딪쳤다.

엄지 잘린 제이크 아저씨가 마치 강에서 걸어 나온 거대한 짐승처럼 문간을 가득 채우고 서 있었다.

"아저씨!"

나는 빽 소리를 질렀지만 그 소리는 입을 막고 있는 걸레에 파묻히고 말았다.

아저씨는 나를 내려다보더니 커다란 머리를 절레절레 저으며 말했다.

"하여간에 가는 데마다 말썽이라니까."

나를 향해 걸어오는 제이크 아저씨의 낯익은 손에 작고 날카로운 칼이 들려 있었다. 나는 마른 침을 꿀꺽 삼켰다. 설마 나를 찌르려는 건가. 바로 그 순간 아저씨가 알 수 없는 야릇한 웃음을 흘리며 말했다.

"내가 그랬지? 너나 나나 천생 쓰레기나 건지고 살 팔자라고."

그러고는 아저씨가 몸을 숙이더니 나를 묶고 있던 밧줄을 칼로 끊으며 말했다.

"내가 오늘 큰 거 하나 제대로 건졌다, 이 자식아."

23 목요일 저녁 7시

알고 보니 도끼눈이 나를 죽이려는 줄 알고 기겁을 한 네드가 그 길로 달려가 제이크 아저씨에게 내 이야기를 전부 털어놓은 것이었다.

"얘가 내 앞에서 어찌나 덜덜 떨던지."

제이크 아저씨가 휘청거리는 나를 데리고 계단을 내려서며 말했다.

"여기가 어디예요?"

"버려진 동네야. 랜트 길 근처 어디던데."

"랜트 길이요?"

나는 펄쩍 뛰며 되물었다. 브로드 길에서 2마일이나 떨어진 곳이었다.

"지금 몇 시예요?"

바닥에 드리운 그림자를 보니 이미 저녁에 접어든 것 같았다. 생각보다 내가 오래 잤다는 얘기다. 도끼눈과 여자가 어디선가 강도짓을 더 하고 다니는 건지, 아직까지 돌아오지 않은 게 그나마 다행이었다. 아니면 어느 술집에선가 시간 가는 줄 모르고 진탕 퍼마시고 있든가.

어쨌든 7시에 시작되는 회의에 가기에 빠듯한 시간이라면 낭패가 아닐 수 없었다. 때마침 내 물음에 대답이라도 하듯 제이크 아저씨의 배에서 꼬르륵 소리가 났다.

"몇 시긴 몇 시야. 배꼽시계 울리는 거 보니 밥때지."

아저씨가 싱긋 웃으며 말했다.

"모르긴 해도 여섯 시는 넘었을걸. 내가 요즘 딱히 시간 맞춰 사는 건 아니다만. 뭐랄까, 그저 강물 따라 흘러가는 인생이랄까."

6시가 넘었다니! 아저씨와 나는 서둘러 버러 길을 향해 걷기 시작했다. 거기서부터는 워털루 다리를 거쳐 소호까지 가면 될 것 같았다.

바로 그때 난데없이 어떤 여자가 달려들더니 내 팔을 낚아챘다. 나는 케이트라는 여자인 줄 알고 비명을 지르며 팔을 잡아 뺐다.

"너 맞구나!"

여자가 내 얼굴을 보고는 빽 소리를 질렀다. 여자 뒤로는 어린 여자아이가 달려오고 있었다.

"걔 맞네, 벳시! 브로드 길에서 만났던 애 맞아."

"벳시!"

나는 달려오는 여자아이를 보고 소리쳤다.

"오빠, 온다더니 정말 왔구나! 근데 딜리는 어딨어?"

벳시가 달려들어 나를 와락 끌어안으며 말했다. 그런데 벳시의 고모가 갑자기 내 두 손을 덥석 쥐고는 내 얼굴에 대고 쉬지도 않고 내뱉는 바람에 벳시에게는 입도 뻥긋할 수 없었다.

"이렇게 다시 만나니 얼마나 반갑니그래. 지난번엔 날 보고 영락없는 마녀로 알았을 거야, 그치? 내가 생겨 먹기를 그런 걸 어쩌겠니. 안 그러려고 해도 걸핏하면 성질내고 마음에도 없는 말을 내뱉고 그러네. 친구처럼 살갑던 우리 오빠랑은 어찌 그리 반대로 태어났나 몰라. 아무튼 정말 미안했다, 얘."

그러고는 벳시를 가까이 끌어당기며 말했다.

"그땐 너무 슬프고 충격이 커서 그랬다고 이해 좀 해 줘. 아유, 우리 벳시가 얼마나 예쁘게 구는지 아니? 요즘 우리 부부가 벳시 보는 맛에 산다니까."

벳시가 잘 지낸다니 다행이었다. 하지만 그러고 있을 때가 아니었다. 도끼눈 빌이 언제 어디서 나타날지 모를 일이었다. 게다가 나는 한시바삐 강을 건너 소호로 향해야 했다. 지금 당장. 그 순간 퍼뜩 떠오르는 생각이 있었다.

"아줌마, 전에 벳시 고모부께서 마부라고 하셨죠? 혹시 지금 댁에 계세요? 말도 있고요?"

벳시네 고모가 대답하려는 순간 꽥액 하는 비명과 함께 뭔가가 달려들어 나를 들이받았다. 그대로 나자빠진 나는 연달아 얼이 빠져 정신을 차릴 수가 없었다.

"야, 이건 또 뭐야?"

제이크 아저씨의 목소리였다.

"꺄아, 딜리! 정말로 딜리도 데려왔구나!"

손뼉을 치며 환호하는 건 벳시였다.

이 모든 놀라운 이야기를 어서 빨리 플로리에게 들려주고 싶어 안달하던 나는 목요일 늦은 밤이 되어서야 베릭 길에 도착했다. 물론 플로리가 살아서 내 이야기를 들을 수 있었던 건 더 놀라운 일이었다.

나는 의자를 끌어다 플로리가 누워 있는 작은 침대 옆에 앉았다. 플로리네 집 안에 들어온 건 이번이 처음이었다. 플로리는 자기 언니랑 둘이 한방을 썼는데, 이 동네에선 보기 드문 사치였다.

벽 여기저기에는 플로리가 그린 스케치들이 붙어 있었다. 모두가 낯익은 친구들과 동네 사람들의 모습이었다. 실과 리본과 레이스 조각으로 가득 찬 반짇고리를 들고 있는 애니. 막내 패니를 안고 있는 애니네 엄마. 새 옷을 만들려고 옷감을 자르고 있는 그릭스 아저씨. 셋이서 막대기를 던지고 놀며 함박웃음을 짓고 있는 벳시와 버니와 딜리. 그리고 내 그림도 있었다. 어깨에 멘 넝마 가방 주둥이로 새끼 고양이가 얼굴을 빼꼼 내밀고 있는 그림이었다.

플로리네 아빠가 나를 들여보내 주면서 너무 오래 있지는 말라고 일렀었다.

"애가 푹 쉬면서 잘 버티고는 있다만, 그래도 기운 빠지게 하지는 말아야지. 집사람 먼저 보낸 것만도 견디기 힘든데 저 예쁜 딸까지 잃으면 나 정말 못 산다."

"플로리가 원래 다부지잖아요. 꼭 이겨 낼 거예요."

나는 플로리네 아빠를 안심시키며 말했다.

플로리가 얼굴은 백지장처럼 창백해도 다른 곳에는 그릭스 아저씨나 버니에게서 본 것처럼 섬뜩한 푸른 기운이 돌지 않았다. 그걸 보니 정말로 마음이 놓였다.

플로리가 나를 향해 손을 내밀며 힘없는 목소리로 말했다.

"잘 있었어? 어제는 우리 못 봤지? 그러고 보니 이번 주 내내 거의 못 본 거네. 엄마가 편찮으신 바람에……."

목소리가 잠기는가 싶더니 플로리가 이내 울음을 터뜨렸다.

"힘내, 플로리."

나는 플로리의 손을 꼭 쥐며 말했다.

잠시 후 플로리가 울음을 그치고 나를 올려다보며 말했다.

"오늘이 목요일 맞지? 누워 있는 내내 나 무슨 생각 한 줄 알아? 나 죽더라도 너는 계속 스노 박사님을 돕겠구나, 그런 생각."

얼굴이 야위어서인지 때꾼한 두 눈이 더 커다래 보였다.

"그나저나 어떻게 됐어, 응? 너랑 박사님이랑 수수께끼 풀었어?"

플로리가 물었다.

"응, 풀었어. 근데 얘기가 길어. 너랑 나랑 서로 알기도 전으로 거슬러 올라가서 시작해야 돼."

"다 말해 줘!"

나는 플로리네 현관 앞에서 거스를 만나 이례적 경우에 대한 단서를 얻게 된 이야기부터 시작했다. 그리고 엘리 부인에 대해 조사하기 위해 딜리와 함께 햄스테드까지 갔던 이야기도 들려주었다. 이즐링턴에서는 어째서 엘리 부인의 조카딸만이 유일하게 콜레라에 걸렸는지도.

그런 다음 동생 이야기로 넘어갔다. 그동안 감추고 있던 동생에 대한 비밀을 플로리에게 모두 털어놓은 것이었다. 그러다 보니 도끼눈 빌에게 납치된 이야기며 제이크 아저씨가 구해 주러 오기 전까지 모든 게 절망적이었다는 이야기도 꺼내게 됐다. 랜트 길 근처에서 벳시와 벳시네 고모를 만난 대목에서는 그릭스 아저씨가 딜리를 두고 했던 말이 옳았다는 이야기도 나왔다. 정말로 방향감각 하나는 타고 난 개였다.

"그다음은 어떻게 됐어? 제일 중요한 오늘 밤 말이야. 얼른 말해 봐!"

플로리가 안달하며 물었고, 나는 모든 이야기를 낱낱이 들려주었다.

그 자리에 있던 모두가 벳시네 고모부의 마차에 비집고 올라탔다. 나, 벳시, 딜리, 제이크 아저씨, 그리고 벳시네 고모까지도. 마차가 어찌나 심하게 덜컹거리던지 잔뜩 겁을 집어먹고 낑낑대던 딜리가 내 무릎에 올라타겠다며 발톱으로 내 다리를 온통 할퀴어 댔다. 벳시가 그걸 보고 킥킥대자 제이크 아저씨는 그런 벳시를 보고 박장대소를 했다. 아저씨가 그렇게 웃는 모습은 처음이었다.

마부석에 앉은 벳시네 고모부가 미친 듯이 마차를 몰아 워털루 다리를 질주하는 동안 벳시네 고모는 창밖을 향해 계속 고함을 질러 댔다.

"여보, 더 빨리! 옳지! 잘한다, 우리 남편!"

이 대목을 듣는 동안 플로리의 두 눈이 초롱초롱 빛났다.

"다행히 사고 한 번 없이 도착했어. 보니까 스노 박사님은 탁자 앞에서 계시고 다른 사람들은 옆에 죽 앉아 있었는데, 그 사람들이 위원회 위원들이더라고. 그중에 혹시 아는 동네 사람이 있나 하고 봤는데 없더

라. 아무튼 다들 나이 많고 점잖은 양반들이었어. 흰머리에, 흰 콧수염에, 근엄한 표정에."

나는 얼른 침을 삼키고 계속했다.

"스노 박사님이 쉰 목소리로 한창 말씀 중이시더라고. 근데 또 때마침 우리가 그린 지도를 꺼내 드시는 거야. 그래서 아, '콜레라의 전염 유형' 어쩌고 하는 걸 보고하시려나 보다, 했어."

나는 박사님과 내가 사망자의 숫자만큼 주소지에 작은 네모를 그렸다는 것과, 그 표시들은 누가 봐도 확실히 브로드 길 펌프 주변에 몰려 있었다는 것, 그리고 그거야말로 질병을 일으키는 주범이 공기가 아닌 물이라는 증거라는 것을 플로리에게 차근차근 설명해 주었다.

"그랬더니, 위원회 사람들이 박사님 말을 믿어?"

플로리가 속삭이듯 작은 소리로 물었고 나는 고개를 저으며 말했다.

"아니. 박사님한테 하는 질문들 들어 보니까 안 믿는 눈치더라고. 대놓고 말은 안 했지만 동네 사람들이 즐겨 찾는 펌프를 못 쓰게 하면서까지 시끄럽게 해야겠느냐, 이거지."

"너는 어쨌어? 네 얘기 좀 해 봐."

"아, 나? 마차에서 뛰어내리자마자 회의장에 제일 먼저 도착했어. 그리고 문간에 서서 조용히 듣고 있는데 갑자기 내 뒤로 우르르 들어오는 거야. 벳시, 벳시네 고모랑 고모부, 딜리, 그리고 제이크 아저씨까지."

나는 그때 생각이 나서 웃음을 터뜨리며 코를 감싸 쥐었다.

"거기 있던 사람들이 어쨌는지는 안 봐도 알겠지? 전부 동시에 우릴 쳐다보더라고. 그리고 의장인가 하는 사람이, '이게 대체 무슨 일입니까?' 그러는 거야. 보니까 스노 박사님도 입이 딱 벌어져서 한마디도 못 하시는 거 있지. 같이 계시던 화이트헤드 목사님도 그렇고. 그래서 내가 나섰지 뭐."

나는 플로리를 보고 살짝 웃고는 계속했다.

"그래서 딜리를 데리고 얼른 박사님 옆으로 달려가서, '어, 저는 스노 박사님 조수로 일하고 있습니다.' 하고 소개부터 한 다음에, '저는 뱀장어고 얘는 딜리라고 하는데요, 저희 둘이 박사님의 이론을 뒷받침할 이례적인 경우를 찾아냈어요. 그러니까 위원님들, 잠깐만 시간 내서 들어주세요. 그러면 브로드 길 펌프 손잡이를 철거해야 더 이상의 환자가 나오지 않는다는 걸 믿게 되실 거예요.' 그랬어."

그러자 플로리가 환한 얼굴로 손뼉을 치며 말했다.

"와, 멋지다! 말하는 게 꼭 부잣집 도련님 같아. 그랬더니?"

"쥐 죽은 거처럼 조용해지더라. 근데 위원 중 한 사람이 짜증난 얼굴로 일어나더니 걸걸한 목소리로 그러는 거야. '박사님, 방금 이 부랑아 녀석이 한 말이 사실입니까? 지금 우리 위원회를 우습게 보는 거예요, 뭐예요?' 그랬더니 박사님이, '아닙니다, 절대 아니에요. 이 아이 보고를 다 같이 들어 보시는 게 좋겠습니다. 어찌 됐든 저는 꼭 듣고 싶습니다.' 그러셨어. 아주 차분한 목소리로."

플로리가 얼른 다음 이야기를 들려 달라는 표정으로 나를 보고 있었다.

"그래서 햄스테드에 사는 엘리 부인이 그동안 브로드 길 펌프 물을 대놓고 마셨다는 걸 우연히 알게 됐다는 얘기부터 시작했어. '그 부인의 아드님들이 운영하는 공장이 있는데, 거기서 일하는 아이가 일주일에 네댓 번씩 물을 배달해 드렸다더라고요. 실제로 8월 28일 월요일 아침에는 그 애가 브로드 길 펌프에서 물을 받는 것도 제가 직접 봤고요.' 그랬어."

"맞아!"

플로리가 탄성을 내지르고는 이어서 맞장구를 쳤다.

"우리 둘 다 봤잖아. 그날이 네가 새끼 고양이 구해 준 날 아니야?"

"맞아. 그래서 어제 아침에 거스가 너희 집 현관 앞에 서 있는 거 보고 그날 기억이 난 거야. 근데 걔가 지난 토요일에 엘리 부인이 콜레라로 돌아가셨다고 하더라고."

"계속해 봐. 그다음엔 어떻게 됐어?"

나는 웃음을 터뜨리며 말했다.

"하필 그때 뒤쪽에서 잠깐 소동이 일어났어. 제이크 아저씨가 벳시네 고모부 가슴팍을 탁 치면서 큰 소리로 그러는 거야. '저 애 하는 말 좀 잘 들어 보슈. 쓰레기 줍고 살던 애를 내가 새 출발 하게 인도했거든. 그 애가 저렇게 번듯하게 서서 박사 뺨치게 연설을 하고 있으니 이게 보통 대견한 일이냐고, 이 양반아.'"

그 말에 플로리가 배꼽을 잡고 눈물까지 흘리며 웃다가 겨우 말했다.

"계속해 봐."

"그랬더니 의장이 얼굴이 벌게져서는 벌떡 일어나서 소리를 질렀어. '정숙! 정숙하세요!' 그때 동시에 스노 박사님도 큰 소리로 말했어. 내가 찾은 이례적인 경우에 대해서 얼른 듣고 싶으셔서겠지? '여러분, 제발! 저 애 말 좀 들어 봅시다!' 그러고는 나한테 얼른 계속하라는 신호를 보냈어."

나는 크게 숨을 들이마신 뒤 다시 입을 열었다.

"여기서부터는 그때랑 똑같이 해 볼게, 플로리."

그리고 자리에서 일어나 가볍게 고개를 숙인 다음 시작했다.

"소란 일으켜서 죄송해요. 아무튼 저는 엘리 부인이 돌아가셨다는 소식을 듣고 직접 조사해 보려고 여기 있는 딜리랑 햄스테드까지 갔어요. 그리고 엘리 부인이 정말로 브로드 길 펌프에서부터 배달 온 물을 마시고 콜레라에 걸려 돌아가셨다는 증언을 들었어요. 그뿐만이 아니에요. 그 지역에서 콜레라로 사망한 사람은 유일하게 엘리 부인 한 사람뿐이었어요. 그건 스노 박사님께서 호적 등기소를 통해서 확인해 주실 수 있을 거예요."

나는 잠시 멈추고 숨을 가다듬고는 계속했다.

"그걸로 끝이 아니었어요. 그 집 하녀한테 들었는데 부인의 조카도 놀러 왔다가 그 물을 마셨다는 거예요. 그래서 이즐링턴까지 가서 그 조카라는 분도 그 동네에서 유일하게 콜레라로 사망했다는 걸 확인했어요."

플로리가 계속하라는 표정으로 나를 향해 고개를 끄덕였다.

"위원님들, 제가 보기엔 이 두 사례야말로 콜레라가 물로 전염된다는 스노 박사님의 이론을 뒷받침하는 확실한 증거예요. 이번 콜레라는 브로드 길 펌프에서 나오는 물로 전염된 거고요. 그러니까 그 펌프 손잡이를 철거하자는 박사님의 요청을 제발 들어주세요. 골든스퀘어에 사는 제 이웃과 친구들이 더 이상 목숨을 잃지 않게요."

나는 회의장에 서 있던 그때처럼 가쁜 숨을 몰아쉬었다.

"남들 앞에서 그렇게 길게 말하는 거 처음이었어. 끝나고 나니까 다리가 탁 풀리는 거 있지. 마침 박사님이 내 어깨에 손이라도 올려 주셨으니 망정이지, 안 그랬으면 그 자리에 주저앉았을 거야."

"그랬더니 믿어? 펌프 손잡이 철거한대?"

플로리가 눈을 동그랗게 뜨며 물었다.

"내일 아침 열 시에 철거한대. 혹시 너 내일 좀 괜찮아지면 너희 오빠한테 너도 데려가자고 할게, 같이 구경하자. 그리고 얼른 나아서 삶은 달걀 가지고 나가서 같이 먹어야지. 이번 달 잡지에 새로 실리는 소설 주인공이 너처럼 용감한 여자애라던데, 그것도 같이 읽고."

"내가 뭐가 용감해. 지금도 얼마나 겁나는데."

플로리가 자신 없는 목소리로 말했다.

"꼭 나을 거야, 플로리. 내 말 믿지?"

"그래, 믿을게. 얼른 나아서 같이 삶은 달걀 먹으면서 소설도 읽자."

그때 플로리네 아빠가 문간으로 와서 인기척을 내고는 말했다.

"시간 다 됐다. 이제 그만 플로리 좀 쉬게 해 주자."

나는 모자를 집어 들며 플로리에게 말했다.

"내일 아침에 또 올게."

"그래, 기다릴게."

나는 허리를 숙여 플로리의 이마에 살짝 입을 맞췄다.

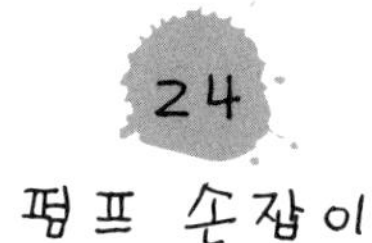

24 펌프 손잡이

9월 8일 금요일

“오늘을 꼭 기억해라.”

다음 날 아침, 리젠트 길의 인파를 헤치며 걷던 박사님이 나를 향해 말했다. 박사님의 목소리에 담긴 흥분이 고스란히 느껴졌다.

“미신이 아닌 과학으로 전염병 확산을 막는다는 게 어떤 건지를 보여 주는 역사적인 날이 될 테니까. 우리 살아생전에 못 볼 수도 있고 그때쯤엔 내 이름 같은 것도 잊히겠지만, 콜레라라는 무시무시한 전염병이 옛날이야기가 될 날이 꼭 올 거다. 전염 경로가 제대로 파악되면 지구상에서 완전히 사라질 날도 올 거고.”

확신에 찬 박사님의 말 하나하나를 머릿속으로 되뇌며 가슴 깊이 새기느라 나는 한동안 아무런 대꾸도 하지 않았다.

“박사님, 플로리 어떤지 잠깐 들여다보고 가도 될까요?”

브로드 길 근처에 이를 무렵 박사님께 물었다.

“그래라. 늦지 말고.”

박사님이 손을 흔들며 말했다.

나는 현관문을 열고 나온 플로리네 오빠를 보는 순간 그 자리에 얼어붙은 채 나도 모르게 소리 높여 물었다.

"얼굴이 왜 그래?"

"간밤에 플로리가 죽다 살았어. 우리 전부 다 얼마나 겁났다고."

플로리네 오빠가 눈을 비비며 말했다. 울고 있었던 걸까?

"지금은 어떤데? 이제 괜찮아?"

나는 보채듯 다급히 물었다.

"어, 많이 좋아졌어. 물을 많이 마신 게 도움이 됐나 봐. 아, 브로드 길 펌프 물은 아니고. 플로리 말로는 이제 좀 정신이 돌아오는 거 같대."

그래도 석연치가 않았다.

"근데 눈은 왜 자꾸 비벼? 꼴이 왜 그러느냐고!"

나는 어깨라도 잡아 흔들고 싶은 마음을 억누르며 다그쳐 물었다.

"자다 나와서 그래."

플로리네 오빠가 웅얼거리며 대답했다.

"우리 식구들 전부 다 며칠 만에 처음으로 제대로 잠들었는데 네가 문 두드리는 바람에 깼다고. 그러니까 나중에 다시 와."

그러더니 문을 닫으려다 말고 말했다.

"아, 잠깐 있어 봐. 플로리가 너한테 뭐 주라던데."

집으로 들어갔던 플로리네 오빠가 종이 한 장을 들고 나왔다.

"어제 너 왔다 가고 그린 거야. 저 죽을지 살지도 모르면서. 너한테 꼭 전해 달라고 신신당부를 하더라. 오늘이 무슨 특별한 날이라면서, 너한테 그렇게 말하면 알 거라던데."

"알아."

플로리네 오빠에게서 받아 든 건 브로드 길 펌프를 연필로 간단히 스케치한 그림이었다. 손잡이가 빠지고 없는 펌프 아래에는 날짜가 적혀 있었다. 1854년 9월 8일.

플로리네 오빠가 하품을 하며 들어간 뒤 나는 그림을 들고 현관 앞 계단에 선 채 큰 소리로 웃어젖혔다.

"들었어, 딜리? 플로리가 살아났대!"

펌프에 다다른 나는 주변에 모여든 사람들을 훑어봤다. 이 순간을 위해 박사님이 얼마나 열심히 달려왔는지 모른다. 나도 그렇고. 그리고 우리 두 사람을 믿어 준 플로리가 있었다. 바로 이 펌프로 퍼 올린 물이 수백 명의 목숨을 앗아 간 것이었다. 그런데도 우리 주변에 둘러서 있는 사람들은 영 못 믿겠다는 얼굴이었다.

"딱 봐도 우리 집 근처에 있는 구역질 나는 저수지 물보다 이 물이 훨씬 깨끗하구먼."

어떤 남자가 내 뒤에서 투덜거렸다. 그러자 또 다른 사람이 말했다.

"대체 누구 머리에서 이런 정신 나간 생각이 나왔대? 여기 물이 뭐가 어떻다고. 병이야 공기가 나빠서 걸리는 거지, 물은 무슨! 교회 위원회에서 나서서 이거 좀 못 막나?"

아는 사람이 있나 하고 둘러보던 나는 뜻밖에도 군중들 뒤에 서 있던 에드워드 사장님과 쿠퍼 감독님을 찾아냈다. 침이 꿀꺽 넘어갔다. 때마침 에드워드 사장님이 나를 알아보고는 그쪽으로 오라고 손짓했다.

"형님한테 다 들었다. 지난주에 절도죄로 해고됐다면서. 그 얘기 듣고 어찌나 속상하던지."

사장님이 멍한 눈빛으로 말했다.

"사장님, 저 진짜 아무것도 안 훔쳤어요. 저 대신 해명해 달라고 그릭스 아저씨를 모시러 갔는데 편찮으셔서 못 오신 거예요."

나는 고개를 들고 사장님의 눈을 올려다보며 말했다.

"혼자라도 다시 와서 해명할 수 있었잖니, 안 그래? 근데 그 길로 그냥 가 버렸잖아. 고양이도 놔두고."

쿠퍼 감독님이 끼어들었다.

나는 크게 숨을 들이쉬었다. 언젠가는 사실대로 털어놓을 결심이었지만 막상 기회가 닥치고 보니 입이 쉽게 떨어지지 않았다.

"죄송해요, 감독님. 그리고 사장님께도 정말 죄송하고요. 그때는…… 그냥 너무 겁이 났어요. 혼자 해명해 봤자 아무 소용 없을 거 같았고요. 그릭스 아저씨가 해명해 줄 수 없다는 걸 알고부터는 더 그랬어요. 귀요미 아니, 허버트가 그냥 저를 골탕 먹이려고 한 거예요."

"그래서, 나도 너를 의심할 거 같니?"

사장님이 물었다.

"그, 그럼 아니세요?"

나는 더듬거리며 되물었다.

"그거야 네가 어쨌느냐에 달렸지."

그러면서 사장님은 스노 박사님을 향해 시선을 던지며 고개를 끄덕이고는 계속했다.

"너는 눈치 못 챘겠지만, 실은 이번 주 내내 사무실에서 지켜봤다."

침을 꿀꺽 삼킨 나는 사장님 입에서 무슨 말이 나올지 몰라 얼른 발끝으로 시선을 떨궜다.

"나 봐."

사장님의 말에 나는 얼른 고개를 들었다.

"네가 동네 사람들도 돕고 시신 운구 거드는 것도 다 봤어. 박사님이랑 여기저기 다니는 것도. 나 사실, 그날 회의장 뒷자리에도 가 있었다."

그러더니 사장님이 빙그레 미소 띤 얼굴로 고개를 저으며 말했다.

"한동안 못 잊을 거다. 그 냄새며 그날 일 전부 다."

나는 사장님의 입 꼬리가 씰룩거리는 걸 놓치지 않았다. 사장님은 억지로 웃음을 참는 중이었다.

"그래서 말인데, 이번 일 끝나면 한번 찾아와라. 복직시켜 줄 수 있다고 장담은 못 하겠다만. 알다시피 형님이 워낙 완고하신 데다가, 너 같은 순둥이를 다시 내 조카랑 붙여 놔도 되나 싶기도 하고. 아무튼 어떻게든 도와줄 방법이 있겠지."

"감사합니다, 사장님. 정말 정말 감사합니다."

나는 꾸벅 절을 하며 말했다. 그러자 쿠퍼 감독님이 활짝 웃는 얼굴로 내 등을 툭툭 두드리며 말했다.

"와서 고양이 데려갈 생각은 마라. 이제 내 고양이 다 됐으니까."

5부
최후의 사망자와 최초의 환자

마시거나 음식에 사용하는 물은 (펌프로 퍼 올린 우물물이든 파이프로 끌어 온 물이든) 공동 분뇨통이나 가정 내 하수구, 공용 하수관 등으로부터 유입된 물질로 오염되지 않은 물이어야만 한다. 또한 조금이라도 미심쩍은 물은 반드시 끓일 것이며 가급적이면 걸러서 사용해야 한다.

– 존 스노 박사, 「콜레라의 전염 유형에 관하여」(1855)

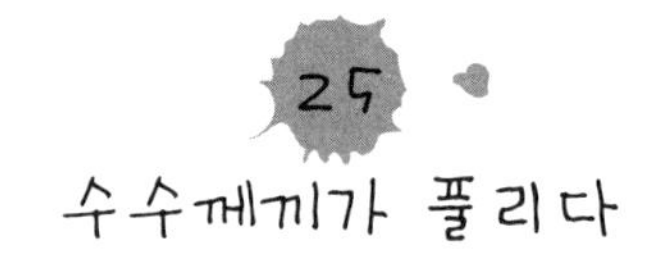

25 수수께끼가 풀리다

박사님과 나는 그 후로도 그다음 주까지 사망자가 나온 집들을 계속 조사하고 다녔다. 날이 갈수록 새로 감염된 환자의 숫자가 줄어드는 추세인 것 같다고 말씀드리자 박사님이 고개를 끄덕이며 말했다.

"다행이지 뭐냐."

"펌프 손잡이를 뽑은 효과가 벌써 나타나는 거예요?"

나는 박사님의 표정을 살피며 물었다.

"글쎄, 다른 오염원이 새로 등장하지 않는 한 이때쯤이면 확산 속도가 한풀 꺾이는 게 맞기는 할 거다. 그래도 펌프 손잡이 덕에 목숨을 건진 사람이 적어도 몇 명은 있겠지."

박사님은 한숨을 내쉬고 말을 이었다.

"더 일찍 진행했더라면 더 많은 목숨을 구할 수 있었을지도 모르고."

우리가 넘어야 할 산들은 한참 많이 남아 있었다. 애초에 어떻게 해서 물이 콜레라균에 오염되는가 하는 것들이었다.

"그건 영영 못 밝힐 수 있습니다. 지침 증례도 못 찾아낼지 모르고요."

어느 날 저녁, 서재에 있던 박사님이 말했다. 그러자 화이트헤드 목사님이 되물었다.

"지침 증례요?"

박사님의 서재에 목사님도 함께 있다는 게 또 하나 달라진 점이었다. 목사님과 박사님이 공동 작업을 시작한 것이었다. 공식적인 콜레라 전염 연구를 전담하기 위해 구성된 성 제임스 콜레라 연구회의 위원으로 두 분 모두 임명되었기 때문이다. 목사님은 여러 주민들과 대화를 나누고 박사님의 말씀에 세심히 귀를 기울이는 동안 박사님의 이론을 차츰 달리 보기 시작했다. 그리고 박사님의 가장 열렬한 지지자로 돌아섰다.

"어떤 질병의 최초 사례를 지침 증례라고 합니다."

박사님이 대답했다.

"그게 그릭스 아저씨 아니에요?"

딜리와 함께 벽난로 앞에 앉아 불을 쬐던 내가 물었다. 이제 저녁이면 제법 쌀쌀해진 탓에 가정부 아주머니가 부엌 한쪽 구석에 간이침대를 펴고 잘 수 있도록 허락해 주어서다. 물론 이렇게 못을 박고서.

"앞날이 정해질 때까지만이야."

박사님이 나를 향해 고개를 저으며 말했다.

"그릭스 씨가 최초 사례인 것처럼 보이지만, 실은 콜레라에 걸려 사망한 걸로 알려진 첫 번째 경우일 뿐이야. 브로드 길 지하수가 어떻게 해서 콜레라균으로 오염됐는지를 설명해 줄 수 있는 사례를 더 찾아봐야 된다, 이 말이지. 그릭스 씨 말고도 처음 사흘 동안 사망한 사람들이 더 있잖니. 특히 금요일, 토요일에만 79명이 사망했단 말이지. 그 사람들도 아마 그릭스 씨랑 비슷한 시기에 균과 접촉했을 거야. 그 뒤로 앓아누웠고. 어떻게였는지는 몰라도 콜레라균이 지하수에 침투됐으니까."

그러자 목사님이 골똘히 생각에 잠긴 얼굴로 말했다.

"그러니까 다른 누군가가 먼저 감염이 됐고, 그것 때문에 물도 오염됐단 말씀이시죠? 단지 우리가 그게 누구였는지, 아니면 어떻게 그런 일이 일어난 건지를 아직까지 못 밝힌 거고요."

애니네 아빠인 루이스 경관님이 이번 전염 사태의 마지막 희생자였다. 아저씨는 9월 19일 화요일에 돌아가셨다.

나는 곧바로 애니네 엄마를 찾아가 깊은 조의를 전했다. 그리고 박사님 댁 가정부 아주머니에게 얻어 온 싱싱한 달걀과 실 꾸러미를 애니에게 건네고, 말 나온 김에 동물들 구경하러 박사님 댁에 또 가자며 마음을 달래 주었다.

"동물 참 좋아하나 보구나. 지난번에도 펌프 앞에 서 있는 거 보니까 가방 안에서 뭐가 꼼지락거리는 거 같더라니. 그날 아침에는 내가 정신이 하나도 없어서 뭔지도 못 물어봤지만."

애니네 엄마가 눈물을 거두며 말했다.

"아, 그거 고양이예요. 지금도 라이온 맥주 공장에서 잘 지내요. 거기 공장장님이 걔라면 죽고 못 산다더라고요."

그러면서 나도 모르게 입가에 미소를 짓다 보니 새끼 고양이를 발견한 날 아침에 엘리 부인에게 배달할 물을 받으려고 펌프 앞에서 기다리던 거스가 생각났다. 나는 애니네 엄마에게 불쑥 물었다.

"아줌마, 그날 패니가 아프지 않았어요? 제 기억이 맞는다면 분명히 그렇게 말씀하셨는데."

"맞아. 그 딱한 것이 그 주 토요일까지는 버텼지. 로저스 박사님 말로는 설사를 너무 많이 해서 안 그래도 약골인 애가 더 이상 회복을 못 하는 거라더라고."

아주머니가 길게 한숨을 내쉬며 말했다.

"혹시 로저스 박사님이 콜레라란 말씀은 안 하셨어요?"

희미한 가능성을 좇아 내 가슴이 두방망이질 치기 시작했다.

"아니. 그런 말씀은 없으셨는데. 걔가 아프기 시작한 게 벌써 8월 마지막 월요일 아침부터였는데 뭐. 그러니까 다른 사람들 아프기 전이잖아. 이번 사태 터지기 전."

다른 사람들이 아프기 전. 패니는 그릭스 아저씨가 편찮으시기 사흘 전부터 아팠었다. **만약에 로저스 박사님이 잘못 짚은 거라면?**

나는 그 길로 달려가 플로리를 데리고 목사님을 찾아 나섰다. 그리고 그날 밤 스노 박사님의 서재에 모인 박사님과 목사님이 내 이야기에 한참 동안 귀를 기울였다.

며칠 뒤 성 제임스 콜레라 연구회가 브로드 길 40번지 지하로 찾아와 애니네 엄마와 면담을 가졌다. 아주머니는 아기가 앓던 일주일 동안 기저귀를 헹궈 쓰던 물을 지하 똥통에 버렸다고 했다.

연구회는 측량사를 불러 공용 하수관에 연결된 똥통을 들어내게 하고 그걸 다시 하수관으로 연결하는 배수로까지 들어내도록 했다. 측량사는 배수로 내부에 덧대 놓은 벽돌이 심하게 부식됐으며 거기서부터 브로드 길 지하수 사이에는 똥오줌이 잔뜩 섞인 늪이 고여 있다고 보고했다. 또한 지하수와 똥통 사이의 거리가 불과 2피트 8인치밖에 되지 않는다는 측량 결과도 내놓았다.

이 모든 것을 종합한 결과, 브로드 길 펌프 아래의 지하수는 패니의 기저귀를 담가 두었다가 40번지 지하 똥통에 버린 물과 벽을 타고 스며든 폐수로 인해 오염된 것으로 밝혀졌다.

사망 진단서에는 패니 루이스가 지독한 설사 끝에 탈진해 사망한 것으로 기록되어 있었다. 하지만 그게 전부가 아니었다.

"패니 루이스 양이 바로 지침 증례, 즉 최초의 질병 사례입니다. 그 아이가 어떤 경로로 콜레라에 감염됐는지는 알아낼 길이 없어요. 하지만 그 애한테서 나온 기저귀에 있던 콜레라균이 지하수로 스며들어서 브로드 길 펌프 물을 오염시켰다는 것만은 확실합니다."

스노 박사님의 공식 발표가 있었다. 패니는 콜레라로 사망한 것이었다. 그 뒤로 615명의 목숨을 더 앗아 간 콜레라로.

"박사님, 패니가 펌프 손잡이 철거하기 일주일 전인 토요일에 죽었잖아요. 그래서 그다음 주에 확산 속도가 줄어든 거예요?"

나는 머릿속에서 찬찬히 퍼즐을 끼워 맞추며 물었다.

"맞아. 대충 그런 셈이지. 콜레라균의 생존 기간이 얼마나 되는지는 몰라도 9월 2일 토요일 이후로는 그 애 어머니가 기저귀 빤 물을 버릴 일은 없었잖니. 그래서 펌프 손잡이를 철거한 9월 8일 무렵엔 아마도 사태가 종결 국면으로 접어든 거겠고. 드물긴 하지만 그 뒤로도 새로운 감염자가 나타나긴 했어. 지하수에 있는 콜레라균과의 접촉은 차단됐지만 그 전에 이미 오염된 물을 집에 퍼다 놓고 계속 마셨을 수도 있으니까."

박사님의 설명을 듣고 플로리가 목소리를 높여 말했다.

"그러면 애니네 아빠는요? 루이스 경관님도 콜레라에 걸렸잖아요."

그러자 스노 박사님이 고개를 끄덕이며 말했다.

"경관님은 이 사태의 거의 말미에 감염이 됐어. 바로 펌프 손잡이를 철거한 9월 8일 오후에."

나는 그 사실이 이 퍼즐에서 어떤 의미를 가지는지를 헤아리며 입을 열었다.

"그러니까 아줌마가 기저귀 빤 물을 버렸을 때처럼 아저씨가 쓴 요강을 그 집 지하실 똥통에 비웠으면, 거기 있던 오염 물질이 벽을 타고 스며들어서 지하수가 계속 오염됐었겠네요."

"정확히 맞았어. 하지만 너랑 박사님이 위원회를 설득해서 펌프 손잡이를 철거하게 한 덕에 루이스 경관님 이후로는 감염자가 안 나온 거지."

목사님이 가볍게 무릎을 치며 말했다.

"경관님이 열하루 동안이나 사투를 벌였다."

박사님이 나지막이 말했다.

"박사님이 아니셨으면 그 열하루 동안 전염도 계속됐겠죠."

박사님의 찻잔에 새로 차를 따라 주던 가정부 아주머니도 한마디 거들었다.

박사님이 빙그레 웃고는 나를 향해 찻잔을 들어 올리며 말했다.

"그리고 뱀장어, 네 덕이기도 하지. 네가 엘리 부인 사례를 조사하지 않았어도 위원회가 과연 그런 결정을 내릴 수 있었을까 싶다."

그 무엇도 버니와 다른 사람들을 살아 돌아오게 할 수는 없었다. 하지만 우리는 변화를 이끌어 냈다. 브로드 길 펌프 손잡이 철거가 수많은 생명을 구한 것이었다.

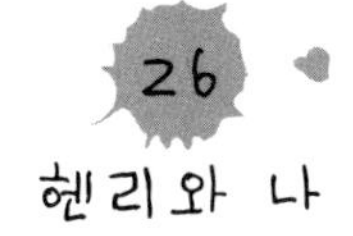

헨리와 나

그 마지막 이야기는 어느 날 저녁에 시작되었다.

나는 박사님 댁에 모여든 사람들을 보고 입을 다물지 못했다. 언젠가 호적 등기소에 사망자 명단을 받으러 갔다가 만난 파르 박사님이 와 계신 데다 상냥해 보이는 사모님과 함께 에드워드 사장님까지 찾아온 것이었다. 손님들이 북적이는 걸 그다지 좋아하지 않는 박사님에게는 그 정도만으로도 엄청난 단체 손님인 셈이었다. 그 자리에 화이트헤드 목사님과 헨리까지 있었으니 말 다 한 거고.

헨리가 그 자리에 있을 수 있었던 건 순전히 가정부 아주머니 덕이었다. 내 이야기를 끝까지 들은 아주머니가 당장 마차를 불러 나를 태우고 하숙집으로 달려가 헨리를 데려온 것이었다. 아주머니는 우리 둘에게 옷을 사 입히고 학교에도 보내 주었다.

"그 도끼눈인가 뭔가 하는 작자 말이다. 너희들 근처에 한 번만 더 얼씬거리기만 해 봐라. 죄수들만 간다는 어디 섬나라로 내쫓길 테니까. 박사님이 여왕님이랑 어떤 사이인데 감히."

아주머니가 눈을 부라리며 말했지만 나는 박사님이 우리 둘을 보살필 수 없다는 걸 잘 알고 있었다. 박사님에게는 늘 일이 우선이었고 집에 잘 계시지도 않았다. 우리 앞날은 한 치 앞을 내다볼 수 없는 안개 속 같기만 했었다. 그날 밤 전까지는.

파르 박사님이 먼저 말문을 열었다.

"스노 박사가 너희들 신원 파악을 부탁해서 왔는데 말이지,"

그러자 헨리가 나에게 바짝 기대고는 귓속말로 물었다.

"무슨 말이야? 신원 파악이 뭐야?"

그러자 스노 박사님이 빙그레 웃으며 말했다.

"걱정 마라, 헨리. 파르 박사님이 너희 가족과 관련해서 해 주실 말씀이 있다는 뜻이야."

이어서 파르 박사님이 나를 보며 말했다.

"네가 뱀장어라는 그 요상한 이름만 안 썼어도 내가 진작 알아봤지, 이 녀석아. 그날 범상치 않은 네 눈을 보니까 어째 감이 오지 뭐냐. 마침 내가 일하는 데가 기록을 보관하는 관공서라 이것저것 찾아봤더니, 아니나 달라? 내 감이 딱 들어맞은 거지."

그러고는 파르 박사님이 나와 헨리를 동시에 바라보며 말했다.

"자, 마음 단단히들 먹고 들어. 너희들 어렸을 때 바로 너희 아버지가 나랑 같이 일하셨다. 아버지 눈이 딱 너, 뱀장어 눈이었다고."

"그, 그러니까, 저희 아빠가 기록이랑 관련된 일을 하셨다고요?"

그렇게 묻고 보니 등기소 직원들 틈에 앉아 사망자 명단을 베껴 쓰던 날이 생각났다. 죽은 사람들에 관한 기록 같은 건 하찮아 보일 법도 했다. 하지만 그런 것들이 문제를 해결하는 실마리가 되고 마침내 사람의 목숨까지도 살릴 수 있다는 걸 박사님을 통해 뼈저리게 배운 나였다.

파르 박사님이 계속했다.

"너희 아버지 돌아가신 뒤로 우리 등기소 쪽에서 너희 둘 소재 파악이 제대로 안 됐다. 어머니께서 고생도 많이 하시고 재혼 생활도 순탄치 못했다는 소식까지는 들었는데, 어머니 돌아가시고부터는 너희 둘 행적을 완전히 놓쳐 버렸어."

헨리가 입을 헤벌린 채 듣고 있었다. 그러고 보니 나도 마찬가지였고. 파르 박사님이 대체 무슨 얘기를 하려는 건지 알 수가 없었다.

"그날 너 보니 어렴풋이 누군지 알겠더라고. 살짝 긴가민가하긴 했지만. 기억 안 나겠지만 너희 아버지가 너희들 아주 어렸을 때 사무실로 데려오신 적이 있어. 그때 너희 둘 자랑을 얼마나 많이 하시던지."

아빠가 등기소에서 일하셨다! 스노 박사님에게 필요한 중요한 자료들이 아빠 손을 거친 것이었다.

"그렇게 해서 너희 과거사의 수수께끼가 풀린 거지."

스노 박사님이 덧붙여 설명했다. 박사님의 이야기는 거기서 끝이 아니었다.

"이제 너희들 장래 문제 말인데,"

그러면서 박사님이 에드워드 사장님을 향해 고개를 끄덕이자 이번에는 사장님이 말문을 열었다.

"뱀장어야, 해고를 번복하는 건 아무래도 어려울 거 같다. 그 대신 다른 제안이 있는데, 실은 몇 년 전에 우리 부부가…… 독감으로 아이를 잃었어."

그러고는 사장님이 손을 내밀어 사모님의 손을 꼭 쥐고는 계속했다.

“너희만 괜찮다면 우리랑 같이 살았으면 한다. 둘 다 학교에도 보내 줄 거야. 뱀장어 네가 나중에 스노 박사님의 뒤를 이어서 과학자의 길을 걷겠다고 하면 얼마든지 후원할 거고.”

과학자가 된다면 나도 박사님처럼 내 가설과 실험을 통해 세상을 바꿀 수 있을지도 모른다. 그리고 혹시 돈도 많이 벌면 플로리에게 미술 쪽을 맡아 달라고 할 수도 있고. 사람들의 삶을 보다 건강하고 나은 길로 이끄는 데 필요한 여러 가지 도표와 지도, 인체 그림 같은 것을 그리는 플로리의 모습이 떠올랐다. 플로리가 정말 좋아할 것 같았다.

그 자리에 있던 어른들이 일제히 박수를 쳤고, 헨리가 살포시 웃으며 내 옆구리에 얼굴을 파묻었다. 내가 궁금한 건 딱 한 가지였다.

“물론이지. 딜리도 대환영이다.”

에드워드 사장님이 대답했다.

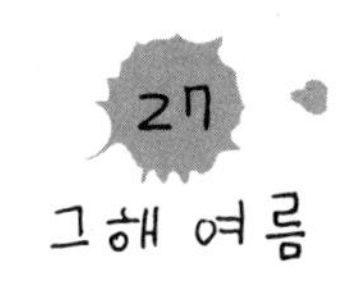

27 그해 여름

1855년 9월 26일 수요일

스노 박사님과 화이트헤드 목사님의 초대로 나와 플로리, 헨리는 성 제임스 교회에서 열린 콜레라 연구회 주관의 회의를 참관할 수 있었다. 주민들이 철거 1년 만에 브로드 길 펌프의 손잡이를 다시 설치해 달라고 청원한 것이었다. 지하수가 오염되지 않도록 내부 마감 공사를 새로 한 데다, 그다음부터는 이 지역에서 콜레라가 발생한 일도 없었다. 투표 결과가 펌프를 다시 사용하자는 쪽으로 나온 건 어쩌면 당연한 일이었다.

회의가 끝난 뒤 우리는 박사님과 목사님께 인사를 드리고 교회를 나섰다. 플로리는 콜레라 사태 당시 지도 부분을 맡아 활약한 데 감탄했던 주인마님으로부터 특별 허가를 받고 회의에 올 수 있었다. 생각이 깬 마님 덕이었다. (당시 박사님이 플로리를 불러 지도의 최종판 작업을 맡기는 대가로 마님에게 적잖은 돈을 지불했던 일도 한몫했고.)

함께 걷는 동안 우리는 그동안의 안부를 서로 묻고 지난 1년 사이에 달라진 일들에 대해 이런저런 이야기를 나눴다. 그러다 보니 어느새 블랙프라이어스 다리가 가까워지고 있었다.

"집에 너무 늦게 가면 안 되잖아, 형."

에드워드 사장님 부부와 함께 지내는 걸 나 못지않게 좋아하는 헨리가 말했다. 그 생활은 내게도 다시 숨 쉴 수 있다는 것, 쓰레기가 아닌 다른 것에 몰두할 수 있는 삶을 뜻했다.

다리 위에 이른 우리는 다리 아래에서 출렁이는 시커먼 템즈 강을 내려다봤다. 머리끝부터 발끝까지 흙탕물을 뒤집어쓴 채 한 발 한 발 진창을 디디며 쓰레기를 뒤지던 지난날이 생각났다.

"요즘 제이크 아저씨 본 적 있어?"

플로리가 나지막이 물었다.

"아니, 못 본 지 한참 됐어."

아저씨를 못 본 지는 오래됐지만 그 끔찍한 재앙이 시작되던 날 아침 아저씨가 했던 말은 여전히 내 귀에 생생했다.

"너나 나나 다 같은 강따라기들 아니냐. 그저 평생 이렇게 강이나 파먹고 살 팔자로 태어났다고. 같은 하늘 아래 우리가 믿을 거라곤 우리밖에 더 있냐? 그러니 서로 등 돌리지 말고, 돕고 살아야지. 안 그래?"

그랬다. 우리는 최선을 다해 그렇게 했다. 박사님도, 목사님도, 플로리도, 나도.

제이크 아저씨가 어떻게 지내는지는 나도 모르겠다. 그랬을 것 같지는 않지만 입버릇처럼 말하던 대로 가족들 품으로 돌아갔을 거라고 믿고 싶었다. 그만큼 인생이 고달픈 아저씨였다.

또한 우리 역시 브로드 길에 재앙이 덮친 그 여름을 호되게 겪었다.

그리고 살아남았다.

작가의 말

이 책은 몇 년 전 우연히 읽은 『감염지도』*라는 책으로부터 태어났다고 해도 과언이 아니다. 부제 '런던 최악의 전염병 사태와 그로 인한 과학과 도시와 현대사회의 변화'에서 알 수 있듯이, 『죽음의 지도』는 1854년 브로드 길을 휩쓸었던 콜레라 사태 및 콜레라의 감염 원리를 규명한 존 스노 박사의 실화이다.

이 책 『살아남은 여름 1854』은 그해 늦여름 616명의 목숨을 앗아 간 콜레라 사태의 진행 과정을 재구성한 일종의 역사 소설이다. 어떤 부분은 단 며칠로 압축하는 등 사실과 다르게 구성하기도 했지만 주요 인물들과 사건, 특히 사망과 관련해서는 사실 그대로를 가져다 썼다. 여기에 뱀장어와 플로리 같은 가상의 인물을 끌어들여 수수께끼를 푸는 과정에 극적 완성도와 재미를 더하고자 했다.

스노 박사가 직접 그린 것으로 잘 알려진 당시 지도를 보면 콜레라 사망자의 표시가 브로드 길 펌프에 집중되어 있음을 알 수 있다. 실제로 존 스노 박사는 브로드 길 주민들은 물론이고 멀리 떨어져 살던 엘리 부인의 아들들과도 면담을 가지고 면밀히 조사함으로써 브로드 길 펌프 물과 콜레라 감염과의 상관관계를 밝혀내는 데 성공했다.

『죽음의 지도』의 저자 스티븐 존슨은 브로드 길 펌프 손잡이가 철거된 9월 8일을 가리켜 과학에 근거해 시민 보호 조치를 내림으로써 공중 보건의 새 지평을 연 '역사적 전환점'이라 일컬었다.

스노 박사와 함께 콜레라 전염 연구회에서 활동한 헨리 화이트헤드 목사는 의학에 있어서는 문외한이었음에도 당시 사태의 지침 증례, 즉 최초의 환자가 어린 패니 루이스 양이었다는 결정적 사실을 밝혀낸 장본인이기도 하다.

---

* 스티브 존슨, 『감염지도(The Ghost Map: The Story of London's Most Terrifying Epidemic—and How It Changed Science, Cities, and the Modern World.)』

공중 보건과 마취라는 두 가지 분야의 선구자로 잘 알려진 존 스노 박사를 『죽음의 지도』를 읽고서야 처음 알게 된 나는 많은 책과 웹사이트, 박물관, 도서관을 전전하며 그에 대해 더 깊이 파고들었다. 그리고 결국 브로드 길 한복판까지 찾아가기에 이르렀으며, 그곳에서 펌프의 복제품과 원래 위치를 표시해 둔 화강암 평판과 마주 섰다. 여전히 번잡한 2011년의 그곳에서 알 수 없는 힘에 이끌리듯 몸을 숙이고 표지석을 어루만지던 나는 어느새 1854년으로 거슬러 올라가 있었다. 그리고 이 책을 쓰기 시작했다.

잊을 수 없는 한마디

이 책에 등장하는 거의 모든 대화는 창작해 낸 것이지만 화이트헤드 목사가 기록으로 남긴 존 스노 박사의 이 한마디만은 꼭 넣지 않을 수 없었다.

"우리 살아생전에 못 볼 수도 있고 그때쯤엔 제 이름 같은 것도 잊히겠지만, 콜레라라는 무시무시한 전염병이 옛날이야기가 될 날이 꼭 올 겁니다. 전염 경로가 제대로 파악되면 지구상에서 완전히 사라질 날도 올 거고요."

브로드 길 콜레라 전염 사태 일지

1854년 8월 28일 월요일

브로드 길 40번지에 거주하는 루이스 부부의 딸 패니 루이스(생후 5개월)가 설사와 구토 증상을 보이며 발병.

1854년 8월 31일 목요일

같은 건물에 거주하던 재봉사 G씨 발병. 성 누가 교회의 헨리 화이트헤드 부목사(29세)가 환자 발생 가정들을 방문하기 시작.

1854년 9월 1일 금요일

재봉사 G씨가 콜레라로 사망. 베릭 길에 노란색 경고 깃발 게양. 수레로 시신들 수거 시작.

1854년 9월 2일 토요일

브로드 길의 패니 루이스 양 사망. 햄스테드의 엘리 부인(59세) 사망. 브로드 길을 비롯한 소호 지역 곳곳에서 발생한 환자들이 30분 간격으로 미들섹스 병원에 입원.

1854년 9월 3일 일요일

브로드 길로부터 반 마일 거리의 색빌 길에 거주하는 존 스노 박사가 콜레라 전염 소식을 듣고 브로드 길 펌프 조사에 착수, 물 샘플 채취.

1854년 9월 4일 월요일

재봉사 G씨 부인 콜레라 발병. 존 스노 박사가 브로드 길 주민들과 면담 시작.

1854년 9월 5일 화요일

재봉사 G씨 부인 사망. 존 스노 박사가 호적 등기소를 방문해 윌리엄 파르 박사로부터 최근 사망자 명단 입수.

1854년 9월 7일 목요일

존 스노 박사가 성 제임스 교구 의회 회의에 참석해 브로드 길 펌프 손잡이 철거 요청.

1854년 9월 8일 금요일

브로드 길 펌프 손잡이 철거. 패니 루이스의 부친 루이스 경관이 콜레라 발병.

1854년 9월 19일 화요일

루이스 경관 사망.

1854년 11월 23일 목요일

성 제임스 교구가 616명의 주민의 목숨을 앗아 간 콜레라의 전염 경로를 조사하기 위한 위원회 구성. 여기에 존 스노 박사와 헨리 화이트헤드 목사 초빙.

1854년 12월 4일 월요일

존 스노 박사가 자신이 직접 작성한 콜레라 발병 지도를 런던 전염병 학회에 제출.

1854년 12월 19일 화요일

이탈리아의 연구가 필리포 파시니가 콜레라 사망 환자의 부검 시 현미경으로 관찰한 결과를 정리, 이 보고서가 이탈리아 약학 관보에 수록(이는 그의 사후에 널리 알려짐).

1855년 1월 27일 토요일

존 스노 박사의 논문, 「콜레라의 전염 유형에 관하여」의 개정증보판 출간.

1855년 3월 27일 화요일

화이트헤드 목사가 호적 등기소 자료를 검토하던 중 패니 루이스가 사망 나흘 전 심한 설사로 탈진 상태에 빠졌다는 기록을 입수, 그 모친이 기저귀를 빨고 분뇨통에 버린 물로 지하수가 오염됐을 가능성을 제기하며 이를 지침 증례로 의심.

1855년 4월 23일 월요일

측량사 요크 씨가 브로드 길 40번지와 인근의 분뇨 처리 시설을 해체.

1855년 5월 1일 화요일

측량사 요크 씨가 3피트 이내에 있던 분뇨 시설로부터 브로드 길 지하수가 오염됐다는 결론을 보고.

1855년 6월 25일 수요일

성 제임스 콜레라 전염 연구회가 스노 박사, 화이트헤드 목사, 요크 측량사의 보고 내용을 종합, 브로드 길의 콜레라 전염이 오염된 물을 매개로 발생했다는 결론을 내리고 조사를 종결.

1855년 9월 26일 수요일

주민들의 청원에 따라 브로드 길 펌프 사용 재개.